KB117950

**봄에
나는 없었다**

봄에
나는 없었다

Absent
in the
Spring

애거사 크리스티
장편소설

공경희 옮김

Agatha Christie

포레
forêt

차례

일러두기
· 주석은 모두 옮긴이의 것이다.
· 본문 중 고딕체는 원서에서 이탤릭체로 표기한 부분이다.

내가 그대에게서 떠나 있던 때는 봄이었노라……

1

조앤 스쿠다모어는 눈을 찌푸리고 숙소의 어두컴컴한 식당 안을 살폈다. 그녀는 약간 근시였다.

저 사람은 틀림없어. 아냐, 그럴 리가 없어. 아니, 분명해. 블란치 해거드야.

이런 허허벌판에서 동창과 마주치다니. 재를 본 지가, 그래, 십오 년도 더 됐지.

처음에는 그냥 기뻤다. 그녀는 타고난 사교성이 있어서 친구나 아는 사람과 마주치는 일은 언제나 즐거웠다.

그나저나 불쌍해라. 아주 끔찍하게 변했네. 조앤은 생각했다.

여자는 나이들어 보였다. 정말이지 늙었다. 그래봐야 아직 마흔여덟일 텐데?

조앤이 그런 생각을 하다가 거울을 힐끗 본 것은 어찌 보면 당연했다. 마침 테이블 바로 옆에 거울이 걸려 있었다. 거울에 비친 자기 모습을 보자 기분이 좋아졌다.

난 정말 조금도 안 변했구나. 조앤 스쿠다모어는 생각했다.

거울에 비친 건 날씬한 중년 여성이었다. 얼굴은 팽팽하고, 갈색 머리에 흰머리는 거의 없었다. 파란 눈은 명랑해 보이고 미소 짓는 입가에는 활기가 넘쳤다. 단정하고 세련된 코트와 치마를 입고, 여행에 필요한 것들을 넣은 꽤 큰 가방을 들고 있었다.

조앤 스쿠다모어는 육로를 이용해 바그다드에서 런던으로 돌아가는 길이었다. 지난밤 바그다드에서 기차를 타고 이 역에 도착했다. 이날 밤은 기차역 숙소에서 자고 이튿날 아침 자동차로 이동할 예정이었다.

그녀가 영국에서 바그다드로 서둘러 떠났던 것은 막내딸의 갑작스러운 발병 소식을 들었기 때문이다. 윌리엄(그녀의 사위)이 힘들어하고, 집안 살림이 엉망진창이 됐다는 이야기를 듣고 가게 됐다.

하지만 이제 다 괜찮아졌다. 조앤이 나서서 필요한 일들을 처리했다. 아기와 윌리엄, 회복되고 있는 바버라, 모든 일을 계획해서 순조롭게 돌아가게 해놓았다. 정말 다행이야, 난 언제나 일을 잘 해결하니까. 조앤은 생각했다.

윌리엄과 바버라는 무척 고마워했다. 그리고 서둘러 돌아가지 말고 더 지내다 가라고 조앤을 붙잡았다. 조앤은 한숨이 나오려는 걸 참고 미소를 지으며 사양했다. 로드니 생각도 해야 했다. 가여운 양반! 크레이민스터에 틀어박혀 격무에 시달리는데 집에는 하인들밖에 없어서 살뜰히 보살펴줄 사람이 없었다.

"그래봤자 하인들에게 뭘 바라겠니?" 조앤이 말했다.

"엄마의 하인들은 완벽하잖아요. 엄마가 관리를 잘하시니까!" 바버라가 말했다.

조앤은 바버라의 말을 웃으며 흘려들었지만 내심 흐뭇했다. 누구나 칭찬을 좋아하는 법이니까. 이따금 그녀는 자신의 능숙한 살림과 보살핌과 헌신을 가족이 너무 당연시하는 건 아닌지 의심이 들었다.

물론 비난하는 건 아니다. 토니, 에이버릴, 바버라는 흡족한 자식들이고, 그녀와 로드니는 자신들의 올바른 양육과 성공한 인생을 자랑스럽게 여길 만했다.

토니는 로디지아에서 오렌지 농장을 하고, 에이버릴은 한동안 부모에게 걱정을 끼쳤지만 부유하고 매력적인 주식중개인과 결혼해 자리를 잡았다. 바버라의 남편은 이라크에서 번듯한 공기업에 다니고 있다.

자식들 모두 훤칠하고 건강하고 행실이 발랐다. 조앤은 자기 부부가 정말 다복하다고 느꼈다. 마음 한구석으로는 부모 노릇을 잘해서 그렇다고 생각했다. 그녀도 로드니도 아이들을 정성을 다해 길렀다. 유모와 가정교사, 나중에는 학교 선택을 놓고도 고심했고 언제나 자식들의 행복을 우선했다.

조앤은 거울에서 눈을 돌리며 자신에게서 빛이 난다고 느꼈다. 그래, 자기 일에서 성공했다고 느끼는 건 정말 흐뭇한 일이야. 나는 직업이나 그 비슷한 것을 갖고 싶었던 적이 없었고 아내이자 엄마로 만족스러웠어. 사랑하는 남자와 결혼했고, 남편은 자기 분야에서 성공했어. 그 성공 역시 내 덕분이라 할 수 있지. 사람은 영향을 받는 것만으로도 아주 많은 일을 할 수 있어. 내 소중한 로드니!

곧 로드니를 다시 만난다는 생각을 하자 조앤은 가슴이 뛰었다. 남편과 이렇게 오래 떨어져 지내기는 처음이었다. 부부는 얼마나 평화로운 삶을 꾸려가고 있는지.

아니, 평화롭다는 말은 과장일 것이다. 가족의 생활은 결코 평화롭지 않았다. 휴가, 전염병, 한겨울의 파이프 동파. 사실 삶은 소소한 드라마의 연속이었다. 그리고 로드니는 아주 열심히 일했다. 건강이 염려될 정도로 열심히 일했다. 그러다 결국 육 년 전 이맘때 건강에 큰 이상이 생겼다. 조앤은 남편이 과거에 그녀보다 쇠약하지는 않았다는 생각을 하며 양심의 가책을 느꼈다. 그는 등이 구부정했고 흰머리가 눈에 띄게 많았으며 눈가에도 지친 기색이 역력했다.

그러나 그런 게 인생살이였다. 이제 아이들은 결혼을 했고, 로드니의 법률사무소는 아주 잘 돌아갔다. 새 파트너 변호사가 새로운 자금을 갖고 들어오면서 로드니는 한결 수월해졌다. 부부는 이제 충분히 여가를 즐길 만했다. 더 즐겁게, 가끔 한두 주씩 런던에서 지내기도 하면서. 로드니는 골프를 시작할지도 모른다. 맞아, 왜 진작 남편에게 골프를 쳐보라고 하지 않았는지 모르겠다. 건강에 좋은 운동인데. 업무가 과다할 때는 특히나.

그런 생각을 하면서 조앤 스쿠다모어는 식당 안으로 눈을 돌려 동창이라고 확신하는 여자를 다시 보았다.

블란치 해거드. 세인트 앤 고등학교에 다닐 때 조앤은 블란치를 얼마나 숭배했던가! 누구랄 것 없이 블란치에게 열광했다. 블란치는 대담하고 재미있고 말로 다 못할 만큼 사랑스러웠다. 그러나 볼품없이 마르고 부산하고 너저분하고 늙수그레한 여자를 보면서 이런 생각을 하는 게 우스웠다. 별난 차림새라니! 게다가 그녀는…… 적어도 예순 살은 되어 보였다. 정말 그쯤으로 보였다.

블란치는 불행하게 살아온 게 틀림없어. 조앤은 생각했다.

순간적으로 조앤은 답답한 기분이 솟구쳤다. 모든 게 너무도 헛되다는 생각이 들었다. 스물한 살의 블란치. 세상이 그녀의 발치에 있었다. 외모, 집안, 모든 게…… 그런데 그녀는 말도 안 되는 남자에게 자신의 운명을 내던졌다. 아마 수의사였을 것이다. 그래, 수의사였어. 유부남 수의사. 그것이 상황을 더 악화시켰다. 블란치의 가족은 마땅하게도 단호한 조치를 취해 그녀를 세계일주 하는 유람선에 태웠다. 그리고 블란치는 어딘가에서, 알제인가 나폴리인가에서 내려버렸고, 집으로 돌아와 수의사와 다시 만났다. 당연히 그는 수의사 노릇을 못하게 됐고, 술에 절어 살았다. 남자의 부인은 이혼을 원하지 않았다. 그들은 곧 크레이민스터를 떠났고, 그후 조앤은 오랜 세월 블란치의 소식을 듣지 못했다. 그러다가 런던 해러즈백화점의 구두 매장에서 우연히 그녀와 마주쳤다. 조심스러운 대화가 잠시 오갔고 (조앤만 조심스러웠을 뿐 블란치는 그런 데 신경쓰지 않는 여자였다), 블란치가 톰 홀리데이라는 남자와 결혼했다는 것을 알게됐다. 블란치는 남편이 보험회사에 다니는데 곧 그만둘 거 같다고 말했다. 워런 헤이스팅스*에 대한 책을 쓰고 있는데 퇴근하고 집에서 짬짬이 쓰는 게 아니라 모든 시간을 그 일에 쏟아붓고 싶어한다고 했다.

"재산이 많나보네." 조앤이 중얼거리자 블란치는 땡전 한 푼 없는 사람이라고 명랑하게 대답했다. 조앤은 책이 성공하리란 확신이 없다면 직장을 그만두는 건 현명하지 못한 일이라고 말

* 인도 벵골의 동인도회사 총독이었던 영국인.

했다. "원고 청탁을 받은 거니?" "아니." 블란치는 쾌활하게 대답했다. 그러고는 솔직히 책이 성공할 거라 생각하지는 않는다고 말했다. 톰이 대단히 열심히 쓰기는 하지만 사실 글재주가 특출하지는 않다고. 조앤은 블란치가 단호하게 반대해야 한다고 부드럽게 말했다. 그러자 블란치는 조앤을 빤히 쳐다보면서 '하지만 그 딱한 사람이 글을 쓰고 싶어하거든. 무엇보다도 그걸 원해'라는 눈길을 보냈다. 조앤은 둘을 위해 한 사람이라도 현명해야 한다고 말했다. 블란치는 웃음을 터뜨리며 말했다. 자신은 한 사람을 위해서도 현명했던 적이 없다고!

조앤은 그 말을 되새기며 안타깝지만 진짜 그렇다고 생각했다. 일 년 후 어느 레스토랑에서 블란치를 다시 보았다. 블란치는 특이하고 화려해 보이는 여자와 눈에 띄는 예술가풍의 남자 둘과 함께 있었다. 그후 블란치라는 존재에 대한 기억은 오 년 후에 50파운드를 빌려달라는 편지가 마지막이었다. 어린 아들이 수술을 받아야 한다고 했다. 조앤은 자세한 사정을 묻는 친절한 편지와 함께 25파운드를 보냈다. 답장으로 온 엽서에는 이렇게 휘갈겨져 있었다. 역시 조앤이야. 네가 나를 실망시키지 않을 줄 알았지. 어찌 보면 흐뭇한 답이었지만 성에 차지는 않았다. 그후로는 무소식이었다. 그런데 지금 여기, 근동의 기차역 숙소에, 시큼한 양기름 냄새와 등유와 살충제 냄새가 풍기고 등불이 탁탁 소리를 내며 타오르는 이곳에 옛친구가 있었다. 화들짝 놀랄 만큼 늙고 거칠고 추레하게 변한 모습으로.

블란치가 먼저 식사를 마치고 식당에서 나가다가 조앤을 알아보았다. 그녀는 우뚝 멈춰 섰다.

"세상에, 조앤 맞지!"

그녀는 테이블로 의자를 끌고 와 앉았고 두 사람은 수다를 떨었다.

"넌 참 곱게 나이드는구나. 서른 살쯤으로 보여. 그 세월 동안 어디에 있었던 거야? 냉동고에라도 들어가 있었니?" 블란치가 말했다.

"그럴 리가. 난 계속 크레이민스터에서 살았어."

"넌 크레이민스터에서 태어나고 자라고 결혼하고 묻히겠구나."

조앤은 웃음을 터뜨리며 대꾸했다.

"그게 뭐 나쁜 운명인가?"

블란치는 고개를 젓고는 진지하게 덧붙였다.

"꽤 괜찮은 운명이지. 아이들은 어떻게 지내니? 아이가 몇이었지?"

"셋이야. 아들 하나 딸 둘. 아들은 로디지아에 있고 딸들은 결혼했어. 한 아이는 런던에 살아. 난 다른 딸을 찾아갔다가 바그다드에서 오는 길이야. 그 아이 이름은 레이, 바버라 레이야."

블란치는 고개를 끄덕였다.

"나도 만난 적 있어. 사랑스러운 아이였지. 그런데 너무 어린 나이에 결혼하지 않았니?"

조앤은 조금 딱딱한 어조로 대꾸했다.

"난 그렇게 생각하지 않아. 우리 모두 윌리엄을 무척 좋아하고, 딸 부부는 아주 행복하게 살고 있거든."

"그래, 이제 안정이 됐나보구나. 아기가 태어나서 그럴 수도 있지. 아이가 생기면 여자는 안정이 되니까." 블란치는 생각에 잠겨 말을 이었다. "……나야 그렇지 않았지만. 나도 우리 아이들을 무척 좋아했어. 렌과 메리. 그런데 조니 펠럼을 만나자 그 아이들을 버려두고 떠났지. 두 번 생각하지도 않고."

조앤은 못마땅한 눈으로 친구를 쳐다보았다. 그리고 흥분해서 말했다.

"세상에, 어떻게 그럴 수 있었어?"

"나쁜 엄마였어. 톰에게 맡겨두면 잘 지낼 줄 알았지. 톰이 애들을 애지중지했거든. 톰은 나중에 아주 참한 여자와 결혼했어. 나보다 훨씬 잘 어울리는. 톰의 끼니를 잘 챙겨주고 속옷까지 꿰매면서 온갖 일을 다 해주는 여자. 톰은 좋은 남자였어. 헤어진 후에도 크리스마스카드와 부활절 카드를 한참이나 보내줬으니까. 착한 사람이지 않니?"

조앤은 대답하지 않았다. 모순되는 생각들이 머릿속을 채웠다. 두드러진 생각은 이 사람이 ─이 사람이!─ 블란치 해거드가 맞나 하는 의구심이었다. 본데있게 자라 세인트 앤 고등학교에서 최고의 인기를 누리던 활기찬 여학생. 그런데 방종한 이 여자는 비도덕적인 인생사를 창피한 줄도 모르고 떠들었고 말버릇은 상스러웠다! 맙소사, 블란치 해거드는 세인트 앤에서 영어 과목 우수상 수상자였는데!

블란치는 좀 전의 화제로 돌아갔다.

"귀여운 바버라 레이가 네 딸이었구나. 그걸 보면 사람들이 얼마나 사정을 오해하는지 알겠다. 다들 그 아이가 불행한 가정에서 도망치기 위해 맨 처음 청혼한 남자와 결혼했다고 알고 있거든."

"말도 안 되는 소리. 대체 그런 이야기를 어디서 들었어?"

"난 상상이 되지 않는구나. 왜냐하면 한 가지는 확신하거든. 조앤 네가 늘 감탄할 만한 엄마였다는 사실 말이야. 네가 짜증을 내거나 불친절하다는 건 상상할 수가 없어."

"잘 봐줘서 고맙구나, 블란치. 우린 아이들에게 화목한 가정을 만들어줬고 아이들의 행복을 위해 최선을 다했어. 알겠지만 자기 자식과 친구가 되는 일이야말로 정말 중요하다고 생각해."

"정말 좋은 일이지, 그럴 수만 있다면."

"아냐, 너도 할 수 있어. 네가 젊었을 때를 기억하고 아이들 입장이 되어보면 충분히 가능한 일이야." 조앤은 매력적이고 진지한 얼굴을 옛친구 쪽으로 바싹 들이밀고는 덧붙였다. "로드니와 나는 늘 그러려고 노력하며 살았어."

"로드니? 그러고보니 넌 변호사와 결혼했지? 해리가 지긋지긋한 마누라와 이혼하려고 애쓸 때 법률사무소에 갔었어. 우리가 만났던 변호사가 네 남편인 게 확실해. 로드니 스쿠다모어! 그는 유별나게 다정하고 친절했어. 이해심이 넘쳤고. 넌 죽 그와 살았구나. 새로운 일은 없었고?"

조앤은 딱딱하게 대꾸했다.

"우리 둘 다 새로운 일은 원하지 않아. 로드니와 나는 서로에게 완벽하게 만족하거든."

"넌 늘 지독하게 냉정했지. 네 남편이 연애할 기회를 호시탐탐 노리더라는 말을 해줬어야 했는데!"

"너무한다, 블란치!"

조앤은 화를 내며 얼굴을 붉혔다. 연애할 기회를 호시탐탐 노리다니. 맙소사, 로드니가!

그런데 난데없는 생각이 그녀의 마음속을 번쩍 스쳐갔다. 어제 자동차 앞 흙길에서 뱀이 번뜩이며 스르르 지나가는 것을 본 것과 똑같았다. 요동치는 초록색 끈 같은 것이 제대로 보기도 전에 사라져버렸다.

두 마디 말로 된 그 끈이 허공에서 튀어나와 망각 속으로 돌아갔다.

랜돌프 계집애……

조앤이 의식할 새도 없이 그것은 다시 사라져버렸다.

블란치는 명랑한 어조로 사과했다.

"미안해, 조앤. 우리 다른 방에 가서 커피 마시자. 내가 좀 경박한 구석이 있다는 거 너도 알잖니."

"아냐, 그렇지 않아." 조앤의 입에서 부정하는 말이 튀어나왔다. 그녀는 진지해졌고 내심 약간의 충격을 받았다.

블란치는 재밌는 듯했다.

"아냐, 그래. 기억 안 나니? 내가 빵집 아들 만나려고 몰래 빠져나갔던 거?"

조앤은 얼굴을 찌푸렸다. 까맣게 잊고 있었다. 그때는 그 일이 무척 대담하고―그랬다―낭만적으로 보였는데. 사실은 저속하고 불쾌한 일화에 불과했다.

블란치는 고리버들 의자에 앉더니 일하는 소년에게 커피를 가져다달라고 말하고는 웃음을 터뜨렸다.

"난 징그럽게 조숙한 계집애였어. 맞아, 그게 언제나 내 실패의 원인이었지. 남자를 너무 밝혔어. 그런데 만나는 족족 죄다 나쁜 놈들이었지! 참 별나지 않니? 처음에는 해리. 무진장 나쁜 놈이었지, 겁나게 잘생겼지만. 그다음에는 톰. 내가 먼저 좋아하긴 했지만 덜 떨어진 인간이었어. 조니 펠럼. 같이 지내는 동안은 좋았지. 제럴드 역시 그리 괜찮은 인간은 못 됐고……"

일하는 소년이 커피를 내오자 대화가 중단됐다. 조앤은 남자

이름을 줄줄이 늘어놓는 것이 몹시 비도덕적이라고 생각했다.

블란치가 조앤의 표정을 보고 알아차렸다.

"미안해, 조앤. 내 이야기에 충격받았구나. 넌 예전에도 좀 고지식했어, 안 그러니?"

"아, 난 항상 넓은 시각을 가지려고 노력하며 살았어."

조앤은 억지로 친절한 미소를 떠올리고는 조금 어색하게 덧붙였다.

"내 말은 다만…… 정말 유감이라는 거야."

"나한테?" 블란치는 그런 생각이 재미있는 듯했다. "넌 친절한 사람이야. 하지만 함부로 동정하진 마. 난 지금까지 꽤 재미있게 살아왔으니까."

조앤은 자기도 모르게 친구를 힐끔힐끔 쳐다봤다. 블란치는 자기가 한심해 보인다는 걸 알까? 지저분한 염색 머리, 너저분하고 야한 옷차림, 야위고 주름진 얼굴, 덕지덕지 분칠한 늙은이. 근본 없는 집시 같은 늙은 여자!

블란치는 갑자기 우울한 표정을 지으며 진지하게 말했다.

"그래. 네 말이 딱 맞아, 조앤. 넌 인생을 성공적으로 꾸려왔어. 그리고 나는, 그래, 개떡같은 인생을 살았어. 넌 세상에서 날아올랐고 난 곤두박질쳤지. 넌 네 자리를 지켰어. 세인트 앤 졸업생에게 어울리는 결혼을 했고 언제나 모교의 명예였지!"

조앤은 두 사람의 유일한 공통분모인 학창 시절로 화제를 돌렸다.

"그때가 좋았지 않니?"

"그럭저럭." 블란치는 거침없이 말을 이었다. "가끔은 죽도록 지루했지. 모두들 점잔 빼고 어찌나 건전하신지. 난 세상을 보고 싶었어." 그녀의 입매가 우스꽝스럽게 일그러졌다. 그러고는 덧붙였다. "그래서 세상을 봤지, 분명히 세상을 봤어!"

조앤은 블란치가 어떻게 이 숙소에 묵게 됐는지 궁금해졌다.

"영국으로 돌아가는 길이니? 내일 아침 차편으로 떠나?"

조앤은 물으면서 내심 불안했다. 블란치와 길동무가 되고 싶지 않았다. 우연한 만남이야 얼마든지 괜찮지만 유럽을 횡단하는 내내 우정어린 태도를 유지할 수 있을지 자신이 없었다. 학창 시절의 추억거리는 금세 바닥날 것이 틀림없었다.

블란치는 생긋 웃었다.

"아니, 난 반대 방향으로 가. 남편 만나러 바그다드에 가는 길이야."

"남편?"

조앤은 블란치가 남편처럼 바람직한 뭔가를 가졌다는 사실이 무척 놀라웠다.

"응, 그는 철로 담당 엔지니어야. 이름은 도너번이고."

"도너번?" 조앤은 고개를 저으면서 말을 이었다. "그런 사람은 만난 적 없는 것 같은데."

블란치는 웃음을 터뜨렸다.

"넌 만난 적 없을 거야. 너와는 사는 세상이 다른 사람이거든. 술고래지만 아이 같은 마음을 가졌어. 그리고 네가 들으면 놀라겠지만, 그 남자는 나를 세상으로 여겨."

"당연히 그래야지." 조앤은 놀란 티를 내지 않고 차분하게 대꾸했다.

"친애하는 조앤, 넌 언제나 행실이 똑바르지. 나와 같은 방향으로 가지 않는 걸 고마워해야 할걸. 나와 닷새만 같이 있어도 네 기독교정신은 무너지고 말 테니까. 부인하는 수고 따윈 안 해도 돼. 내가 어떤 인간이 됐는지 잘 아니까. 몸도 마음도 천박하다, 그렇게 생각하지? 하기야 세상엔 그보다 나쁜 것도 많지."

조앤은 과연 그럴까 의심스러웠다. 그녀에게는 블란치의 타락한 모습이 비할 데 없이 형편없어 보였다.

블란치가 이어서 말했다.

"좋은 여행을 하길 바라지만, 사실 그렇게 될까싶다. 내가 보기에는 곧 비가 올 것 같거든. 그러면 오지에서 며칠 발이 묶일지도 몰라."

"안 그러면 좋겠는데. 그랬다가는 기차 예약들이 전부 엉킬 거야."

"글쎄, 사막 여행은 계획대로 되는 경우가 거의 없어. 그래도 와디*만 무사히 건너면 나머지 여정은 수월할 거야. 물론 운전기사들은 물과 음식을 넉넉히 갖고 다녀. 그래도 생각보다 더 할 일이 없는 곳이라 붙들리면 여간 지루한 게 아냐."

조앤은 미소 지었다.

"오히려 유쾌하게 기분 전환이 될지도 몰라. 느긋하게 쉬지도 못하고 살거든. 일주일이라도 좋으니까 아무 일도 안 하고 지내보면 어떨까 종종 생각했어."

"너야 마음만 먹으면 언제든지 그럴 수 있을 것 같은데?"

"아니, 절대 그렇지 않아. 나름대로 무척 바쁘거든. 난 주州의 원예가협회에서 총무 일을 맡고 있어. 또 우리 지역 병원의 이사이고, 지역 단체와 걸스카우트 일도 돕고 있어. 게다가 정치에도 관심이 많고, 집안일도 소홀히 할 수 없지. 로드니와 함께 파티에 다니거나 집으로 손님을 부르기도 해. 변호사는 사회적인 배경이 든든한 게 좋다고 생각하거든. 그리고 난 우리 정원을 무척 좋아해서 정원 일도 제법 많이 해. 저녁식사 십오 분 전까지는 앉아서 쉴 틈이 전혀 없어. 독서를 계속하는 것도 상당한 숙제고."

"그 많은 일을 하면서도 용케 견디는구나." 친구의 주름 없는

---

* 건조 지역에 있는 간헐 하천으로 보통 마른 골짜기를 이루어 교통로로 이용되나 호우가 내리면 유수가 생긴다.

얼굴을 바라보며 블란치가 중얼거렸다.

"글쎄, 녹스는 것보다는 낡아서 못 쓰는 게 낫지! 그리고 난 사실 놀라울 정도로 건강해. 감사할 따름이지. 하지만 한편으로는 하루이틀 아무 일 없이 생각이나 하며 지내는 것도 참 괜찮을 것 같아."

"네가 무슨 생각을 할지 궁금하다." 블란치가 말했다.

조앤은 웃음을 터뜨렸다. 구슬이 굴러가듯 작고 유쾌한 소리였다.

"생각거리야 얼마든지 있지 않을까?" 조앤이 말했다.

블란치가 활짝 웃으며 말했다.

"지은 죄에 대해서라면 언제든 생각할 수 있지!"

"맞아, 그래." 조앤은 내키지 않았지만 예의상 맞장구쳤다.

블란치는 그녀를 날카롭게 쳐다보았다.

"너라면 그 일을 오래하지 않아도 될 거야!"

그러고는 인상을 쓰면서 불쑥 말을 이었다.

"그러다 선행에 대한 생각으로 넘어가겠지. 그리고 네 인생에 주어진 축복들을 생각할 테고! 흠…… 모르겠다. 좀 지루하지 않을까. 궁금하네……" 블란치는 잠깐 쉬었다가 말을 이었다. "몇 날 며칠 자신에 대해서 생각하는 것 말고는 할일이 아무것도 없다면 자신에 대해 뭘 알게 될까……"

조앤은 의심스러우면서도 약간 재미있다는 표정을 지으며 말했다.

"전에 몰랐던 것을 알게 될까?"

블란치가 천천히 대답했다.

"내 생각에는……" 그녀는 갑자기 몸을 떨었다. "나는 그러고 싶지 않아."

"물론 명상하는 삶을 동경하는 사람들이 있지, 난 잘 모르겠지만. 그들의 신비로운 관점이 잘 이해되지 않거든. 나한테는 그런 종교적인 기질은 없는 것 같아. 내 눈에는 그저 극단적으로 보이니까. 내 말뜻을 알지 모르겠지만." 조앤이 말했다.

"세상에서 가장 짧은 기도를 읊어보면 간단하겠다." 이 말에 조앤이 의아한 눈빛을 던지자 블란치가 바로 말했다. "'주여, 이 죄인에게 자비를 베푸소서.' 이 기도가 모든 걸 담고 있잖아."

조앤은 살짝 당황스러웠다.

"그래. 그 말이 맞네."

블란치가 웃음을 터뜨렸다.

"조앤, 문제는 네가 죄인이 아니라는 점이야. 그러니까 넌 그 기도와도 연이 없어! 나한테는 썩 잘 어울리지. 나는 하지 말아야 할 일들을 계속 저지르며 사니까."

조앤은 어떻게 대꾸해야 좋을지 몰라 침묵을 지켰다.

블란치가 조금 가벼운 말투로 말을 이었다.

"하긴 세상이 그런 거지. 붙어 있어야 할 때는 그만두고, 내버려두어야 할 때는 매달리고. 한순간 인생이 너무나 멋져서 이게 현실일까 믿기지가 않다가, 이내 지옥 같은 고민과 고통 속을 헤매고! 상황이 잘 풀릴 때는 이 순간이 영원할 것 같은데—그런데 그렇지가 않지—나락으로 떨어질 때는 이제 절대 위로 올라가 숨쉬지 못할 거란 생각이 들잖아. 그런 게 인생이잖니?"

조앤이 생각하는 인생, 혹은 그녀가 지금껏 알았던 인생과는 완전히 동떨어진 개념이었다. 그래서 충분하다고 느껴지는 반응을 할 수 없었다.

블란치는 퉁명스러운 느낌으로 자리에서 일어났다.

"피곤하겠다, 조앤. 나도 그래. 둘 다 내일 아침 일찍 출발해야 하잖니. 만나서 반가웠어."

두 사람은 손을 맞잡고 잠깐 서 있었다. 블란치는 빠르고 어색하게 말하다가, 갑자기 거칠지만 다정한 목소리로 말했다.

"바버라는 걱정하지 마, 이제 괜찮을 거야. 내가 장담해. 윌리엄 레이는 좋은 사람이야, 너도 알겠지만. 아이도 있고, 모든 상황도 그러니 말이지. 바버라가 아직 젊고 이곳 생활이 그래서 그랬을 뿐이야. 젊은 여자의 머릿속은 종종 그렇게 된다니까."

조앤은 완전한 당혹감 외에는 아무것도 의식할 수가 없었다.

조앤은 날카롭게 쏘아붙였다.

"네가 무슨 말을 하는지 모르겠어."

블란치는 감탄하는 듯한 눈빛으로 그녀를 바라봤다.

"그런 게 바로 학벌 의식이지! 아무것도 인정하지 않는 것. 넌 정말 조금도 변하지 않았구나. 아 참, 내가 너한테 25파운드를 빌렸었지? 완전히 잊어버리고 있었네."

"아, 그건 신경쓸 것 없어."

"안 써." 블란치가 웃으며 말을 이었다. "그때는 갚을 생각이었지. 그런데 잘 아는 사람에게 돈을 빌려주면 못 받기도 하고 그러는 거 아니니. 그래서 난 별로 걱정하지 않았어. 넌 너그러운 사람이니까. 사실 그 돈은 뜻밖의 선물이었어."

"아이가 수술을 받아야 한다고 했었지?"

"원래는 그랬지. 그런데 수술할 필요가 없어졌어. 그래서 그 돈으로 진탕 마시고 톰이 오래전부터 갖고 싶어했던 롤톱 데스크를 샀어."

갑작스레 기억이 떠올라서 조앤이 물었다.

"워런 헤이스팅스 전기는 썼니?"

블란치는 환하게 미소 지었다.

"그걸 기억하다니 대단하다! 그랬지, 12만 자짜리 원고였어."

"출판은 됐어?"

"당연히 안 됐지! 그다음에 톰은 벤저민 프랭클린의 전기를 쓰기 시작했어. 그건 훨씬 더 나빴지. 취향도 참 별나지 않니? 그렇게 지루한 사람들 이야기를 쓰다니. 나라면 클레오파트라의 섹시한 삶이나 카사노바처럼 혹할 만한 인물의 이야기를 쓸 거야. 하긴 사람이 다 똑같은 생각을 하는 건 아니지. 톰은 다시 직장을 구했어. 먼젓번처럼 좋은 자리는 아니었지만. 그래도 난 그이가 하고 싶은 일을 해봤기 때문에 좋았다고 생각해. 사람은 하고 싶은 일을 하며 사는 게 무진장 중요하거든. 안 그래?"

"상황에 따라 다르지. 사람은 많은 것들을 고려하며 살아야 하니까." 조앤이 대답했다.

"너는 어때? 하고 싶은 일은 다 하며 살지 않았어?"

"나?" 조앤은 당황했다.

"그래, 너. 넌 로드니 스쿠다모어와 결혼하고 싶어했잖아. 아이들을 원했고. 안락한 가정도." 블란치가 소리 내어 웃더니 덧붙였다. "그후로도 영원토록 행복하길, 아멘!"

조앤도 따라 웃었다. 가벼운 분위기로 대화가 이어져서 다행이었다.

"웃기는 소리 좀 그만해. 그래도 난 아주 운이 좋았어, 그건 알아."

블란치가 겪었을 불운과 전락을 생각하면 눈치 없는 말이었다. 조앤은 서둘러 덧붙였다.

"자, 이제 정말 가봐야겠다. 잘 자. 다시 만나서 정말 기뻤어."

그녀는 블란치의 손을 따뜻하게 잡아줬고 (블란치가 입맞춤을 기대할까? 절대 그렇지 않을 것이다.) 가볍게 계단을 올라 방으로 갔다.

불쌍한 블란치. 조앤은 속으로 중얼거리며 옷을 벗어 차곡차곡 갰다. 아침에 신을 새 스타킹도 꺼내뒀다. 불쌍한 블란치. 너무 비극적이야.

조앤은 잠옷으로 갈아입고 머리를 빗었다.

불쌍한 블란치. 어쩌나 끔찍하고 상스럽게 변했는지.

조앤은 잠자리에 들 준비를 마치고 침대로 가려다 갑자기 멈춰 섰다.

잠들기 전에 기도하는 습관은 없었다. 솔직히 기도라는 것을 해본 지가 꽤 오래됐다. 교회에도 거의 나가지 않았다.

하지만 믿음은 있었다.

그녀는 불편해 보이는 침대 옆에 (면 침구가 형편없었지만 다행히 그녀는 폭신한 베개를 갖고 다녔다.) 무릎을 꿇고 아이처럼 기도를—제대로—올리고 싶은 기묘한 충동에 사로잡혔다.

이런 생각을 하는 것이 쑥스럽고 불편했다.

조앤은 얼른 침대로 올라가서 이불을 어깨까지 끌어올렸다. 침대 옆 작은 테이블에 둔 책을 집었다. 『캐서린 다이사트 부인의 회상』. 빅토리아 시대 중기의 사회를 위트 넘치는 필치로 그린 무척 재미있는 책이다.

한두 줄 읽었지만 집중할 수가 없었다.

너무 고단해서 그래. 그녀는 생각했다.

조앤은 책을 테이블에 내려놓고 전등을 껐다.

기도에 대한 생각이 다시 머릿속에 떠올랐다. 그런데 블란치가 지껄인 말 중에 어떤 부분이 충격적이었을까?—"넌 그 기도와도 연이 없어." 진짜 무슨 뜻으로 한 말이지?

조앤은 얼른 마음속으로 기도의 말을 떠올렸다. 무관한 말들이 줄줄이 나왔다.

하느님 감사합니다—불쌍한 블란치—제가 그 여자와 다르다는 데 감사드립니다—큰 은혜를—제가 받은 모든 축복이—특히 불쌍한 블란치 같지 않다는 것이—불쌍한 블란치—정말이지 끔찍합니다. 물론 그녀의 잘못이고—끔찍한—몹시 충격적인—감사합니다—전 다릅니다—불쌍한 블란치……

조앤은 어느덧 잠이 들었다.

2

다음날 아침 조앤 스쿠다모어가 숙소를 떠날 때 비가 내렸다. 왠지 이곳과 어울리지 않는 가늘고 조용한 비였다.

서쪽으로 가는 승객은 그녀뿐이었다. 매년 이맘때가 되면 교통량이 많이 줄긴 하지만 그래도 드문 일인 듯했다. 지난 금요일에는 이동 규모가 컸다고 했다.

유럽인 기사와 현지인 교대 기사가 한 명씩 있는 낡아빠진 관광차가 기다리고 있었다. 뿌연 새벽에 숙소의 매니저가 계단에 서서 조앤을 안내했다. 그는 아랍인들이 자기 마음에 들게 짐을 싣도록 윽박지르다가 '마드므와젤'에게 안전하고 편안한 여행을 하시라고 인사했다. 매니저는 여자 손님을 모두 '마드므와

젤'이라고 불렸다. 그는 정중히 인사하더니 조앤에게 점심이 든 작은 종이 상자를 내밀었다.

운전기사가 명랑하게 외쳤다.

"잘 있게, 새턴! 내일 밤이나 다음주에 보자고, 아무래도 다음주에나 볼 것 같지만."

차가 출발했다. 차는 괴상하고 뜻밖의 서양식 건물들이 있는 동양 도시의 도로들을 누비며 달렸다. 경적을 울리면 나귀들이 옆으로 물러나고 아이들은 달음질쳤다. 서쪽 게이트를 지나 고르지 않은 포장도로로 들어섰고, 도로는 세상 끝까지 이어져 있을 것만 같았다.

2킬로미터쯤 더 가자 도로가 갑자기 좁아지면서 울퉁불퉁한 길이 시작됐다.

날씨만 좋으면 터키 철도의 종착역인 텔 아부 하미드에 일곱 시간 후에 도착한다고 했다. 이스탄불에서 출발한 기차가 이날 아침 거기 도착하고, 저녁 여덟시 삼십분에 돌아갈 예정이었다. 텔 아부 하미드 기차역에는 여객들을 위한 작은 숙소가 있고, 원하면 식사도 할 수 있다고 했다. 차는 가는 길 중간쯤에서 동쪽으로 가는 수송 차량을 만날 예정이었다.

차가 흔들리기 시작했다. 심하게 덜컹댔고, 조앤은 앉은 채 몸이 위아래로 들썩였다.

운전기사가 돌아보며 괜찮냐고 물었다. 길이 험했지만 그는 최대한 서두르고 있었다. 넘어가기 힘든 와디가 두 곳이나 있었기 때문이다.

운전기사는 이따금 초조하게 하늘을 올려다보았다.

비는 점점 더 많이 쏟아졌고, 차는 미끄러지며 지그재그로 움직였다. 조앤은 속이 조금 울렁거렸다.

차는 열한시경 첫번째 와디에 도착했다. 와디에 물이 차 흐르고 있었지만 별탈 없이 건넜고, 차가 비탈에 박힐 뻔했으나 무사히 빠져나왔다. 2킬로미터쯤 더 달리자 질퍽한 땅이 나왔는데 거기서 차가 박혔다.

조앤은 방수 코트를 걸치고 차에서 내려 점심 도시락을 먹으며 거닐었다. 운전기사 둘이 삽으로 흙을 퍼내고 있었다. 그들은 조끼를 벗어던지더니 바퀴 밑에 판자를 끼웠다. 그러고는 욕을 내뱉으며 힘을 썼고, 바퀴는 공중에 뜬 채 성난 듯이 회전했다. 조앤에게는 불가능한 일처럼 보였지만 운전기사는 그리 나쁜 위치는 아니라며 그녀를 안심시켰다. 마침내 불안할 만큼 큰소리를 내며 바퀴가 돌더니 차가 덜 젖은 땅으로 올라섰다.

조금 더 가다가 맞은편에서 오던 차량 두 대와 만났다. 차 세 대가 모두 멈췄고, 운전기사들이 모여 상의하고 길을 추천하고 조언했다.

두 대의 차에는 부인과 아기, 젊은 프랑스인 장교, 나이든 미국인, 상인처럼 보이는 영국인 둘이 있었다.

차가 다시 출발했다. 가다가 두 차례 더 땅에 박혔고, 차를 들어올리고 흙을 퍼내는 길고 힘든 과정을 다시 거쳐야 했다. 두번째 와디는 첫번째 와디보다 지나기가 더 어려웠다. 그곳에 도착했을 무렵 날이 어둑해졌고, 와디에는 물이 콸콸 흘렀다.

조앤이 안절부절못하며 물었다.

"기차가 기다려줄까요?"

"보통 한 시간은 기다려줍니다. 그 정도 시간은 주행하면서 조절할 수 있으니까요. 하지만 아홉시 삼십분을 넘기지는 않을 겁니다. 여기도 앞으로는 길이 괜찮습니다. 땅이 다르거든요. 더 트인 사막길이 나옵니다."

그들은 와디를 지나느라 힘든 시간을 보냈다. 맞은편 비탈은 몹시 미끄러운 진흙탕이었다. 마침내 차가 마른땅에 올라섰을 때는 한층 어두워져 있었다. 그뒤로는 한결 수월하게 달렸지만 텔 아부 하미드에 도착했을 때는 열시 십오분이었고, 이스탄불행 기차는 이미 떠나고 없었다.

조앤은 기진맥진해서 주변으로 눈도 돌리지 못할 지경이었다.

그녀는 비틀거리며 숙소의 식당으로 갔다. 식당에는 가대식架臺式 탁자들이 놓여 있었다. 식사는 사양하고 홍차를 부탁했다. 그런 다음 곧바로 어두컴컴하고 싸늘한 방으로 들어갔다. 방에는 철제 침대 세 개가 놓여 있었다. 꼭 필요한 물건만 꺼낸 뒤 침대로 들어가 죽은듯이 잤다.

다음날 아침 그녀는 평소처럼 개운하게 깼다. 침대에 앉아 손목시계를 봤다. 아홉시 반이었다. 일어나서 옷을 갈아입고 식당으로 갔다. 머리에 멋진 터번을 두른 인도인이 다가왔고 그녀는 아침식사를 주문했다. 그런 다음 걸어가서 문밖을 내다보았다.

조앤은 살짝 얼굴을 찌푸리면서 자신이 어딘지 모를 곳 한가운데에 와 있다고 생각했다.

돌아가는 데는 시간이 두 배쯤 걸릴 것 같았다.

카이로에서 바그다드로 갈 때는 비행기를 탔었지만 이번에는 새로운 길을 택했다. 런던에서 바그다드까지는 일주일이 걸린다. 런던에서 이스탄불까지 기차로 사흘, 알레프까지 다시 이틀, 종착지인 텔 아부 하미드에서 하룻밤 자고, 다음날 온종일 자동차를 타고 중간 숙소까지 가서 또 하룻밤을 보낸 다음 다시 자동차로 키르쿠크까지 가서 기차로 옮겨 타고 바그다드로 가는 코스였다.

이날 아침에는 비가 올 기미가 없었다. 하늘은 구름 한 점 없이 파랬고, 사방은 온통 금빛 모래였다. 숙소 건물에서 깡통들이 쌓인 쓰레기 폐기장과 볼품없는 닭들이 소란하게 돌아다니는 곳까지 철조망이 에워싸고 있었다. 얼마 전까지 음식이 담겨 있었을 깡통들 위로 파리떼가 구름같이 몰려 있었다. 걸레 뭉치처럼 보이는 것이 불쑥 일어났고, 알고보니 아랍 소년이었다.

가까운 곳에 역시 철조망에 둘러싸인 낮은 건물이 있었다. 조앤은 그 건물이 기차역일 거라고 예상했다. 건물 옆에는 우물 아니면 대형 물탱크로 보이는 것이 있었다. 멀리 북쪽 지평선 부근에 언덕들의 윤곽이 희미하게 보였다.

그것들 말고는 아무것도 없었다. 지표가 될 만한 것도 건물도 식물도 사람도 전혀 보이지 않았다.

기차역, 철로, 닭 몇 마리, 이상하리만큼 많은 철조망. 그게 전부였다.

사실 조앤은 무척 흥미롭다고 생각했다. 이렇게 이상한 데서 발이 묶이다니.

인도인이 나와서 멤사브*의 아침이 준비됐다고 알렸다.

조앤은 몸을 돌려 숙소로 들어갔다. 건물에는 특유의 분위기가 있었다. 컴컴한 실내, 양기름과 등유와 살충제 냄새가 불쾌한 익숙함을 안기며 그녀를 맞이했다.

커피와 깡통 우유, 접시에 수북한 달걀 프라이, 작고 딱딱한 토스트 몇 개, 접시에 덜어놓은 잼, 어쩐지 미심쩍어 보이는 뭉근히 익힌 건자두.

조앤은 왕성한 식욕으로 식사했다. 인도인이 다시 와서 점심은 몇시에 하겠느냐고 물었다.

조앤은 한동안 대답을 망설였으나 결국 한시 반으로 정해졌다.

---

* 과거 인도에서 신분이 높은 기혼 여성, 특히 유럽 여성들을 부르던 호칭.

그녀가 알기로 기차는 매주 월요일, 수요일, 금요일에 왔다. 이날은 화요일이어서 조앤은 다음날 밤에야 떠날 수 있었다. 그녀는 인도인에게 그 일정이 맞는지 확인했다.

　"맞습니다. 부인. 엊저녁 기차를 놓치셨죠. 운이 나쁘셨어요. 도로가 너무 안 좋고, 밤에 비가 엄청 내렸습니다. 여기서 모술까지 며칠 동안 차가 오도 가도 못한다는 거죠."

　"그래도 기차는 괜찮겠죠?"

　조앤은 모술의 도로 사정에는 관심이 없었다.

　"그럼요. 기차는 내일 아침에 제대로 올 겁니다. 내일 저녁에 출발하고요."

　조앤은 고개를 끄덕였다. 그리고 자신이 타고 온 차는 어떻게 됐느냐고 물었다.

　"오늘 아침 일찍 돌아갔습니다. 운전기사는 갈 수 있다고 했습죠. 제 생각엔 아니지만요. 아마 그 길에서 하루나 이틀 붙들려 있을 겁니다."

　다시 한번 큰 관심 없이 조앤은 그렇겠다고 생각했다.

　인도인이 계속 정보를 줬다.

　"저게 역입니다. 부인. 저기요."

　조앤은 자신도 그렇게 생각했다고 대꾸했다.

　"터키의 역이죠. 터키에 있는 역이요. 터키 철도요. 철조망 너머 보이시죠? 저 철조망이 국경입니다."

조앤은 국경을 지긋이 바라보면서 국경들은 왠지 다 이상하다고 생각했다.

인도인이 활기차게 말했다.

"점심은 한시 삼십분 정각입니다."

그러고는 숙소로 돌아갔다. 일이 분쯤 지나 건물 뒤편에서 그가 화를 내며 악쓰는 소리가 들렸다. 흥분해서 외치는 아랍어가 공중에 잔뜩 퍼졌다.

조앤은 이런 숙소들의 관리자들은 왜 죄다 인도인인지 의아했다. 아마도 그들이 유럽의 생활방식을 경험했기 때문일 것이다. 하긴 그런 건 별로 중요하지 않았다.

오늘 아침은 뭘 하며 지낼까? 흥미로운 『캐서린 다이사트 부인의 회상』을 마저 읽는 것도 괜찮을 테지. 아니면 편지를 써도 좋고. 알레프에 도착하면 편지를 부칠 수 있을 것이다. 편지지와 봉투도 몇 장 있다. 그녀는 문 앞에서 잠시 머뭇거렸다. 숙소 안은 너무 어둡고 자극적인 냄새가 풍겼다. 산책이나 할까.

그렇게 생각하며 방으로 돌아와 두툼한 이중직 펠트 모자를 챙겼다. 연중 이맘때의 햇볕은 위험할 정도는 아니지만 그래도 조심하는 편이 좋다. 선글라스를 끼고 편지지와 만년필을 가방에 챙겼다.

밖으로 나와 쓰레기 폐기장과 깡통 더미를 지나 기차역과 반대 방향으로 걸었다. 잘못하다 국경을 넘으면 국제적인 문제를 일으킬 수도 있으니까.

이런 곳을…… 걸어다닐 데도 없는 이런 곳을 걸으니까 기분이 묘하네. 조앤은 생각했다.

산책은 새롭고 상당히 흥미로웠다. 보통 구릉이나 황야, 해변, 길을 걸으면 언제나 시야에 물체가 들어온다. 언덕을 넘어 숲으로, 헤더 꽃밭으로, 오솔길을 내려와 농장으로, 국도변의 다음 마을로, 물결 이는 강가를 걸어 다음 굽이로.

하지만 여기서는 달리 갈 곳이 없었다. 숙소에서 나오면 끝이었다. 오른쪽 왼쪽, 앞뒤 할 것 없이 황량한 모래 빛깔 지평선만 보였다.

조앤은 서두르지 않고 걸었다. 공기가 쾌적했다. 덥지만 못 견딜 정도는 아니었다. 기온이 21도쯤 될 것 같았다. 게다가 살짝, 아주 살짝 산들바람이 불었다.

십 분쯤 걷다가 고개를 돌렸다.

숙소와 지저분한 부속 건물들이 아주 완만하게 물러나 있었다. 여기서 보니 제법 쾌적해 보였다. 숙소 뒤의 기차역은 돌무덤 같았다.

조앤은 방긋 웃고 걸음을 옮겼다. 공기가 아주 상쾌했다! 공기에 순수함과 싱그러움이 묻어났다. 전혀 오염되지 않고, 인간과 문명에 더럽혀진 흔적도 없었다. 태양과 하늘과 모래밭이 전부였다. 공기에는 해독하는 뭔가가 있었다. 조앤은 크게 심호흡

했다. 느긋하게 만끽했다. 아주 괜찮은 모험이었다! 단조로운 삶 속에서 크게 환영할 휴식이었다. 기차를 놓친 게 차라리 다행이었다. 절대의 고요와 평화 속에서 이십사 시간을 보내는 건 그녀에게 행운이었다. 서둘러 돌아갈 이유도 없었다. 이스탄불에 가서 로드니에게 도착이 늦어진다고 전보를 치면 그만이니까.

사랑하는 로드니! 그녀는 로드니가 뭘 하고 있을지 궁금했다. 아니, 알기 때문에 궁금해할 필요가 없었다. 로드니는 올더면, 스쿠다모어&위트니 법률사무소의 자기 사무실에 앉아 있을 것이다. 마켓 스퀘어가 내려다보이는 건물 이층의 쾌적한 사무실. 로드니는 위트니 변호사가 세상을 떠나자 그 방으로 옮겼다. 그는 그 방을 좋아했다. 언젠가 조앤이 사무실에 갔을 때 그는 창가에 서서 장터를 내려다보고 있었다. (그날은 장날이었다.) 로드니는 농부가 몰고 들어오는 소떼를 멍하니 내려다보고 있었다. "멋진 쇼트혼* 무리군. 저놈들 말이야." 그가 말했다. (어쩌면 쇼트혼이 아니었지만—조앤은 그런 용어에 익숙지 않았다—아무튼 그 비슷한 말이었다.) 그러자 그녀가 말했다. "중앙난방용 새 보일러 말인데요. 내 생각에는 갤브레이스의 견적이 너무 많이 나온 것 같아요. 체임벌린에게 다시 의뢰할까요?"

조앤은 당시 로드니가 천천히 고개를 돌리던 모습을 기억한

---

* 뿔이 짧은 소의 종자.

다. 그는 안경을 벗고 눈을 비비더니 실제로는 그녀를 보지 않는 것처럼 멍한 눈길로 쳐다보았다. "보일러?" 난해하고 동떨어진 주제를 대하는 듯한 말투였다. 그는 생전 처음 들어보는 단어인 듯이 대꾸하고는 좀 어눌하게 덧붙였다. "분명 호디즈던은 그 어린 황소를 팔 거야. 돈이 필요할 테니까."

조앤은 로드니가 로어 미드 농장의 호디즈던 노인에게 관심을 갖는 걸 보고 무척 친절한 사람이라고 생각했다. 가여운 호디즈던 노인. 그가 곤궁한 것은 다들 알았다. 하지만 그녀는 로드니가 상대방이 하는 말을 좀더 제대로 듣길 바랐다. 사람들은 변호사가 예리하고 또릿또릿하기를 기대하니까. 로드니가 그렇게 멍한 태도로 의뢰인들을 대한다면 나쁜 인상을 심어줄 것 같았다.

그래서 그녀는 상냥하면서도 채근하는 어투로 말했다.

"공상에 빠지지 마요, 로드니. 지금 중앙난방용 보일러에 대해 말하는 중이라고요." 그러자 로드니는 견적을 더 받아봐도 되지만 그러면 더 비싸게 부를 거라고, 그러니 이제 우리가 결정을 내려야 한다고 대꾸했다. 그런 다음 책상에 놓인 서류 더미를 힐끗 보았다. 조앤은 그를 더 붙들고 있으면 안 되겠다고, 할일이 무척 많아 보인다고 말했다.

로드니는 씩 웃더니 사실은 일이 잔뜩 쌓여 있다고 대답했다. 장을 구경하느라 이미 시간 낭비를 했다고. "이래서 이 방이 마

음에 든다니까. 난 금요일이 기대돼. 저 소리 좀 들어봐." 그가
말했다.

그는 귀에 손을 대고 들었고, 조앤도 귀담아들어보려 했다.
음매 소리가 여기저기서 정신없이 울렸고, 조앤은 소와 양의 울
음소리가 귀에 거슬렸다. 하지만 로드니는 우습게도 그 소리가
마음에 드는 눈치였다. 그는 고개를 살짝 기울인 채 웃으며 서
있었다……

오늘은 장날은 아닐 것이다. 그러니 로드니는 한눈팔지 않고
책상 앞에 앉아 있을 것이다. 물론 그녀가 걱정했던 것처럼 의
뢰인들이 로드니를 멍하다고 생각하는 일은 없었다. 그는 사무
소에서 가장 인기 있는 변호사였다. 모두가 그를 좋아했고, 지
역의 법률사무소에서 그렇다면 절반은 이긴 셈이었다.

하지만 그이는 내 제안을 다 거부하려고 했어! 조앤은 의기양
양하게 생각했다.

그녀의 생각은 로드니가 숙부의 제안에 대해 말하던 그날로
돌아갔다.

법률사무소는 번창한 오랜 가업이고, 집안사람들은 로드니가
변호사 자격시험에 합격하면 즉시 합류할 거라고 생각했다. 하
지만 해리 숙부는 파트너 자격을 주겠다고 제의했고 이런 좋은
조건은 예상치 못한 것이었다.

조앤은 기쁘고 놀라서 로드니에게 따뜻한 축하 인사를 건넸

다. 하지만 그가 자신과 똑같은 기분이 아니라는 것을 알아차렸다. 사실 로드니는 믿을 수 없는 말을 중얼거렸다. "내가 제의를 받아들인다 한들……"

"하지만 로드니!" 그녀는 실망에 찬 탄식을 내뱉었다.

로드니가 하얗게 질린 얼굴을 자신에게 돌린 순간을 조앤은 똑똑히 기억한다. 전에는 로드니가 그렇게 신경질적인 사람인지 미처 몰랐다. 잔디밭의 풀잎을 뜯는 그의 손이 바들바들 떨렸다. 그의 검은 눈에는 묘한 애원의 빛이 서렸다.

"난 사무실 생활이 싫어. 그게 싫어서 그래."

조앤은 얼른 공감을 표시했다.

"나도 알아요, 여보. 답답하고 힘든데다 몹시 따분하죠. 재미도 없고. 하지만 파트너 변호사는 달라요. 당신이 모든 일에 흥미를 갖게 될 거란 뜻이에요."

"전과 똑같이 계약, 임대, 가옥과 대지, 약정서나 다루겠지……"

그는 그녀가 잘 모르는 법률 용어를 나열했고, 입은 웃었지만 눈은 애원하고 있었다. 그녀에게 간절히 애원하는 눈빛이었다. 그때 그녀는 로드니를 얼마나 사랑했는지!

"하지만 당신도 사무소에 합류하게 될 거라 알고 있었잖아요."

"그래 알아, 나도 안다고. 하지만 내가 이 일을 그렇게 싫어하게 될지 어떻게 알았겠어?"

"하지만…… 내 말은…… 그럼 달리 어떤 일을 하고 싶은데요?"

그러자 그는 굉장히 빠르고 적극적으로 대답했다. 말이 술술 쏟아져나왔다.

"나는 농사를 짓고 싶어. 리틀 미드 농장이 매물로 나왔어. 상태가 나쁘긴 하지만—홀리가 농장을 방치했거든—그 덕분에 싸게 나온 거야. 정말 좋은 땅이지, 잘 들어봐……"

그가 빠르게 계획을 풀어놓았다. 전문 용어들이 쏟아져나오자 조앤은 적잖이 당황했다. 그녀는 밀이니 보리니 돌려짓기니 순종 가축이니 젖소 따위에 대해 아는 게 전혀 없었다.

조앤은 실망한 어투로 이 말밖에 할 수 없었다.

"리틀 미드라면 애셀다운 저 밑에 있어요. 아주 외진 곳이란 말이에요."

"좋은 땅이야, 조앤. 위치도 좋고……"

그는 다시 설명하기 시작했다. 로드니가 그렇게 열정적인 줄 미처 몰랐다. 그렇게 말 많고 적극적일 수도 있는지 조앤은 몰랐다.

"하지만 거기서 먹고살 게 나오겠어요?" 조앤이 의심하듯 물었다.

"먹고사는 거? 아, 물론이지. 근근이 살기는 하겠지만."

"내 말이 그 말이에요. 다들 농사는 돈벌이가 안 된다고 말하

봄에 나는 없었다 45

잖아요."

"아, 그야 그렇지. 엄청난 운이 따르거나 자본이 넉넉하지 않다면 농사로 돈 벌기는 힘들지."

"거봐요. 내 말은, 농사는 현실적이지 않다고요."

"아니, 그렇지 않아, 조앤. 내게 돈이 조금 있잖아. 빚만 지지 않는다면 조금만 벌어도 상관없어. 농장생활이 얼마나 멋질지 상상해봐! 아주 근사할 거야!"

"당신이 농사에 대해 뭘 안다고요?"

"아니, 그렇지 않아. 난 알아. 우리 외조부님이 데번셔 지방에서 크게 농사지으셨다는 거 몰라? 어릴 때 우리 가족은 거기서 휴가를 보냈지. 그렇게 즐거웠던 시간이 없었어."

남자는 어린애와 똑같다더니 딱 맞는 말이야. 그녀는 속으로 중얼거렸다.

"인생은 휴가가 아녜요. 우리에게는 생각해야 할 미래가 있어요, 여보. 토니가 있다고요." 조앤이 달래듯이 말했다.

그때 토니는 생후 11개월이었다.

"아이는 곧 더 생길 거고요." 그녀는 덧붙여 말했다.

로드니는 곧바로 대답을 구하는 눈빛으로 쳐다보았고, 그녀는 생긋 웃으면서 고개를 끄덕였다.

"하지만 조앤, 그렇게 되면 더 좋아진다는 걸 모르겠어? 농장은 아이들에게 좋은 곳이야. 건강한 장소지. 아이들은 신선한 달걀과 우유를 먹고 마음껏 뛰놀고 가축을 보살피는 법을 배울 거야."

"그래요, 로드니. 하지만 고려해야 할 것들이 많아요. 우선 학교 문제가 있죠. 애들은 좋은 학교에 다녀야 해요. 그런 학교는 학비가 비싸죠. 신발이며 옷도 사야 하고 치과에도 다니고 병원 치료도 받아야 해요. 그리고 좋은 친구들과 사귀게 해줘야 하고요. 당신이 하고 싶은 일만 하며 살 수는 없어요. 자식들을 세상에 내놓으려면 이런 것들을 고려해야 해요. 어쨌든 당신에게는 그럴 책임이 있으니까요."

"아이들이 좋아할 텐데……" 로드니는 완고하게 밀어붙이다가 의문이 담긴 목소리로 말했다.

"현실적이지 않아요, 로드니. 정말이지 현실성이 없어요. 법률사무소에서 일하면 언젠가는 연봉이 2천 파운드쯤 될 거예요."

"그건 어렵지 않을 거 같군. 해리 숙부님은 그 이상을 버시니까."

"거봐요! 당신도 알겠죠? 그런 자리를 마다할 순 없어요. 그건 미친 짓이라고요!"

그녀는 몹시 단호하고, 몹시 긍정적으로 말했다. 그녀는 이 문제에 대해 확고한 태도를 취해야 한다는 것을 알았다. 둘 중 한 사람이라도 현명해야 했다. 로드니가 자신에게 최선인 것을 보지 못한다면, 그녀라도 그래야 했다. 농사를 짓겠다는 생각은 정말 어처구니없고 바보 같고 터무니없었다. 로드니는 소년 같았다. 조앤은 강하고 확신에 찬 엄마 같은 기분을 느꼈다.

"내가 이해하지도 공감하지도 못한다고 생각하지는 마요, 로드니. 나도 다 알아요. 하지만 그건 현실적이지 않은 일일 뿐이에요."

그는 아내의 말을 자르며 농사가 충분히 현실적인 일이라고 받아쳤다.

"그래요, 하지만 그건 그림 속에 없어요. 우리의 그림에 없다고요. 지금 당신 앞에는 최고 조건을 내건 근사한 가업의 길이 열려 있어요. 그리고 숙부님이 놀랄 만큼 좋은 제안을 하셨고……"

"그래, 알아. 내가 기대했던 것보다 훨씬 좋은 조건이지."

"그리고 당신은…… 쉽게 이 제안을 뿌리치면 안 돼요! 그랬다간 평생 후회할 거예요. 끔찍한 죄책감에 시달릴 거라고요."

"빌어먹을 사무소!" 로드니가 투덜거렸다.

"아, 로드니, 당신은 생각하는 것처럼 그렇게 사무소를 싫어하지 않아요."

"아니, 난 싫어해. 오 년 동안 거기서 일했어. 내 마음이 어떤지는 내가 똑똑히 알아."

"적응할 거예요. 게다가 이제 사정이 다르잖아요. 아주 달라요. 파트너 변호사가 되는 거니까요. 그리고 결국은 업무에—그리고 만나는 사람들에게—관심을 갖게 될 거예요. 두고봐요, 로드니. 결국에는 더할 나위 없이 행복해질 테니까."

그 순간 로드니가 그녀를 바라보았다. 슬픈 눈길로 오래도록. 사랑이 깃들었지만 절망감도 있었고, 그와는 또다른 뭔가도 있었다. 어쩌면 마지막으로 희망이 슬쩍 번뜩인 것 같은……

"내가 행복해질지 당신이 어떻게 알지?" 로드니가 물었다.

"분명 그렇게 될 거예요. 두고보면 알아요." 조앤은 재빨리 명랑하게 대답했다.

그녀는 환하게, 그리고 권위적으로 고개를 끄덕였다.

"알았어. 당신 좋을 대로 해." 로드니는 한숨을 쉬고 내뱉듯이 말했다.

그랬다. 아주 아슬아슬했다고 조앤은 생각했다. 그녀가 단호하게 밀고나가서 얼마나 다행이었는지. 하마터면 그저 스쳐지나갈 헛된 희망 때문에 그의 경력이 망가질 뻔했다! 여자가 안 챙기면 남자는 인생을 엉망으로 만든다니까. 그녀는 속으로 중얼거렸다. 여자들에게는 안정감이, 현실감각이 있다……

그랬다, 그녀가 있어서 로드니에게는 다행이었다.

조앤은 손목시계를 힐끗 보았다. 열시 삼십분. 너무 멀리 갈 필요가 없었다. (그녀는 미소 지었다.) 딱히 거닐 데도 없으니까.

어깨 너머를 돌아보았다. 이상하게도 숙소가 시야에 들어오지 않았다. 건물이 풍경에 파묻혀서 눈에 띄지 않았다. 너무 멀리 가지 않도록 조심해야겠어. 길을 잃을지도 몰라. 조앤은 생각했다.

어처구니없는 생각이라니. 아니! 어쩌면 그렇게 어처구니없지는 않았다. 멀리 있는 언덕들이 이제 거의 보이지 않았다. 언덕과 구름을 구분할 수 없었다. 기차역도 보이지 않았다.

조앤은 음미하듯 주위를 둘러보았다. 아무것도 없었다. 아무도 없었다.

그녀는 조심조심 바닥에 앉았다. 가방에서 편지지와 만년필을 꺼냈다. 편지를 쓸 생각이었다. 지금의 감정을 편지로 전하면 재미있을 것 같았다.

누구에게 쓰지? 라이어널 웨스트? 재닛 앤스모어? 도러시어? 일단 재닛에게 쓰기로 했다.

조앤은 만년필 뚜껑을 열고 익숙한 필체로 술술 써내려가기 시작했다.

사랑하는 재닛에게

제가 어디서 이 편지를 쓰는지 당신은 짐작도 못할 거예요. 사막 한가운데랍니다. 연결편 기차를 탔어야 했는데 여기서 발이 묶여버렸어요. 기차는 일주일에 세 번밖에 오지 않는답니다.

기차역에 숙소가 있고, 인도인 매니저가 있어요. 그 사람 말고는 닭 몇 마리와 기묘한 분위기의 아랍인 두어 명, 그리고 저 뿐이에요. 말붙일 사람도 없고 마땅히 할일도 없어요. 그래도 전 이 시간을 만끽하고 있지요.

사막의 공기는 상쾌해요. 믿기 어려울 만큼 싱그러워요. 이 고요함은 직접 느껴봐야 알 수 있을 거예요. 몇 년 만에 처음으로 제 마음의 소리를 듣게 된 것 같답니다! 평소에 전 너무 바빠서 늘 이 일에서 저 일로 달음질치며 살지 않았겠어요. 어쩔 수 없는 일인지 모르지만 누구에게나 때때로 생각하고 재충전할 시간은 필요한 것 같아요.

여기 겨우 반나절 있었지만 기분이 한결 좋아졌답니다. 사람이 없어요. 제가 사람들로부터 떨어져나와 살기를 얼마나 간절히 원했는지 모르고 지냈나봐요. 사방 수백 킬로미터 안에 모래와 태양 말고 아무것도 없으니까 사람이 얼마나 느긋해지는지……

펜이 종이 위로 멈추지 않고 미끄러져갔다.

3

조앤은 잠시 멈추고 손목시계를 보았다.

열두시 십오분이었다.

편지 세 통을 쓰자 잉크가 떨어졌다. 편지지도 거의 다 썼다. 슬그머니 짜증이 났다. 편지를 보낼 사람이 몇 명 더 있는데.

하긴 한참 쓰다보니 편지 내용이 거의 비슷해지고 있었다…… 태양, 모래, 쉬면서 생각할 시간을 가져서 얼마나 좋은지! 모두 사실이긴 했지만 똑같은 내용을 매번 약간씩 고쳐 쓰려니 싫증이 났다.

조앤은 하품을 했다. 햇볕이 쏟아져서 몹시 졸렸다. 점심식사를 마치면 침대에서 한숨 자야겠다고 생각했다.

그녀는 일어나서 느릿느릿 숙소로 되돌아갔다.

블란치는 지금 뭘 하고 있을까. 바그다드에 도착해서 남편과 만났겠지. 들어보니 그 남편은 좀 형편없는 작자 같던데. 불쌍한 블란치—이렇게 주저앉다니 무서운 일이다. 젊고 잘생긴 수의사 해리 마스턴만 아니었다면—로드니처럼 좋은 남자를 만났다면. 블란치도 로드니를 아주 매력적이라고 말했잖은가.

그랬다. 그리고 블란치는 다른 이야기도 했다. 뭐랬더라? 로드니가 연애할 기회를 호시탐탐 노리더라고 했나? 천박한 표현하고는. 게다가 완전히 틀린 말이잖아, 완전히 틀린 말! 로드니는 그런 적이 한 번도 없었다. 단 한 번도.

이전과 같은 생각이 마음의 표면을 지나갔다. 하지만 뱀처럼 재빨리 스쳐지나지는 않았다.

랜돌프 계집애……

조앤은 순간 울컥했다. 내가 왜 계속 랜돌프를 생각하는지 진짜 알 수가 없네. 로드니가 어떻게 한 것도 아닌데…… 반갑지 않은 생각을 앞지르려는 듯이 걸음이 빨라졌다.

내 말은 아무 일도 없었다는 거지……

아무 일도 없었어……

머나 랜돌프는 그런 부류의 여자였을 뿐이다. 풍만하고 가무 잡잡하고 섹시한 아가씨. 남자한테 반하면 그것을 대놓고 광고 하는 것처럼 구는 여자.

간단히 말하면 그 여자가 로드니에게 맹렬하게 달려들었다. 그가 근사하다고 떠들고 다녔다. 테니스를 칠 때마다 그와 짝이 되고 싶어했다. 파티장에서는 그를 집어삼킬 듯이 쳐다보는 버릇까지 있었다.

당연히 로드니도 약간 우쭐했다. 어떤 남자라도 그랬을 것이다. 한참 어린데다 모두가 인정하는 최고의 미녀에게 관심을 받고도 로드니가 우쭐해하고 흐뭇해하지 않았다면 오히려 이상했을 것이다.

내가 그때 현명하고 요령 있게 대처하지 않았다면…… 조앤은 속으로 중얼거렸다.

그녀는 자화자찬하는 환한 표정으로 그때 자신이 한 처신을 되새겼다. 그녀는 그 상황을 아주 잘 처리했다. 사실 아주 잘했다. 가볍게 해치웠다.

"당신 여자친구가 기다리잖아요. 여자를 기다리게 하면 쓰나요…… 머나 랜돌프 말이에요…… 그래요, 그 아가씨…… 가끔 아주 이상하게 구는 그 여자."

로드니가 툴툴댔다.

"난 그 여자랑 테니스 치기 싫어. 그 여자를 다른 팀에 넣으라고."

"퉁명스럽게 굴지 마요, 로드니. 당신은 머나와 쳐야 해요."

장난스럽게—가볍게—상황을 처리해버리는 것. 둘 사이가

심각할 리 없음을 잘 안다고 보여주는 것……

투덜거리고 싫은 척했지만 로드니도 분명 좋았을 것이다. 머나 랜돌프는 모든 남자가 매력적이라고 느낄 만한 여자였다. 그녀는 변덕스럽고, 호감을 가지고 다가오는 남자들에게 아주 차갑고 거만하게 대했다. 그러고는 곁눈질 한번으로 그들을 자신에게 끌어들였다.

조앤은 정말 말도 못하게 가증스러운 여자라고 (평소 그녀답지 않게 열을 내며) 생각했다. 내 결혼생활을 깰 심산으로 무슨 짓이든 서슴지 않았어.

그랬다, 조앤은 남편이 아닌 그 여자를 탓했다. 남자들이야 쉽게 우쭐대니까. 또 그 당시 로드니는 결혼한 지—몇 년이었더라?—십 년? 십일 년? 결혼생활 십 년차를 작가들은 흔히 '위험한 시기'라고 했다. 배우자가 탈선하는 경향이 있는 시기. 안정되어 편안하고 확고한 상태로 접어들 때까지 조심스럽게 통과해야 했다.

그녀와 로드니가 그랬듯이……

조앤은 로드니를 탓하지 않았다. 그 키스 사건 때조차 그녀는 놀라지 않았다.

그것도 겨우살이 나무 아래서!

조앤이 서재에 들어갔을 때, 그 여자는 뻔뻔하게도 이렇게 말했다.

"우리는 겨우살이 나무에게 세례를 하고 있었어요, 스쿠다모어 부인. 마음에 두지 않으시면 좋겠어요."

그래, 난 정신을 똑바로 차렸고 아무 내색도 하지 않았어. 조앤은 생각했다.

"이제 그만 내 남편한테서 손을 떼는 게 어때요, 머나! 가서 당신에게 더 어울리는 청년을 찾아봐요."

그녀는 웃으면서 머나를 방에서 내보냈다. 모든 상황을 장난이라는 듯이 무마하면서.

"미안해, 조앤. 하지만 매력적인 아가씨인데다 지금은 크리스마스 시즌이잖아." 그때 로드니가 말했다.

로드니는 거기 서서 그녀에게 미소를 지었다. 미안해하는 표정이었지만 멋쩍거나 당황한 모습은 아니었다. 그런 태도는 그들의 관계가 정말로 깊지 않다는 것을 말해줬다.

일을 더이상 진전시켜서는 안 된다고, 조앤은 그래야겠다고 마음먹었다. 그녀는 로드니가 머나 랜돌프 앞에 얼씬도 못하도록 온갖 주의를 기울였다. 그리고 이듬해 부활절 무렵 머나는 알링턴 출신의 남자와 약혼했다.

결국은 아무것도 아닌 일로 끝났다. 어쩌면 로드니에게는 조금 재미있는 해프닝이었을 뿐인지도 모른다. 불쌍한 로드니…… 뭐 그 정도 재미는 누릴 만했다. 그는 정말 열심히 일했으니까.

결혼 십 년차―그랬다, 확실히 위험한 시기였다. 조앤 본인도 그 무렵에는 확실히 불안했던 기억이 난다……

조금 거칠어 보이는 젊은 화가―그의 이름이 뭐였는지 기억나지 않지만―에게 그녀도 살짝 빠지지 않았던가.

조앤은 미소 지으며 인정했다. 분명 그 화가에게 조금 바보처럼 굴었다. 그는 아주 적극적이었다. 상대를 무장해제시키는 뜨거운 눈길로 그녀를 바라보았다. 그러다가 그녀에게 모델이 되어달라고 청했다.

물론 핑계였다. 그는 목탄으로 한두 장 스케치하다가 찢어버렸다. 그녀를 '그릴' 수가 없다고 그는 말했다.

조앤은 미묘하게 우쭐하고 흐뭇한 감정을 느꼈던 것을 기억한다. 그때 그녀는 생각했다. 가여운 사람, 정말로 나를 좋아하나본데 어쩌지……

그래, 기분좋은 한 달이었어……

비록 그 끝은 상당히 민망했지만. 전혀 계획대로 되지 않았다. 사실 마이클 캘러웨이는 (맞아, 성이 캘러웨이였지!) 그저 소름끼치는 인간에 지나지 않았다.

조앤이 기억하기에 그날 두 사람은 핼링숲으로 산책하러 갔다. 둘은 애셀다운 꼭대기에서 구불구불 흘러내려오는 메더웨이강을 따라 오솔길을 걸었다. 마이클은 그날 오후에 조금 탁하고 수줍은 듯한 목소리로 조앤에게 산책을 가자고 말했다.

조앤은 두 사람이 나눌 대화를 상상해봤다. 그가 사랑을 고백하면 그녀는 아주 정중하고 부드럽게 거절하면서도 살짝—아주 살짝—안타까운 태도를 취할 거라 상상했다. 조앤은 매력적인 답변도 몇 개 생각해뒀다. 마이클이 두고두고 기억하고 싶을 만한 말로.

하지만 일은 그렇게 풀리지 않았다.

전혀 그런 식으로 풀리지 않았다!

마이클 캘러웨이는 느닷없이 그녀를 끌어안고는 숨도 못 쉴 정도로 난폭하고 야만적으로 키스했다. 그러고는 팔을 풀고 자못 만족스러운 듯 큰 소리로 말했다.

"아, 이렇게 하고 싶었어!" 그러더니 조앤의 분노에 찬 항의에도 아랑곳없이 파이프에 담배를 채웠다.

그는 하품을 하면서 크게 기지개를 켜고는 그저 이렇게만 말했다. "아, 기분좋다."

그 모습을 떠올리면서 조앤은, 갈증 나는 날 사내가 맥주를 들이켠 뒤에 내뱉는 말 같다고 생각했다.

그들은 말없이 집으로 돌아갔다. 조앤만 조용했다는 뜻이다. 마이클 캘러웨이는 노래라도 흥얼거리는지 크고 이상한 소리를 냈다. 그가 걸음을 멈춘 곳은 숲의 끄트머리, 그들이 크레이민스터 마켓 워플링 대로로 접어들기 직전이었다. 마이클은 그녀를 차가운 눈으로 뚫어지게 보더니 생각에 잠긴 말투로 말했다.

"그거 아냐? 당신이란 여자는 차라리 강간이라도 당하는 게 나을 것 같다는 거?"

조앤이 분노와 충격으로 말없이 서 있는 사이, 그는 즐거운 듯이 덧붙였다.

"내가 그렇게 해주려고 했는데. 그러고도 당신 표정이 바뀌지 않는지 보고 싶었거든."

그러더니 그는 대로로 발을 내디뎠고, 노래는 포기했는지 기운차게 휘파람을 불었다.

당연히 조앤은 그와 다시 말을 섞지 않았고, 며칠 후 마이클은 크레이민스터를 떠났다.

이상하고 어리둥절하고 혼란스러운 사건이었다. 결코 기억하고 싶지 않은 일이었다. 사실 그녀는 약간 의아했다. 이제 와서 그 일이 다시 기억나다니……

끔찍했다, 그때 일어났던 모든 일이 지독하게 끔찍했다!

그녀는 머릿속에서 곧장 그 생각을 밀어냈다. 햇살 좋은 모래밭에서 휴식을 취하면서 불쾌한 기억을 떠올리고 싶은 사람이 있을까. 떠올려도 좋을 유쾌하고 활기찬 일도 많았다.

아마 점심식사가 준비됐을 것이다. 조앤은 손목시계를 힐끗 봤다. 십오 분 전 한시였다.

그녀는 방으로 올라가서 편지지가 더 있는지 가방을 뒤졌으나 여분은 몇 장 없었다. 하기야 편지 쓰는 데 싫증이 났으니 상관없었다. 더이상 쓸 말도 없었다. 같은 얘기를 계속 쓸 수는 없으니까. 무슨 책을 가져왔지? 『캐서린 다이사트 부인의 회상』과 떠나기 전에 윌리엄이 챙겨준 탐정소설이 있었다. (조앤은 그에게 고맙긴 하지만 탐정소설은 별로 좋아하지 않는다고 말했다.) 그리고 버컨*의 『파워 하우스』가 있었다. 이 책은 아주 오래전에 출간됐고 조앤은 몇 년 전에 이미 한 번 읽었다.

알레프역에 도착하면 책을 몇 권 더 사야겠다고 생각했다.

점심식사는 오믈렛(너무 익혀서 부드럽다고는 절대 말할 수 없는), 달걀 카레, 구운 콩과 통조림 복숭아를 곁들인 연어(통조림)가 나왔다.

약간 푸짐하게 점심식사를 마친 조앤은 방에 돌아가서 침대에 누웠다. 사십오 분쯤 눈을 붙이고 일어나 티타임 전까지 『캐서린 다이사트 부인의 회상』을 읽었다.

홍차(깡통 우유를 넣은)와 비스킷으로 다과를 든 뒤 산책을 다녀왔다. 그런 다음 『캐서린 다이사트 부인의 회상』을 이어서 읽었다. 그리고 저녁식사로 오믈렛, 연어 카레, 달걀과 구운 콩, 통조림 살구를 먹었다. 그러고는 탐정소설을 펼치고 잠자리에 들 준비를 하기 전까지 전부 읽었다.

인도인이 명랑하게 말했다.

---

* 스코틀랜드 태생의 작가, 정치가, 역사가. 캐나다 총독 역임.

"안녕히 주무십시오, 부인. 기차는 내일 아침 일곱시 삼십분에 오겠지만 저녁 여덟시 반이나 되어야 떠날 겁니다."

조앤은 고개를 끄덕였다.

하루 더 시간을 보내야 한다는 뜻이었다. 아직 『파워 하우스』가 남아 있었다. 얇은 책이라서 아쉬웠다. 그때 한 가지 생각이 떠올랐다.

"기차를 타고 들어오는 사람들이 있겠죠? 그들은 곧장 모술로 가나요?"

인도인은 고개를 저었다.

"아마 아닐걸요. 오늘 자동차가 한 대도 오지 않은 걸 보니까 모술 쪽 도로 사정이 많이 안 좋은가봅니다, 부인. 모든 게 여러 날 발이 묶여 있습니다."

조앤은 얼굴이 환해졌다. 그렇다면 내일 기차에서 내린 승객들은 이 숙소에 묵을 것이다. 반가운 일이다. 대화를 나눌 만한 상대가 있을 것이다.

조앤은 십 분 전보다 훨씬 밝은 마음으로 잠자리에 들었다. 여기만의 독특한 분위기가 있어. 비계가 산패해 풍기는 퀴퀴한 냄새 때문일 거야! 사람을 지독히 우울하게 만든다니까. 조앤은 생각했다.

그녀는 이튿날 아침 여덟시에 일어나 옷을 갈아입고 식당으로 갔다. 테이블에는 한 사람 분의 포크와 나이프밖에 보이지 않았다. 그녀가 부르자, 인도인이 흥분한 표정으로 다가왔다.

"기차가 안 들어왔습니다, 부인."

"안 들어왔다니, 연착한다는 뜻인가요?"

"아뇨, 아예 못 들어옵니다. 누사이빈 쪽에 큰비가 내렸거든요. 선로가 넘쳐서 사흘이나 나흘, 아마 대엿새는 기차가 다니지 못할 겁니다."

조앤은 경악한 표정으로 그를 바라보았다.

"그러면…… 나는 뭘 하죠?"

"여기 계시면 됩니다. 음식, 맥주, 차, 다 충분하죠. 아주 좋아요. 여기서 기차를 기다리시면 됩니다."

맙소사, 동양인들이라니! 이 사람들에게는 시간이 아무 의미도 없단 말인가.

"차로 갈 수는 없나요?"

인도인은 재미있다는 표정을 지었다.

"자동차요? 차를 어디서 구하시려고요? 모술까지 도로 상태가 아주 나쁘고, 와디에서 죄다 막혀 있는데요."

"전화해볼 수는 없나요?"

"전화를 어디다요? 여긴 터키 철도예요. 터키 사람들이 얼마나 까다로운데요. 아무것도 안 해요. 그저 기차만 운행하죠."

조앤은 기운을 내면서 자신이 이 상황을 재미있어한다고 가장하려 했다. 문명으로부터 완전히 고립되는 거로군. 전화도 전보도 자동차도 아무것도 없어.

인도인이 위로하듯 말했다.

"이곳 날씨가 기막히게 좋지 않습니까. 음식도 많고요. 아주 편안하실 겁니다."

그래, 날씨 하나는 기막히게 좋지. 그건 다행이야. 온종일 숙소에만 틀어박혀 있어야 한다면 훨씬 끔찍할 테니까. 조앤은 생각했다.

마치 그녀의 생각을 읽기라도 한 듯이 인도인이 말했다.

"여기는 날씨가 좋아요. 비도 거의 안 내리죠. 모술 쪽, 철도 근방에는 큰비가 왔어요."

조앤은 테이블 앞에 앉아서 아침식사를 기다렸다. 잠시 혼란스러웠지만 극복했다. 소란 떨어봤자 좋을 게 없었다. 지각 있는 인간은 그런 바보 같은 짓은 하지 않는다. 더구나 이 일은 어떻게 해볼 도리가 없었다. 시간을 낭비하게 되는 것이 좀 불만이기는 해도.

조앤은 쓴웃음을 지으며 생각했다. 블란치에게 했던 말대로 된 것 같네. 내가 느긋하게 쉴 시간을 가지면 좋겠다고 했었잖아. 그런데 정말 그렇게 됐네! 여기서는 할일이 전혀 없어. 읽을거리조차 없지. 오히려 잘된 일인지 몰라. 사막에서 휴양 치료를 받는 셈이야.

조앤은 블란치를 생각하자 불쾌한 연상이 일어났다. 떠올리고 싶지 않을 정도로 불쾌한 일이란 것만 확실했다. 그런데 왜 또 블란치 생각을 하고 있지?

조앤은 아침식사를 마치고 밖으로 나갔다. 어제처럼 숙소에서 제법 떨어진 곳까지 걸어가서 바닥에 앉았다. 한동안 눈을 반쯤 감고 가만히 앉아 있었다.

근사해. 그녀는 생각했다. 평화와 고요가 몸에 스며드는 듯했다. 기분이 좋아지는 것을 바로 느낄 수 있었다. 치유해주는 공기, 따뜻하고 기분좋은 햇볕―이 모든 평온.

조앤은 꽤 오래 앉아 있었다. 그러다가 시계를 힐끗 보았다. 열시 십분이었다.

오늘 아침 시간은 무척 빨리 가네…… 그녀는 생각했다.

바버라에게 편지를 써볼까? 어제 영국에 있는 지인들에게 편지 쓸 때 바버라 생각은 왜 못했을까?

조앤은 편지지와 만년필을 꺼냈다.

사랑하는 바버라에게

이번 여행에는 별로 운이 따르지 않는구나. 월요일 저녁 기차를 놓쳤고, 여기서 며칠 발이 묶일 것 같다. 하지만 평화롭고 햇볕이 좋아서 난 무척 행복하단다.

조앤은 손을 멈췄다. 이제 무슨 말을 쓰지? 아기? 아니면 윌리엄의 안부? 바버라에 대해서는 걱정하지 말라던 블란치의 말은 대체 무슨 뜻이었을까? 그래! 블란치에 대해 생각하고 싶지 않았던 이유가 바로 이것이었다. 블란치는 바버라에 대해 이야기할 때 무척 이상하게 굴었다.

마치 바버라의 엄마인 조앤이 딸에 대해 아는 게 아무것도 없다는 듯이.

"바버라는 걱정하지 마, 이제 괜찮을 거야." 이 말은 바버라가 그때까지 괜찮지 않았다는 뜻일까?

하지만 도대체 어떤 면에서? 블란치는 바버라가 너무 어린 나이에 결혼했다는 말도 내비쳤다.

조앤은 불안하게 뒤척였다. 언젠가 로드니도 비슷한 말을 했었다. 아주 불쑥, 평소와는 달리 강한 어조로.

"난 이 결혼이 내키지 않아, 조앤."

"어머, 로드니, 왜요? 윌리엄은 정말 괜찮은 청년이고 둘은 무척 잘 어울리잖아요."

"좋은 청년이라고는 생각해. 하지만 바버라는 그를 사랑하지 않아."

조앤은 놀랐다. 정말 어이가 없었다.

"로드니, 어떻게 그런 바보 같은 소리를 할 수 있죠! 바버라는 당연히 그를 사랑해요! 사랑하지 않는다면 대체 왜 결혼하겠어요?"

"내가 걱정하는 게 그거지." 로드니는 좀 어눌하게 대답했다.

"당신—정말이지—왜 이렇게 이상하게 굴어요?"

조앤은 일부러 가벼운 말투로 물었지만 그는 신경쓰지 않고 대답했다.

"사랑하지 않는다면 결혼하지 말아야지. 바버라는 아직 너무 어리고 지나치게 감정적이야."

"세상에! 당신이 성격에 대해 뭘 안다고요?"

조앤은 웃고 싶어졌다.

하지만 로드니는 전혀 웃지 않고 말했다.

"집을 벗어나기 위해 결혼하는 여자도 있어."

조앤은 갑자기 웃음이 났다.

"설마 바버라가 그럴 리가요! 우리처럼 행복한 가정에서 그런 일은 있을 수 없어요."

"정말로 그렇다고 생각해, 조앤?"

"그럼요, 물론이죠. 그보다 더할 수 없을 정도로 우린 언제나 아이들을 위하며 살았잖아요."

"우리 아이들은 집에 친구들을 별로 데려오지 않는 것 같던데." 로드니가 천천히 말했다.

"아네요, 여보. 난 자주 파티를 열고 젊은 사람들을 초대해요! 그런 일에 신경을 써왔다고요. 파티를 싫어하고 친구를 초대하지 않는 건 바버라예요."

로드니는 말이 통하지 않는다는 듯이 고개를 가로저었다.

그날 저녁 조앤이 거실에 들어갔을 때, 바버라가 흥분해서 외치는 소리가 들렸다.

"그래봐야 소용없어요, 아빠. 전 멀리 떠날 거예요. 더는 못 참겠어요. 다른 데 가서 직장을 구하라는 말도 하지 마세요, 딱 질색이니까."

"그게 무슨 얘기냐?" 조앤이 끼어들었다.

잠깐, 아주 잠깐이었지만 바버라는 입을 꾹 다물어버렸다. 그러더니 얼굴을 붉히면서 반항하는 어조로 말했다.

"아빠는 자기가 가장 잘 아는 줄 안다니까요! 약혼 기간을 몇 년이나 가지래요. 전 절대 그럴 수 없고 빨리 결혼해서 윌리엄과 바그다드로 가겠다고 했어요. 그곳 생활은 분명 멋질 거예요."

"실은 나도 네가 그렇게 멀리 가지 않으면 좋겠어. 널 내가 볼 수 있는 데다 두고 싶구나." 조앤이 초조하게 말했다.

"세상에, 엄마!"

"안다, 얘야. 하지만 넌 네가 얼마나 어리고 경험이 없는지 몰라. 가까운 데 살면 내가 여러모로 보살펴줄 수 있으련만."

"제가 엄마의 경험과 지혜라는 특별한 것 없이 혼자 배를 저어가야 한다는 것 같네요." 바버라가 미소 지으면서 대답했다.

그때 로드니가 천천히 방에서 나가려 하자, 바버라가 냉큼 쫓아가 그의 목을 끌어안고 말했다.

"사랑하는 아빠. 사랑하고 또 사랑하는 아빠……"

요즘 저 아이는 묘하게 감정적이라니까. 조앤은 생각했다.

어쨌든 그 일은 결혼이 너무 이르다는 로드니의 생각이 완전히 틀렸다는 것을 확인시켜줬다. 바버라는 윌리엄과 함께 근동으로 간다는 생각에 들떠 있었다. 사랑에 빠져 미래의 그림을 그리는 두 젊은이의 모습은 보는 사람까지 흐뭇하게 만들었다……

바버라가 가정이 불행해서 일찍 결혼했다는 소문이 돌았다니 어처구니없다. 하지만 바그다드는 가십과 루머가 난무해서 무슨 말을 꺼내기가 무서운 곳 같았다.

리드 소령이 그랬다.

조앤은 리드 소령을 만난 적이 없지만 바버라가 보낸 편지들에서 그의 이름을 자주 보았다. 리드 소령을 저녁식사에 초대했다든가 함께 사냥을 갔다든가 하는 이야기들이었다. 바버라는 지난여름 몇 달간 아칸투스라는 곳에 가 있었다. 바버라와 다른 젊은 부인은 방갈로를 얻어 함께 지냈고, 그 시기에 리드 소령도 그곳에 있었다. 그들은 종종 테니스를 함께 쳤고 나중에 바버라와 소령의 팀이 클럽의 혼성 복식 경기에서 이겼다는 이야기도 있었다.

그러니 조앤이 명랑하게 리드 소령의 안부를 물은 건 자연스러웠다. 이야기를 많이 들어서 실제로 그를 무척 만나보고 싶다고 말했다.

그녀의 질문은 예기치 않게 상황을 난처하게 만들었다. 바버라의 얼굴은 하얗게 질렸고 윌리엄의 얼굴은 새빨개졌다. 몇 분지나 윌리엄이 아주 묘한 목소리로 투덜거리듯 말했다.

"이제 우리는 그를 만나지 않습니다."

그의 태도가 어찌나 딱딱했는지 조앤은 말문이 막혔다. 나중에 바버라가 잠자리에 들자 조앤은 윌리엄에게 다시 그 화제를 꺼냈다. 그녀는 미소 지으면서 자신이 공연한 이야기를 꺼냈나 보다고 말했다. 그녀는 리드 소령이 아주 가까운 친구인 줄 알았다고 했다.

윌리엄은 자리에서 일어나더니 파이프 담배를 벽난로에 탁탁 털었다. 그리고 애매한 말투로 대꾸했다.

"글쎄요. 함께 사냥을 나간 적은 있지만 그것뿐이었어요. 못본 지 오래됐습니다."

연극이 서툴군. 조앤은 이렇게 생각하고 피식 웃었다. 남자들은 속이 빤히 들여다보였다. 그녀는 윌리엄의 구태의연한 과묵함이 조금 우스웠다. 그는 그녀를 몹시 고지식하고 깐깐한 여자로—세상에 흔한 장모로 생각하는 듯했다.

"알 만하군. 스캔들이야." 조앤이 말했다.

"무슨 뜻입니까?" 윌리엄은 아주 화가 난 듯 그녀를 향해 돌아섰다.

조앤은 사위에게 미소를 지었다.

"감추려 했겠지만 자네 태도를 보고 금방 알았어. 아마 자네
는 그 사람에 대해 뭔가 알았고 그래서 그와 등져야 했을 거야.
그래, 묻는 게 아니었어. 이런 일은 몹시 곤혹스럽다는 걸 나도
알아."

"네…… 네, 맞습니다. 곤혹스럽죠." 윌리엄은 천천히 말했다.

"타인의 판단을 그대로 믿었다가 나중에 그게 틀렸다는 걸
알게 되면 아주 난처하고 불쾌하지." 조앤이 말했다.

"그 사람은 떠났습니다. 잘됐죠. 동아프리카로 갔어요." 윌리
엄이 말했다.

이때 조앤은 알위아 클럽에서 얼핏 들었던 대화가 갑자기 기
억났다. 노비 리드가 우간다로 간다는 이야기였는데.

"가여운 노비, 바보 같은 여자들이 그를 쫓아다닌 건 그의 잘
못이 아닌데." 어떤 부인이 말했다.

그러자 더 나이든 부인이 심술궂게 웃으면서 말했다. "그 남
자한테도 문제가 많았지. 아직 피지도 않은 가녀린 봉오리만 좋
아했잖아, 세상 물정 모르는 신부. 수완이 얼마나 뛰어났는지
얘기 안 할 수가 없지! 그래, 아주 매력적이었어. 여자 마음을
사로잡는 법을 정말 잘 알았으니까. 넘어오는 순간 노비는 다른
여자에게로 눈길을 돌렸지만."

"모두 그를 그리워할 거예요. 정말 유쾌한 사람이었는데." 처음의 부인이 말했다.

나이든 부인이 소리 내어 웃었다.

"하지만 노비가 떠나는 게 안타깝지 않은 남편도 두엇 있을걸! 사실 그를 좋아하는 남자는 아주 드물지."

"노비는 감당하기 어려울 정도로 이곳을 뜨겁게 만들었어요."

그러자 나이든 부인이 말했다. "쉿!" 그런 다음 그녀는 목소리를 낮췄고 조앤은 더이상 듣지 못했다. 그때는 무슨 내용인지 잘 몰랐지만, 지금 그 대화가 생각났고 호기심이 생겼다.

윌리엄은 그 일에 대해 말하기 꺼렸지만, 혹시 바버라라면 더 이야기해줄지 모른다고 생각했다.

그러나 바버라는 그러기는커녕 몹시 불쾌하다는 듯이 말했다.

"난 그 사람에 대해 아무 말도 하고 싶지 않은데요. 아시겠어요?"

조앤은 딸의 반응을 떠올렸다. 바버라는 믿기 힘들 정도로 말을 아꼈고, 자신의 병과 그 원인에 대해서도 입을 다물었다. 얘기를 꺼내려고만 해도 초조해하면서 신경을 바짝 곤두세웠다. 조앤은 바버라의 병이 일종의 식중독이라고 짐작했다. 프토마인 중독은 더운 지방에서는 드물지 않은 병이니까. 하지만 윌리엄도 바버라도 자세히 말해주지 않았다. 조앤은 바버라의 엄마로서 마땅히 알아야 한다고 의사에게 설명을 요구했지만 의사도 마찬가지였다. 의사는 바버라에게 병에 대해 묻거나 병에 대해 생각하게 만드는 건 좋지 않다는 말만 강조했다.

"지금 환자에게 필요한 건 적절한 보살핌과 체력 회복입니다. 왜 그랬는지 어디서 그랬는지 같은 건 아무 도움이 안 되는 화제이고, 말하는 것 자체가 환자를 위하는 일이 아닙니다. 이게 제가 드릴 수 있는 힌트의 전부입니다, 스쿠다모어 부인."

그녀는 불쾌하고 뚱한 의사라고 생각했다. 영국에서 부리나케 달려온 엄마의 열성을 알아주면 좋으련만 그는 도무지 무심했다.

그래도 바버라는 고마워했어. 조앤은 그렇게 짐작했다…… 바버라는 많이 고마워했고, 윌리엄도 멀리서부터 와줘서 얼마나 고마운지 모르겠다고 했다.

"계속 옆에 있어주면 좋겠지만" 하고 조앤이 말했을 때 윌리엄은 정말 아쉽다고 했다. 조앤은 더 붙잡으면 안 된다고—머물고 싶은 마음이야 굴뚝같고 바그다드에서 겨울을 보내고 싶기도 하지만—말했다. 바버라의 아빠를 생각하면 여기서 자기만 한가롭게 지낼 수는 없지 않겠느냐고.

그러자 바버라는 들릴 듯 말 듯한 목소리로 "아, 아빠"라고 중얼거렸다. 그리고 일 분쯤 뒤에 말했다. "저, 엄마, 여기 좀더 계시는 게 어때요?"

"네 아빠 생각도 해야지."

조앤이 대답하자 바버라는 이따금 쓰는 묘하게 메마른 말투로 당연히 생각한다고 말했다. 하지만 조앤은 가여운 로드니를 하인들에게만 맡겨둘 수는 없다고 대꾸했다.

떠나기 며칠 전 그녀가 마음을 바꿀 뻔한 순간이 있었다. 한 달쯤 더 머문다고 집에 무슨 일이 생기진 않을 것 같아 좀더 있을까 했는데 윌리엄은 계절이 바뀌면 사막 여행이 힘들어질 거라고 주장했다. 그래서 애초의 계획대로 떠나기로 했다. 그런 뒤에 윌리엄과 바버라가 어찌나 잘해줬는지 조앤은 그 바람에 또다시 마음을 바꿀 뻔했지만 결국 그러지는 않았다.

하지만 아무리 계절이 바뀐 다음 떠났다 해도 지금보다 더 나쁘지는 않았을 것이다.

조앤은 다시 손목시계를 보았다. 오 분 전 열한시. 짧은 시간에 참 많은 생각을 했다.

산책 나오면서 『파워 하우스』를 가져오지 않은 걸 후회했다. 읽을 거라곤 이제 그 책뿐이니 내일을 위해 숙소에 두고 온 게 잘한 일인지도 모르지만……

점심식사 시간까지 앞으로 두 시간 남았다. 조앤은 인도인에게 한시에 점심식사를 하겠다고 말해뒀다. 조금 더 걸어도 좋을 테지만 목적지 없이 무작정 걷는 일이 부질없게 느껴졌다. 더구나 햇볕이 너무 뜨거웠다.

하지만 혼자만의 시간, 생각을 정리할 시간을 가지면 좋겠다고 얼마나 자주 바랐던가. 지금이 바로 그럴 시간이었다. 그런데 어떤 생각들을 그렇게 간절히 정리하고 싶었을까?

조앤은 마음속을 살폈다. 이런저런 것들이 차례로 머리에 떠올랐지만 어느 것 하나 정말 중요하다고 말할 수 없는 기분이 들었다. 물건들이 있는 장소나 수납한 위치 기억하기, 하인들의 여름휴가 일정 짜기, 낡은 공부방을 어떻게 꾸밀지 계획 세우기 같은 것뿐이었다.

다시 생각해보니 전부 다 지금의 자신과 동떨어지고 중요하지 않은 문제 같았다. 11월이니 하인들의 휴가 일정을 짜기에는 너무 일렀다. 게다가 성령강림절이 언제인지 알아야 하니 내년도 달력이 있어야 했다. 하지만 공부방을 어떻게 꾸밀지는 여기서도 결정할 수 있었다. 벽은 가벼운 베이지 색조로 하고, 오트밀색 커버를 씌운 화사한 쿠션 몇 개를 놓으면 아주 괜찮을 것 같았다.

열한시 십분. 공부방을 꾸미는 계획을 세우는 데는 시간이 얼마 걸리지 않았다!

조앤은 멍하니 생각했다. 이런 지루한 생각이나 하고 있을 줄 알았으면 현대 과학과 발견에 대한 흥미로운 책을 가져오는 건데. 양자론 같은 것들을 설명하는 책으로.

그런데 왜 지금 양자론 같은 것이 떠올랐지? 그녀는 자문했고 문득 생각났다. 커버를 바꾸는 문제를 생각하다 셔스턴 부인이 연상됐기 때문이다.

마을의 은행 지점장인 셔스턴 씨의 부인과 응접실 소파 커버로 친츠*가 좋다 크레톤**이 좋다 하며 옥신각신했을 때 셔스턴 부인은 불쑥 이런 말을 했다.

"나는 종종 내가 양자론을 이해할 만큼 똑똑하면 좋겠다고 생각해요. 에너지가 작은 입자들로 구성되어 있다니 환상적인 이론이지 않아요?"

조앤은 멍하니 그녀의 얼굴을 바라보았다. 과학 이론과 친츠가 도대체 무슨 상관이라고? 그러자 셔스턴 부인은 얼굴을 붉히면서 말했다.

"내가 이렇다니까요. 하지만 상관도 없는 것이 불쑥 머릿속에 떠오를 때가 있잖아요? 그런 생각을 하면 가슴이 두근거려요."

조앤은 전혀 두근거리지 않았기 때문에 이 대화는 더이상 진전되지 않았다. 하지만 셔스턴 부인의 집 소파에 씌워진 크레톤은 또렷이 기억났다. 크레톤이라기보다는 수공으로 날염한 마직***이었고 갈색, 회색, 빨간색 나뭇잎이 수놓여 있었다. "커버가 정말 독특하네요. 비싼 거죠?" 하자 셔스턴 부인은 그렇다고

---

* 사라사 무명의 일종. 화려하고 작은 무늬가 있다.
** 사라사 무명의 일종. 무늬가 크고 친츠보다 두껍다.
*** 크레톤은 예전에 아마사로 짰다.

대답했다. 그러더니 자신이 숲과 나무를 아주 좋아해서 산 것이고, 미얀마나 말레이처럼 식물이 쑥쑥 자라는 곳에 가보는 것이 꿈이라고 덧붙였다. 셔스턴 부인은 안달하는 어조로 "정말 쑥쑥" 하며 설명을 보태려는 듯 양손을 답답하고 어설프게 움직였다.

이제 와서 생각해보니 그 마직은 한 마에 적어도 18실링 6펜스는 줬을 것 같다. 그 시절치고는 굉장한 가격이다. 셔스턴은 부인에게 생활비와 가재도구 구입비를 얼마나 줬던 걸까. 나중에 일어난 불미스러운 사건이 이때부터 예고된 것이었는지도 모른다.

조앤은 사실 셔스턴을 별로 좋아하지 않았다. 언젠가 한번 은행에 있는 그의 사무실에서 책상을 마주하고 앉아 주식 재투자를 의논한 적이 있었다. 그는 몸집이 크고 활기차고 붙임성이 좋은 남자였다. 그러나 지나칠 정도로 빈틈이 없었다. 그의 태도는 마치 '나는 세상 물정에 훤한 사람입니다'라고 말하는 것 같았다. "절 돈을 다루는 기계라고 생각하지 말아주십시오, 부인. 전 테니스도 치고 골프도 치고 춤도 브리지도 즐깁니다. 부인이 파티에서 만난 그 친구가 본래의 저입니다. '이 이상 당좌 대출은 곤란합니다' 같은 말이나 하는 융통성 없는 은행가가 아니라요."

못 말리는 떠버리였다고 조앤은 분개하며 회상했다. 그는 부정직한 사람이었다. 항상 그랬다. 그 무렵 그는 이미 은행의 장부를 조작하거나 이런저런 수상한 사기 행위를 했던 게 틀림없다. 그러나 사람들 대부분이 그를 좋아했고, 보통의 은행가와 달리 선량한 남자라고 평했다.

하긴 분명 그건 맞는 말이다. 보통의 은행가라면 은행돈을 횡령하지 않으니까.

어쨌든 레슬리 셔스턴은 그런 돈으로 수공 날염 천을 사들였을 것이다. 하지만 부인의 사치가 셔스턴 지점장을 그렇게 만들었다고 의심하는 사람은 없었다. 레슬리 셔스턴에게 돈이 특별한 의미가 없다는 건 척 봐도 알 수 있었다. 그녀는 언제나 허름한 녹색 모직 옷을 입고 정원을 손질하거나 시골길을 거닐거나 했다. 자식들의 차림새에도 별로 신경쓰지 않았다. 그로부터 한참 지난 어느 날, 조앤은 셔스턴 부인에게 다과 초대를 받았다. 부인은 눈에 띄게 큰 빵 한 덩이와 버터, 직접 담근 잼, 평소에 사용하는 컵과 찻주전자를 쟁반에 한데 올리고 와서 차를 준비했다. 쾌활하지만 원래부터 야무지지 못하고 무신경한 여자였다. 걸을 때는 몸이 한쪽으로 기울고, 표정도 얼굴의 반으로만 짓는 것 같았다. 하지만 그 반쪽짜리 미소에 뭐라 말할 수 없는 매력이 있다며 다들 그녀를 좋아했다.

아, 그래, 불쌍한 레슬리 셔스턴. 그녀는 서글픈 인생을 살았다, 정말 서글픈 인생을 살았다.

조앤은 안절부절못하며 서성거렸다. 왜 서글픈 인생이란 말이 마음에 떠오르게 내버려뒀을까? 그 말은 블란치 해거드를 연상시켰고 (비록 완전히 다른 종류의 서글픈 인생이지만!) 블란치를 생각하자 다시 바버라와 그 아이의 병을 둘러싼 상황이 떠올랐다. 고통스럽지 않고, 바라지 않는 방향으로 흐르지 않을 생각거리는 없을까?

그녀는 다시 한번 손목시계를 보았다. 아무튼 수공 날염 천과 불쌍한 셔스턴 부인 생각에 반시간이 흘렀다. 이제 또 무슨 생각을 하지? 마음에 걸리는 곁가지로 빠지지 않을 유쾌한 주제는 없을까?

로드니에 대해 생각하는 것이 가장 안전할 것 같았다. 사랑하는 로드니. 조앤은 기쁘게 남편을 떠올렸고, 기차가 떠나기 직전 빅토리아역 플랫폼에서 작별 인사를 하던 로드니의 모습을 그려보았다.

그랬다. 사랑하는 로드니. 차창 안의 그녀를 올려다보며 서 있을 때, 햇볕이 그의 얼굴에 쏟아져서 눈가의 잔주름이 고스란히 드러났다. 피곤해 보이는 눈이었다. 깊은 슬픔에 젖은 것 같기도 했다. (물론 진짜 슬픈 건 아냐. 로드니는 그냥 그렇게 생겼을 뿐이야. 슬픈 눈을 가진 동물도 있잖아.) 평소에는 안경을 쓰고 있어서 그의 눈이 슬퍼 보이는 것을 알아차리지 못했다. 어쨌든 그는 몹시 피곤해 보였다. 열심히 일하니까 그럴 만도 하지. 로드니는 하루도 쉬지 않고 일했다. (이번에 돌아가면 그이의 생활을 완전히 바꿔줘야겠어. 그이에게는 휴식이 필요해. 이런 일은 아내인 내가 진작 알아서 해줬어야 하는데.)

그랬다. 밝은 햇볕 아래서 보니 그는 제 나이, 아니 나이보다 늙어 보였다. 내려다보고 올려다보며 두 사람은 형식적이고 답답한 대화를 주고받았다.

"칼레에서는 세관 검사를 받지 않아도 될 거야."

"그래요, 곧장 심플론 익스프레스로 갈아탈 거니까."

"브린디시부터는 배야. 지중해가 잔잔해야 할 텐데."

"카이로에서 하루나 이틀 쉬어 갈 수 있으면 좋겠어요."

"그러지그래?"

"하지만 여보, 바버라에게 부지런히 가야죠. 비행기는 일주일에 한 번밖에 뜨지 않아요."

"그렇지. 내가 잊고 있었군."

경적이 울렸다. 로드니는 그녀를 올려다보며 미소 지었다.

"몸조심해, 조앤."

"잘 있어요, 너무 쓸쓸해하지 말고."

기차가 갑자기 움직이기 시작했다. 조앤은 머리를 차창 안으로 움츠렸다. 로드니는 손을 흔든 뒤 몸을 돌렸다. 그녀는 충동적으로 다시 한번 몸을 창밖으로 내밀었으나, 그는 이미 플랫폼을 성큼성큼 걸어가고 있었다.

눈에 익은 남편의 뒷모습을 바라보다가 조앤은 자기도 모르게 전율했다. 그의 뒷모습이 갑자기 젊어진 듯이 보였기 때문이다. 그는 고개를 똑바로 들고 어깨를 펴고 걷고 있었다. 그 모습이 조앤에게는 조금 충격적이었다……

마치 아무 근심 걱정 없는 청년이 플랫폼을 활기차게 걸어가는 것 같았다.

그 모습은 그녀가 로드니 스쿠다모어를 처음 만났던 날을 떠올리게 했다.

조앤은 테니스 모임에서 그와 처음 인사했고, 두 사람은 곧 코트로 나갔다.

"제가 앞에 설까요?" 그가 말했다.

그렇게 말하고 활기차게 걸어가는 로드니의 뒷모습을 보면서 조앤은 아주 매력적이라고 생각했다…… 느긋하고 자신감 있는 걸음걸이, 머리에서 목덜미로 이어지는 선……

그녀는 갑자기 당황했다. 더블폴트*를 두 번이나 하고 말았고 안절부절못했다.

그때 로드니가 고개를 돌려 격려하듯 미소 지었다. 부드럽고 친절한, 그만의 미소였다. 조앤은 정말 매력적인 남자라고 생각

---

* 테니스에서 주어진 서브 두 번을 다 실패하는 것.

했고…… 그 자리에서 사랑에 빠졌다.

조앤은 기차에서 로드니의 뒷모습을 바라보았다. 플랫폼에 있는 사람들 속에서 그의 모습이 사라질 때까지 눈으로 좇던 조앤은 오래전 그 여름을 되새겼다.

마치 세월이 그를 비껴간 것 같았다. 그를 적극적이고 자신감 넘치는 청년으로 되돌린 것 같았다.

마치 세월이 그를 비껴간 것 같아……

햇볕이 쏟아지는 사막에서 조앤은 갑자기 견디지 못하고 몸을 바르르 떨었다.

싫다, 이 일은 생각하고 싶지 않아. 더는 생각하고 싶지 않아……

방금까지 지친 듯 어깨를 늘어뜨리고 있다가 갑자기 고개를 들고 플랫폼을 기운차게 걸어가던 로드니. 버거웠던 짐을 내려놓은 듯 경쾌하게 걸어가던……

그녀에게 정말 무슨 일이 일어났던 걸까? 있지도 않았던 일을 상상하고 지어내고 있었다. 그녀의 눈이 장난을 쳤을 뿐일 텐데.

로드니는 왜 기차가 역을 떠날 때까지 기다려주지 않았을까?

그는 왜 그래야 했을까? 물론 로드니는 런던에서 처리해야 할 일들 때문에 걸음을 서둘러야 했을 것이다. 사랑하는 사람을 태운 기차가 역을 빠져나가는 광경을 차마 지켜보지 못하는 사람도 있다.

로드니의 뒷모습이 정말 어땠지? 지난 일을 명확하게 기억하기란 불가능하다!

그녀는 상상을 하고 있었다.

그만해. 그래봤자 달라질 건 없어. 하지만 뭔가를 상상한다는 것 자체가 그런 생각이 이미 머릿속에 있다는 뜻이다.

사실일 리 없었다. 그녀가 단순하게 내린 판단이 사실일 리 없었다.

그녀는 자신에게 말했다. (그럴 리가 없잖아?) 로드니가 그녀가 떠나는 것을 반겼다니……

그런 말도 안 되는 생각이 사실일 리 없었다!

4

조앤은 확실히 열에 들뜬 상태로 숙소로 돌아왔다. 마지막에 한 마뜩잖은 생각을 지우려고 자기도 모르게 걸음을 서둘렀다.

인도인이 궁금한 눈으로 그녀를 보면서 말했다.

"부인, 무척 빨리 걸으시네요. 왜 그렇게 빨리 걸으세요? 시간도 많은데요."

맙소사, 시간은 넘칠 정도로 많지! 그녀는 생각했다.

인도인과 숙소, 닭들, 통조림 깡통들, 가시철조망, 모든 것이 아주 눈에 거슬렸다.

조앤은 방으로 올라가서 『파워 하우스』를 찾았다.

적어도 이 방은 시원하고 어두워. 그녀는 생각했다.

조앤은 『파워 하우스』를 펼치고 읽기 시작했다

점심식사 전까지 절반쯤 읽었다.

점심식사로는 오믈렛과 구운 콩, 밥을 곁들인 익힌 연어와 통조림 살구가 나왔다.

조앤은 거의 먹지 못했다.

식사를 마치고 방에 올라가서 누웠다.

뙤약볕 아래서 너무 빨리 걸어서 더위를 먹은 거라면 한숨 자면 나을 거라 생각했다.

눈을 감았지만 잠이 오지 않았다.

오히려 눈이 말똥말똥해지고 머릿속이 명료해졌다.

그녀는 일어나서 아스피린을 세 알 먹고 다시 누웠다.

눈을 감을 때마다 플랫폼에서 그녀를 등지고 멀어져가던 로드니의 뒷모습이 떠올랐다. 견딜 수가 없었다!

그녀는 햇빛이 들어오게 커튼을 조금 젖힌 뒤『파워 하우스』를 펼쳐들었다. 하지만 마지막 몇 페이지를 남겨두고 결국 잠이 들었다.

꿈에서 그녀는 로드니와 함께 테니스 토너먼트 경기에 나갔다. 공을 찾으려고 헤매다가 코트 밖까지 나갔다. 그런데 그녀가 서브를 하려고 했을 때, 상대 팀이 어느새 로드니와 머나 랜돌프로 바뀌어 있었다. 조앤의 서브는 더블폴트로 끝났다. 그녀는 로드니가 도와주리라 기대했지만 그는 보이지 않았다. 모두 떠나버렸고 날은 어두워지고 있었다. 나 혼자 남았구나. 난 외톨이야. 조앤은 생각했다.

그녀는 깜짝 놀라 잠에서 깼다.

"난 외톨이야!" 그녀가 외쳤다.

아직도 꿈의 여운에 사로잡혀 있었다. 조앤은 방금 내뱉은 말이 끔찍하게 무서웠다.

그녀가 다시 "난 외톨이야"라고 말했을 때, 문이 열리면서 인도인이 얼굴을 내밀었다.

"부인, 부르셨습니까?"

"네." 그녀가 대답했다. "차를 부탁해요."

"차 말입니까? 지금 세시인데요."

"상관없어요. 차를 마시고 싶어요."

인도인의 발소리가 멀어지고 잠시 후 그가 "차, 차!" 하고 외치는 소리가 들렸다.

조앤은 침대에서 일어나 파리가 달라붙은 거울 앞으로 갔다. 거울에 비친 평소와 같은 말끔한 얼굴을 보자 겨우 안심이 됐다.

"이상해." 조앤은 거울 속의 자신을 향해 중얼거렸다. "병이라도 났어? 너무 이상하게 행동하고 있잖아."

일사병이라도 걸린 건가?

인도인이 차를 가져왔을 때 조앤은 거의 평소의 모습으로 돌아와 있었다. 웃겨, 조앤 스쿠다모어가 신경과민이라니! 그럴 리가 없어, 가벼운 일사병 때문일 거야. 조앤은 해가 완전히 질 때까지는 밖에 나가지 않기로 했다.

비스킷을 몇 개 먹고 홍차를 두 잔 마신 다음 『파워 하우스』를 끝까지 읽었다. 책을 덮자 뭐라 형용할 수 없는 불안감이 엄습했다.

이제 읽을 책이 없네. 그녀는 생각했다.

책도, 편지지도, 소일할 바느질감도 없었다. 언제 올지 모르는 기차를 며칠이고 기다리는 일 외에는 할일이 아무것도 없었다.

조앤은 찻잔을 치우러 온 인도인에게 물었다.

"당신은 매일 여기서 뭘 하며 지내죠?"

인도인은 질문을 받고 당황한 눈치였다.

"손님들의 시중을 들죠, 부인."

"그건 알죠." 조앤은 조급함을 누르며 다시 물었다. "하지만 온종일 손님 시중만 드는 건 아니잖아요?"

"아침식사, 점심식사, 차를 드립니다."

"아니, 그런 말이 아니에요. 도와주는 사람이 있어요?"

"아랍인 사내 녀석이 하나 있는데 무진장 멍청하고 게으르고 지저분해서 제가 일일이 챙겨야 합죠. 미덥지 못한 녀석이거든요. 녀석은 목욕물을 가져오고 버리고 요리사를 돕는 일을 합니다."

"그러면 요리사와 그 아이까지 해서 모두 셋이네요? 일이 없을 때는 시간이 아주 많겠어요. 많이 읽나요?"

"읽다니요? 뭘요?"

"책이요."

"안 읽는데요."

"그럼 일이 없을 때는 뭘 해요?"

"일하는 시간까지 기다립니다."

다 부질없어. 여기 사람들과는 대화가 안 돼. 말을 못 알아듣잖아. 이 사람은 언제나 여기 있어. 한 달이 가고 두 달이 가도. 쉬는 날엔 가끔 마을에 가서 술도 마시고 친구도 만나겠지. 그럴 때 말고는 몇 주씩 그저 멍하게 지낼 거야. 요리사와 아랍인 소년이 있다고 했지…… 일이 없을 때 아이는 햇볕 아래 드러누워 잠만 자잖아. 그 아이에게 인생이란 단순하기 짝이 없어. 여기 사람들은 내게 도움이 안 돼, 어느 누구도. 이 남자가 하는 영어라곤 기껏해야 먹고 마시는 것과 '날씨가 좋다' 같은 것뿐이었잖아.

인도인이 나가자 조앤은 불안한 기색으로 방안을 서성거렸다.

어리석게 굴면 안 돼. 계획을 세우자. 생각의 방침을 세우는 거야. 내 마음을—뭐랄까—뒤흔들지 않는 걸로.

사실 그녀는 언제나 충만하고 분주한 생활을 해왔다. 그런 생활로 얻는 것이 많았다. 세련된 삶이었다. 조화와 균형이 잡힌 생활을 해오던 사람이 할일이 아무것도 없는 무위의 상황을 맞닥뜨리면 당황하는 게 당연하다. 능력 있고 교양 있는 여자일수록 이런 상황이 훨씬 힘들 것이다.

물론 고향에도 몇 시간이고 아무 일도 않고 앉아 있는 사람들이 있었다. 그들이라면 이런 생활을 아주 만족스러워할 것이다.

셔스턴 부인도 그랬다. 대개는 두 사람 몫을 하듯 활동적이고 기운이 넘쳤지만 이따금 아무것도 하지 않고 앉아 있을 때가 있었다. 보통은 산책길에서 그랬다. 그녀는 아주 활기차게 걷다가도 불현듯 숲속 통나무 위나 헤더 밭에 주저앉아 멍하니 하늘을 보았다.

바로 그날처럼…… 그날 조앤은 그녀를 머나 랜돌프로 착각했다.

조앤은 그날 자신이 했던 행동을 떠올리고는 살짝 얼굴을 붉혔다.

사실 그것은 엿보는 짓이었다. 스스로를 아주 조금 부끄럽게 만드는 행동이었다. 그녀는 그런 부류의 여자가 아니었으니까.

그래도 상대가 머나 랜돌프 같은 여자라면……

도덕심이라곤 눈곱만치도 없어 보이는 젊은 계집애……

조앤은 그 일이 어떻게 일어났는지 기억해보려고 애썼다.

연로한 가넷 부인에게 꽃을 전해주고 그 집을 나서려는데 울타리 바깥쪽 도로에서 로드니의 목소리가 들려왔다. 대답하는 여자의 목소리도 들렸다.

조앤은 얼른 가넷 부인에게 인사하고 길가로 나갔다. 로드니의 모습이 얼핏 보였고, 랜돌프인 듯한 여자는 애셸다운으로 이어지는 도로의 모퉁이로 막 접어들고 있었다.

물론 조앤의 행동은 떳떳하지 않았다. 하지만 사정을 알아야 한다고 생각했다. 정확히는 로드니의 잘못이 아니었다. 머나 랜돌프가 어떤 여자인지는 모르는 사람이 없었으니까.

조앤은 헬링숲의 오솔길을 걸어 애셸다운의 황량한 갓길로 빠져나왔다. 곧 두 사람의 모습이 보였다. 둘은 움직이지 않고 가만히 앉아 멀리서 희미하게 빛나는 시골 풍경을 내려다보았다.

조앤은 마음이 놓였다. 머나 랜돌프가 아니라 셔스턴 부인이었다! 둘은 가까이 앉지도 않았다. 적어도 1미터쯤 떨어져 있었다. 이상한 거리였다. 친근하지 않은 거리! 하지만 레슬리 셔스턴은 친근한 사람이 아니었다. 속을 드러내는 사람이 아니었다. 요부와는 거리가 먼 여자였다. 그런 생각을 한 것 자체가 터무니없을 정도였다. 아마 그녀는 산책을 나왔다가 로드니와 우연히 마주쳤을 것이고, 로드니가 평소처럼 예의를 지키느라 같이 걸어줬을 것이다.

애셸다운 산마루로 오른 두 사람은 잠시 쉬면서 경치를 감상했다.

사실 두 사람이 움직이지도 대화하지도 않는 것이 정말 이상했다. 다정하지 않았다. 각자 생각에 잠긴 것 같았다. 아니면 말을 붙이거나 대화하려고 노력할 필요가 없을 정도로 가까운 사이였을까.

그 무렵 스쿠다모어 부부는 셔스턴 부부에 대해 전보다 많이 알게 됐다. 크레이민스터에서 셔스턴의 공금 횡령이라는 폭탄이 터졌고, 셔스턴은 교도소에 수감되었다. 로드니는 그의 법정 변호인이었고, 또 셔스턴 부인을 대신해서 필요한 조치를 해주었다. 로드니는 무일푼으로 남겨진 어린 두 자식과 부인을 몹시 동정했다. 사람들은 셔스턴 부인을 가여워할 마음의 준비를 하고 있었다. 그러니 만약 그들이 그런 마음을 거뒀다면 전적으로 레슬리 셔스턴 잘못이다. 그녀의 변함없이 명랑한 태도에 사람들은 충격을 받았다.

"셔스턴 부인은 너무 둔감한 것 같아요." 조앤이 남편에게 말했다.

그러자 로드니는 레슬리 셔스턴은 자기가 만나본 누구보다 용기 있는 사람이라고 무뚝뚝하게 대답했다.

"그래요, 용기! 하지만 용기가 전부는 아니에요!" 조앤이 말했다.

"그럴까?" 그가 대답했다. 그의 말투가 좀 묘했다. 그러더니 그는 사무실로 가버렸다.

용기가 레슬리 셔스턴이 지닌 미덕 중 하나라는 것을 부정하는 사람은 없었다. 밥벌이에 도움이 될 만한 변변한 자격증 하나 없이도 그녀는 혼자서 두 아들을 양육하고 살림을 잘 꾸려나 갔다.

그녀는 시장 원예업자 밑에서 일을 완전히 익힐 때까지 배웠고. 그동안은 아이들의 이모가 보내주는 얼마 안 되는 돈으로 셋방에서 살았다. 그래서 셔스턴이 감옥에서 출소했을 때 그녀는 이전과는 전혀 다른 세상에서 자리를 잡고 직접 키운 과일과 채소를 내다팔며 살고 있었다. 셔스턴은 트럭을 몰고 주변의 마을들을 돌았고, 아이들도 일을 도왔다. 벌이는 그럭저럭 괜찮았다. 셔스턴 부인이 억척스럽게 일했다는 데는 의심할 여지가 없었다. 당시 그녀가 나중에 그녀의 목숨을 앗아간 중병에 걸려 엄청난 고통에 시달리고 있었다는 사실을 생각하면 참으로 칭찬할 만했다.

조앤은 레슬리가 남편을 사랑하기 때문에 그런다고 생각했다. 출소 후에 외모가 많이 달라지긴 했지만 셔스턴은 누가 봐도 미남이고 여자들에게 인기가 있었다. 조앤은 그가 출소한 후 딱 한 번 보았는데 그의 변해버린 모습에 충격을 받았다. 교활한 눈매, 기가 꺾였지만 여전히 잘난 척하는 태도, 허세와 허풍도 여전했다. 망가진 사내의 모습이었다. 그럼에도 레슬리 셔스턴은 변함없이 그의 곁을 지켰다. 레슬리의 사랑에 조앤은 경의를 느꼈다.

하지만 조앤은 자녀들에 대한 레슬리의 태도는 완전히 틀렸다고 봤다.

셔스턴이 감옥에 있을 때 재정적으로 도와줬던 이모는 그가 출소할 때가 되자 다른 제안을 했다.

그녀는 셔스턴의 작은아들을 입양하고 싶다고 했다. 그리고 다른 외삼촌을 설득해 큰아들의 학비를 대준다고 했고, 방학 때는 두 아이를 모두 맡아주겠다고 했다. 이모는 아이들의 성을 자기 남편의 성으로 바꾸고 싶어했고, 아이들의 장래를 둘이 책임져주겠다고 했다.

레슬리 셔스턴은 이 제안을 단박에 거절했고, 조앤은 그녀가 이기적이라고 생각했다. 아이들이 가족의 불명예를 벗고 훨씬 나은 환경에서 살 수 있는 기회를 거부한 거였으니까.

조앤은 그녀가 아무리 제 아이들을 사랑한다 해도 본인보다 아이들 인생을 우선해야 한다고 생각했다. 로드니도 그랬다.

하지만 레슬리는 물러서지 않았고, 로드니는 그 일에서 완전히 손을 뗐다. 자기 일은 자기가 가장 잘 알지 않겠느냐고 로드니는 한숨을 쉬며 말했다. 조앤은 부인이 정말 고집불통이라고 생각했다.

안절부절못하고 방안을 서성거리다가 조앤은 그날 애셸다운 산마루에 앉아 있던 레슬리 셔스턴을 떠올렸다.

팔꿈치를 무릎에 대고 양손으로 턱을 괸 채 구부정하게 앉아 있던 레슬리. 이상하리만치 가만히 앉아 있었다. 농경지와 헤이버링숲의 비탈밭을 내려다보면서. 비탈에 있던 참나무와 너도밤나무는 금빛 도는 붉은색으로 물들고 있었다.

레슬리와 로드니는 앉아서─너무도 조용히, 너무도 가만히─앞을 바라봤다.

왜 그때 그들에게 말을 걸지도, 옆으로 가서 앉지도 않았는지 도무지 모르겠다.

머나 랜돌프로 의심한 데 대한 죄책감 때문이었을까?

아무튼 그녀는 그들을 알은체하지 않았다. 대신 조용히 숲길을 걸어 집으로 갔다. 별로 생각하고 싶지 않은 일이었고, 로드니에게도 아무 말 하지 않았다. 말했다면 아내가 자신과 머나 랜돌프 사이를 의심했다고 생각했을 테니까.

빅토리아역 플랫폼에서 멀어져가던 로드니……

맙소사, 설마 그 생각을 또 하려는 건 아니겠지?

도대체 왜 그런 가당치도 않은 생각이 머릿속에 박혀버렸을까? (언제나 그녀에게 성실했던) 로드니가 자신이 집을 비우는 것을 기뻐한다는 생각이?

걸음걸이로 뭘 알 수 있다고!

조앤은 어처구니없는 공상을 통째로 밀어내려 했다.

로드니에 대해서는 더이상 생각하지 않기로 했다. 엉뚱하고 불쾌한 것만 떠오른다면 그만하는 게 낫다.

지금까지 그녀는 공상에나 빠지는 여자가 결코 아니었다.

분명 태양 때문이었다.

5

오후와 저녁 시간은 한없이 더디게 흘러갔다.

조앤은 해가 완전히 떨어지기 전까지는 햇볕이 내리쬐는 밖으로 나가고 싶지 않았다. 그래서 그냥 숙소에 앉아 있었다.

삼십 분쯤 지나자 의자에 가만히 앉아 있기가 힘들었다. 방으로 가서 가방을 열고 다시 짐을 싸기 시작했다. 소지품들이 제대로 정리되어 있지 않다고 혼자 중얼거렸다. 시간을 보내기에 좋았다.

말끔하고 신속하게 짐 정리를 끝냈다. 다섯시였다. 이쯤이면 나가도 괜찮을 것 같았다. 숙소에만 있으려니 너무 우울했다. 읽을 책만 있었어도……

아니면 와이어퍼즐이라도! 그녀는 절실하게 생각했다.

밖으로 나가 깡통 더미와 닭들과 가시철조망을 못마땅한 눈으로 쳐다보았다. 무슨 이런 끔찍한 곳이 다 있을까. 정말 징글징글했다.

조앤은 기분전환을 위해 철로, 터키 국경선과 나란히 걸었다. 기분좋은 새로운 느낌을 맛보았다. 그러나 십오 분쯤 지나자 시들해졌다. 오른쪽으로 사백 미터쯤 뻗은 선로는 우호적인 느낌을 주지 않았다.

적막감밖에 없었다. 적막감과 햇빛뿐이었다.

시를 외워보자는 생각이 머리를 스쳤다. 어린 시절 그녀는 시 암송과 낭독을 꽤 잘했다. 세월이 많이 흘렀으니 얼마나 기억하는지 확인해보는 것도 흥미로울 것 같았다. 시를 아주 많이 외웠던 시절도 있었는데.

자비의 본질은 강요되는 것이 아니라,

빗방울처럼 하늘에서 떨어지는 것이다*

다음이 뭐였더라? 멍청하기도 하지. 기억해낼 수가 없었다.

---

* 셰익스피어의 희곡 『베니스의 상인』 4막 1장 일부.

더이상 태양의 열기를 두려워 마라

(어쨌든 이 시는 수월하게 시작됐다! 그다음이 뭐였지?)

사나운 겨울의 횡포도 두려워 마라
그대는 세상의 일을 끝냈고
이제 그 값을 취하고 돌아가야 하리니
빛나던 청년들과 처녀들도 모두
굴뚝 청소부처럼 먼지가 되어야 하리.*

별로 즐겁지 않았다. 소네트**는 외울 수 있을까? 예전에는 소네트를 많이 알았다. "진실한 두 마음의 결합"으로 시작되는 것은 전에 로드니가 물었던 소네트였다.
　어느 저녁 그가 불쑥 웃기게 말을 꺼냈다.
　"그래도 그대의 영원한 여름은 퇴색하지 않으리***가 셰익스피어의 구절 맞지?"
　"소네트에 나오죠."

---

* 셰익스피어의 희곡 『심벌린』 4막 2장 일부.
** 서양 시의 형식. 14행으로 된 짧은 시.
*** 셰익스피어의 소네트 18번 일부.

그러자 그가 말했다.

"진실한 두 마음의 결합에 방해를 허락지 않으리. 그건가?"

"아뇨. 이건 내 그대를 여름날에 비할까로 시작하죠."

그녀는 로드니에게 그 소네트 전문을 암송해주었다. 감정을 듬뿍 담아, 적절하게 강조하면서 낭랑하게 낭독했다.

낭독이 끝나자 로드니는 칭찬해주는 대신 생각에 잠겨 한 대목을 나직하게 읊조렸다.

"거친 바람이 5월의 고운 꽃봉오리를 흔드네……* 그런데 지금은 10월이지?"

너무 어처구니없어서 그녀는 남편을 빤히 쳐다보았다. 그러자 로드니가 말했다.

"진실한 두 마음의 결합에 대한 소네트도 외울 수 있어?"

"그럼요." 조앤은 가만히 있다가 이윽고 암송하기 시작했다.

진실한 두 마음의 결합에 방해를 허락지 않으리.

변화가 생길 때 변하고

없애자고 없애지는 것은 사랑이 아니리

아, 그렇다!

사랑은 폭풍이 불어도 흔들리지 않는

---

 * 셰익스피어의 소네트 18번 일부.

영원히 변치 않는 지표,

높이는 잴 수 있어도 그 진가는 알 수 없는

모든 정처 없는 배들의 별,

사랑은 세월의 노리개가 아니리

비록 죽음의 낫이 장밋빛 입술과 뺨을 베어낼지라도,

사랑은 짧은 시일에 변치 않고

심판의 날까지 견디어내리

　　　이것이 틀린 생각이고 그렇게 증명된다면

　　　나는 글을 쓰지도, 어떤 인간을 사랑하지도 않았으리.*

　그녀는 마지막 두 줄을 충분히 강조하고 극적인 분위기를 곁들여서 암송했다.

　"제법 잘하지 않아요? 셰익스피어의 소네트는 학교 다닐 때 자주 암송했었죠. 다들 감정이 풍부한 낭독이라고 칭찬했어요."

　"사실 감정 따위는 필요하지 않아. 시구만으로 충분하니까." 로드니는 무심하게 대꾸했다.

　"셰익스피어는 대단한 사람이에요, 안 그래요?" 그녀는 한숨을 쉬고 중얼거렸다.

　"정말 놀라운 것은 그도 우리처럼 고뇌하는 인간이었다는 거

---

* 셰익스피어의 소네트 116번 전문.

지." 로드니가 대답했다.

"로드니, 그런 이상한 말이 어디 있어요."

그는 조앤에게 미소를 짓더니 갑자기 정신이 든 사람처럼 대답했다. "그런가?"

로드니가 일어나 방을 나가면서 중얼거렸다.

"거친 바람이 5월의 고운 꽃봉오리를 흔드네. 그리고 여름의 날들은 너무도 짧네."

도대체 왜 그는 "그런데 지금은 10월이지?"라고 말했을까?

그는 무슨 생각을 하고 있었을까?

조앤은 그해 10월이 유난히 화창하고 온화했다고 기억한다.

이제 와 생각하니 참 묘했다. 남편이 소네트에 대해 물었던 저녁은 조앤이 그와 셔스턴 부인이 앉아 있는 모습을 본 바로 그날이었다. 셔스턴 부인이 셰익스피어의 구절을 인용했을지도 모르지만 그럴 것 같지 않았다. 레슬리 셔스턴은 그렇게 지적인 여자가 아니라고 조앤은 생각했다.

그해 10월은 정말 날씨가 좋았다.

그 며칠 후 로드니가 어리둥절한 표정으로 했던 질문이 떠올랐다.

"이게 원래 이맘때 피나?"

그는 철쭉꽃을 가리키고 있었다. 철쭉은 대개 2월 말이나 3월에 꽃을 피운다. 그런데 그즈음 철쭉의 진홍색 꽃송이가 열리고, 사방에서 꽃봉오리가 터지고 있었다.

"아뇨, 봄에 피죠. 그런데 가을이 유난히 따뜻하면 가끔 꽃을 피우기도 해요." 조앤이 대답했다.

그는 꽃봉오리 하나를 조심스레 만지더니 아주 작게 중얼거렸다.

"5월의 고운 꽃봉오리."

조앤은 그에게 5월이 아니라 3월이라고 말했다.

"피 같아. 심장의 피." 그가 중얼거렸다.

꽃에 관심을 보이는 것이 그답지 않다고 조앤은 생각했다.

하지만 그후에도 그는 그 특별한 철쭉꽃을 좋아했다.

몇 해 뒤엔가는 자기 옷 단춧구멍에 커다란 꽃봉오리를 꽂기도 했다.

그녀의 예상대로 무게를 이기지 못하고 바닥에 떨어져버렸지만.

그때 부부는 많고 많은 곳 중에서도 하필 교회 경내 묘지에 있었다.

조앤은 교회를 지나치다가 로드니를 보고 다가가서 말했다.

"여긴 무슨 일로 왔어요, 로드니?"

그는 소리 내어 웃고는 말했다.

"내가 죽으면 비석에 어떤 구절을 넣을지 고민하는 중이야. 화강암은 안 쓸 거야. 너무 귀족적이라서 싫거든. 대리석 천사

상도 당연히 안 세울 거고."

그 순간 그들은 새 대리석 석판을 내려다보았다. 레슬리 셔스턴의 이름이 새겨져 있었다.

그녀의 눈길을 좇으며 로드니가 천천히 비문을 읽었다.

"찰스 에드워드 셔스턴의 사랑하는 아내 레슬리 에이델라인 셔스턴, 1930년 5월 11일 영면에 들다. 신께서 그들의 눈물을 닦으소서."

그리고 말없이 가만히 있다가 입을 열었다.

"레슬리 셔스턴이 이런 차가운 대리석 밑에 있다고 생각하니까 기분이 지독하게 이상해. 셔스턴 같은 타고난 멍청이가 아니면 누가 저런 구절을 택할까. 레슬리는 평생 울어본 적이 없을 텐데."

조앤은 조금 충격을 받았고 불경한 게임이라도 하는 듯한 기분을 느끼면서 대꾸했다.

"당신이라면 어떤 구절을 택하겠어요?"

"레슬리의 묘비에? 모르겠어.「시편」에 나오는 구절 아닐까? 당신 앞에 흡족할 기쁨이*, 그 비슷한 말인데."

"난 당신의 묘비를 말한 거였어요."

---

* 「시편」16장 11절, "삶의 길을 몸소 가르쳐주시니 당신 모시고 흡족할 기꺼움이, 당신 오른편에서 누릴 즐거움이 영원합니다"를 연상함.

"아, 내 묘비?" 그는 일이 분쯤 생각하다가 웃으면서 말을 이었다. "야훼는 나의 목자. 푸른 풀밭에 누워 놀게 하시고*. 나한테는 이 구절이 딱이야."

"난 그 구절을 들을 때마다 천국을 따분하게 표현했다는 생각이 드는데요."

"당신이 생각하는 천국은 어떤데?"

"글쎄요. 물론 황금 문 같은 건 없어요. 난 천국을 어떤 나라로 생각하고 싶어요. 이 세상을 더 아름답고 행복하게 만들기 위해 모든 사람이 훌륭한 방법으로 돕느라 분주한 곳. 봉사. 내가 생각하는 천국은 그래요."

"정말 징그럽게 도덕가 같은 말만 하는군." 그는 톡 쏘는 이 말을 무마하려는 듯 크게 소리 내며 웃었다. 그러고서 덧붙였다. "아니, 푸른 계곡…… 나는 그거면 족해. 그리고 선선한 저녁에 목동을 따라 집으로 돌아가는 양떼……"

그는 잠시 말을 멈췄다가 다시 이었다. "조앤, 내가 바라는 천국은 말이야, 우스운 공상 같지만 난 가끔 이런 상상을 해. 출근하려고 하이 스트리트를 내려가다 좁은 골목에서 벨 워크로 꺾어 들어가는데 어느 날 눈앞에 계곡이 있는 거야. 초록 풀밭과 양옆으로 나무가 우거진 야트막한 언덕들도 보여. 그 계곡은 죽

---

* 「시편」 23장 1절.

거기 있었어, 마을 한가운데에 비밀스럽게. 복잡한 하이 스트리트에서 그 계곡으로 들어간 나는 어리둥절해서 '내가 지금 어디에 있는 거지?' 하겠지. 그때 사람들이 다가와 아주 가만히 말해주는 거야, 당신은 죽었다고……"

"로드니!" 조앤은 몹시 놀라고 움찔했다. "당신…… 어디 아픈 거예요? 잘못된 게 분명해요."

그녀는 이때 처음으로 남편의 상태를 눈치챘다. 신경쇠약의 전조였고 얼마 후 그는 콘월의 한 요양원에서 두 달간 지내야 했다. 그곳에서 로드니는 가만히 누워 갈매기 소리를 듣고, 바다로 이어지는 황량하고 뿌연 언덕들을 만족스러운 듯이 바라보았다.

하지만 그날 교회 묘지에서 남편을 만나기 전까지 조앤은 그가 과로하고 있다는 걸 알아채지 못했다. 집으로 가려고 남편에게 팔짱을 끼며 걸음을 재촉했는데, 그 순간 그의 코트 단춧구멍에 꽂혀 있던 철쭉꽃이 레슬리의 무덤가로 떨어졌다.

"어머, 이거 당신이 꽂았던 철쭉꽃이에요." 조앤은 말하면서 꽃을 집으려고 몸을 숙였다. 하지만 로드니가 급히 가로막았다.

"그냥 둬. 레슬리 셔스턴을 위해 그냥 두자고. 어쨌든…… 우리의 친구였으니까."

조앤은 좋은 생각이라고 재빨리 맞장구쳤다. 그리고 내일 노란 국화꽃을 한아름 가져와야겠다고도 말했다.

지금 생각해보니 조앤은 그때 남편이 지은 묘한 미소를 보고 속으로 조금 겁이 났던 것 같다.

그랬다. 조앤은 그날 저녁 로드니에게 뭔가 문제가 생겼다고 확신했다. 물론 신경쇠약이라는 건 몰랐지만, 그는 뭐랄까…… 아무튼 달라져 있었다.

집으로 오는 내내 그녀는 걱정어린 질문들을 계속했지만 로드니는 거의 대답하지 않았다. 똑같은 말만 반복했다.

"난 피곤해, 조앤…… 난 너무 피곤해."

그러다가 이해할 수 없는 말을 했다.

"모두 다 용감할 수는 없어……"

일주일쯤 지난 어느 아침에 로드니가 꿈에 취한 듯 말했다.

"오늘은 일어나지 않을래."

그는 말도 하지 않고 누구를 쳐다보지도 않고 그저 조용히 미소 지으며 침대에 누워 있었다.

의사들과 간호사들이 들락거렸고, 결국 그는 장기적인 요양을 위해 트리벨리언으로 가게 됐다. 편지도 전보도 심지어 면회도 금지됐다. 아내인 조앤의 면회도 허락되지 않았다. 그의 아내인데도 그랬다.

슬프고 착잡하고 혼란스러운 시기였다. 아이들도 그녀를 무척 힘들게 했다. 도와주지 않았다. 아이들은 마치 모든 게 다 조앤의 잘못인 것처럼 굴었다.

"엄마는 아빠가 사무실에서 노예처럼 일만 하게 내버려뒀어요. 뻔히 알았으면서도요. 아빠는 오랫동안 일을 너무 많이 하셨다고요."

"나도 알고 있었어. 하지만 내가 뭘 할 수 있었겠니?"

"진작 거기서 아빠를 빼냈어야죠. 아빠가 그 일을 싫어하는 걸 모르셨어요? 엄마는 아빠에 대해 아무것도 몰라요?"

"이제 그만해라, 토니. 당연히 나는 네 아빠를 잘 알아. 너보다 훨씬 많이 안다."

"글쎄요, 아닌 것 같은데요. 가끔 난 엄마가 그 누구에 대해서도 아무것도 모른다는 생각이 들어요."

"토니…… 정말 너!"

"입 다물어, 토니. 무슨 소용이 있다고 이래?" 에이버릴이 나섰다.

큰딸은 늘 그런 식이었다. 메마르고 무심하고 까칠했다. 또 나이에 맞지 않게 세상을 심드렁하게 보았다. 가끔 조앤은 자신의 조언이 에이버릴에게는 전혀 먹히지 않는다고 생각하며 절망했다. 부드러운 일면을 기대하며 호소해보기도 했지만 에이버릴은 언제나 냉정하게 뿌리쳤다.

"아빠……" 바버라가 흐느꼈다. 막내인 바버라는 자기 감정을 제어할 줄 몰랐다. "다 엄마 때문이에요. 엄마가 아빠한테 너무했어요. 모질었어요, 언제나."

"바버라!" 조앤이 인내심을 잃고 쏘아붙였다. "네가 지금 무슨 말을 하는 줄 아니? 이 집에서 가장 우선해야 하는 사람이 있다면 그건 네 아빠야. 아빠가 열심히 일하지 않았다면 너희 모두 어떻게 입고 먹고 교육받았겠어? 아빠는 너희를 위해 희생해왔어. 그게 부모가 해야 하는 일이니까. 부모들은 생색내지 않고 그렇게 사는 거야."

"우리를 위해 하신 엄마의 모든 희생에 이 기회를 빌려 감사드려야겠네요." 에이버릴이 말했다.

조앤은 의아한 눈초리로 딸을 바라보았다. 에이버릴의 진심이 의심스러웠다. 설마 이 아이가 그렇게까지 무례하진 않겠지……

토니가 그녀의 관심을 돌려놓았다. 아들은 진지하게 물었다.

"아빠가 한때 농부가 되고 싶어하셨다는 게 사실이에요?"

"농부? 아니, 그런 일 없었다. 아니 그래, 오래전에 그랬지. 그건 그냥 소년들이 하는 공상 같은 거였어. 하지만 우리 집안은 대대로 변호사 집안이잖니. 우리 법률사무소는 이 지역에서 꽤 유명하고. 넌 그걸 자랑스러워해야 해. 네가 거기 들어갈 수 있다는 걸 감사해야지."

"하지만 전 거기 들어가고 싶지 않아요. 동아프리카에 가서 농장을 할 거예요."

"말도 안 되는 소리 마라, 토니. 그런 허무맹랑한 헛소리는 두

번 다시 꺼내지도 마. 당연히 넌 법률사무소에 들어가야지! 네가 외아들인데."

"아뇨, 변호사가 되고 싶지 않아요. 아빠도 알고 계시고 약속도 하셨어요."

조앤은 깜짝 놀라서 토니를 빤히 보았다. 아들의 차가운 단호함에 기가 질렸다.

그녀는 의자에 털썩 주저앉았다. 눈물이 주르륵 흘렀다. 자식들이 하나같이 달려들어 버릇없게 굴다니.

"다들 내게 왜 이러는지 모르겠구나. 아빠가 계셨어도 이럴 수 있을까!"

토니는 뭐라고 중얼거리더니 돌아서서 어깨를 늘어뜨린 채 방을 나갔다.

"토니는 농부가 되기로 마음을 굳혔어요, 엄마. 농과대학에 들어가고 싶어해요. 제정신이 아닌가봐요. 제가 남자라면 변호사가 되고 싶을 텐데. 법률 쪽이 훨씬 흥미로울 것 같거든요." 에이버릴이 심드렁한 말투로 말했다.

"난 내 자식들이 이렇게 무례한 줄 몰랐다." 조앤이 흐느끼며 말했다.

에이버릴은 한숨을 깊이 내쉬었다. 구석에서 훌쩍이던 바버라가 대뜸 소리쳤다.

"아빠는 곧 돌아가실 거야. 분명히 그럴 거야. 그럼 세상엔 우리밖에 안 남아. 난 못 살아. 나는 그럼 못 산다고!"

에이버릴은 또다시 한숨을 쉬고는, 훌쩍이는 여동생과 흐느끼는 엄마에게 번갈아 못마땅한 눈길을 던졌다.

"나는 있어봤자 할 수 있는 일이 없으니 이만⋯⋯" 에이버릴이 말했다.

딸은 소리도 내지 않고 무덤덤하게 방에서 나갔다. 에이버릴다운 행동이었다.

이것이 가장 고통스럽고 아픈 광경이고, 조앤이 오랜 세월 묻어두었던 기억이다.

물론 이해하지 못하는 건 아니었다. 아빠의 발병이 준 충격과 '신경쇠약'이란 병명이 주는 당혹감을 고려하면 그랬다. 자식들은 일이 벌어지면 꼭 누구의 탓으로 돌려야 마음이 가벼워지는 것 같았다. 그들은 엄마를 희생양으로 삼았다. 그녀가 가장 가까이에 있었으니까. 토니와 바버라는 나중에 사과했지만 에이버릴은 사과할 만한 일이라고 생각지 않는 눈치였다. 조앤은 그 아이의 입장에서 보면 그럴 수도 있다고 넘겼다. 에이버릴이 인정머리 없이 태어난 것은 그 아이 잘못이 아니니까.

로드니가 떠나 있는 동안은 무척 힘들고 불행했다. 아이들은 샐쭉해져서 심통을 부렸다. 그들은 가능하면 조앤의 눈에 띄지 않으려는 듯했고, 그녀는 묘한 외로움을 느꼈다. 조앤은 이 외로움이 자신의 슬픔과 집착 때문이라고 생각했다. 아이들은 틀림없이 엄마를 깊이 사랑했다. 그러나 아이들은 모두 힘든 나이를 지나고 있었다. 바버라는 아직 학생이었고, 에이버릴은 답답하고 의심 많은 열여덟 살이었다. 토니는 거의 온종일 이웃 농장에 가서 지냈다. 아들이 농사를 짓겠다는 엉뚱한 생각을 했다는 것과 마음 약한 남편이 아들을 부추겼다는 것이 짜증스러웠다. 불쾌한 일은 다 내가 떠맡아야 한다는 게 너무 힘들어. 할리씨네 딸들처럼 좋은 집안에서 교육 잘 받은 친구들도 있는데 바버라는 왜 그따위 친구들을 사귀는지 도무지 이해가 안 돼. 우리집에는 내가 허락하는 친구들만 데려올 수 있다고 바버라에게 확실히 못박아둬야겠어. 그러면 울고불고 난리치고 또 한번 시끄러워지겠지. 물론 에이버릴은 날 거들지 않을 거야. 그 아이가 비아냥대며 말하는 꼴은 정말 맘에 안 들어. 사람들이 들으면 어떻게 생각하겠어.

그리고 조앤은 생각했다. 그래, 자식 키우는 일은 힘들고 보답받기 어렵지.

자식 키우느라 애썼다는 말을 못 듣는 일도 허다하다. 요령이 필요하고 유머 감각도 있어야 했다. 언제 단호하고 언제 양보해야 하는지 잘 알아야 했다. 로드니가 아팠을 때 내가 어떻게 그 시기를 헤쳐나왔는지는 아무도 몰라. 그녀는 속으로 중얼거렸다.

그 순간 얼굴을 찌푸렸다. 매퀸 의사가 특유의 신랄한 어조로 했던 말이 떠올랐기 때문이다. 그는 사람들이 대화를 나눌 때 '그때 내가 어떻게 살았는지는 아무도 몰라!'라는 구절이 빠지지 않는다고 말했다. 그때는 모두 웃음을 터뜨리면서 맞다고 맞장구를 쳤다.

조앤은 모래가 들어간 신발 속에서 발을 꼼지락거리며 생각했다. 그래, 정말 그래. 그때 내가 어떻게 살았는지는 아무도 몰라. 로드니조차 몰라.

로드니가 돌아오자 다행히 모든 게 정상으로 돌아왔다. 아이들은 명랑함을 되찾고 고분고분해졌다. 조화로운 분위기가 되살아났다. 조앤은 생각했다. 모든 일이 초조감 때문이었다는 게 증명된 거야. 초조감 때문에 그녀는 평정심을 잃었다. 초조감 때문에 아이들은 긴장했고 까탈을 부렸다. 불안하기 그지없는 시기였다. 그런데 그녀가 왜 지금—암울한 기억 말고 행복한 추억을 떠올리고 싶은 이때—생각거리로 특별히 그 기억들을 골랐는지 도무지 알 수 없었다.

모든 것의 단초는…… 어디서 시작됐더라? 시를 기억하려다 이런 생각으로 이어졌다. 사실 사막을 걸으면서 시를 읊는 것보다 더 괴상망측한 일이 있을까싶다. 보는 사람도 듣는 사람도 없으니 상관은 없지만.

아무도 없었다—안 돼, 겁먹지 마, 그러지 마. 조앤은 자신을 다독였다. 어리석은 짓이야, 신경이 곤두서는……

그녀는 얼른 몸을 돌려 숙소를 향해 걷기 시작했다.

달리고 싶은 마음을 강하게 억눌렀다.

혼자 있다고 두려워할 이유가 없었다. 전혀 없었다. 어쩌면
병적인 증세인지도 모른다고 생각했다. 뭐지? 폐소공포증? 아
냐, 그건 막힌 공간을 두려워하는 병이지. 이건 그 반대였다. 이
건…… '광'으로 시작하는, 트인 공간을 두려워하는 증상인데.

모든 증상은 과학적으로 설명할 수 있다.

하지만 과학적으로 설명하는 게 위안이 되기는 해도 실질적
인 도움이 되지는 않았다.

논리적으로 설명할 수 있는 합리적인 현상이라고 자위하기는
쉽지만, 마치 구멍에서 도마뱀이 나오듯 머리에서 기어나오는
수상하고 잡다한 생각들을 억누르기는 쉽지 않았다.

조앤은 머나 랜돌프 생각은 뱀 같고, 다른 생각들은 도마뱀
같다고 생각했다.

열린 공간─그리고 상자 속에서 살아온 그녀의 전 인생. 허
수아비 자식들과 허수아비 하인들과 허수아비 남편.

아니, 조앤, 지금 무슨 소릴 하는 거야? 왜 이렇게 바보같이
굴어? 네 자식들은 분명한 현실이라고.

아이들도 요리사도 아그네스도, 그리고 로드니 역시 현실의
인간이야. 그러면 내가 현실이 아닌 거지. 허수아비 아내, 허수
아비 엄마. 조앤은 생각했다.

맙소사, 이것이 더 끔찍했다. 그녀는 엉뚱한 방향으로 빠지고 있었다. 시나 더 외워볼까…… 뭔가 기억해내야만 했다.

그래서 억지스럽게 열정적으로 외쳤다.

"내가 그대에게서 떠나 있던 때는 봄이었노라*."

다음 구절이 기억나지 않았다. 기억하고 싶지 않은 것도 같았다. 이 구절로 충분했다. 이 구절이 모든 것을 설명했다. 그렇지 않나? 조앤은 생각했다. 로드니, 로드니…… 내가 그대에게서 떠나 있던 때는 봄이었노라. 그러다가 그녀는 속으로 중얼거렸다. 아니 지금은 봄이 아니야. 11월이지……

그때 갑자기 충격이 밀려왔다. 이건 그가 한 말이잖아. 그날 저녁에……

거기에 상관관계가 있었다. 실마리가, 고요 속에 숨어서 그녀를 기다리는 실마리가 있었다. 그녀는 그것으로부터 달아나고 싶다는 것을 깨달았다.

하지만 사방천지의 구멍에서 도마뱀들이 나오는데 어떻게 도망치지?

생각이 나도록 내버려두면 안 되는 것들이 너무 많았다. 바버라와 바그다드와 블란치. (모두 B로 시작되니 이상도 하다.) 빅토리아역 플랫폼의 로드니. 그리고 엄마에게 대들던 에이버

* 셰익스피어의 소네트 98번 일부.

릴과 토니와 바버라.

조앤은 자신에게 화가 났다. 왜 즐거웠던 일은 하나도 떠올리지 못해? 좋은 기억이 얼마나 많은데. 얼마나 많은데…… 얼마나……

우윳빛 새틴으로 지은 그녀의 사랑스러운 웨딩드레스…… 모슬린과 분홍색 리본으로 장식한 요람에 누운 에이버릴. 아주 예쁘고 착한 아기였다. 예의바르고 얌전한 아이였다. "아이를 정말 잘 키우셨네요, 스쿠다모어 부인"이라는 말을 듣고 살았다. 그랬다, 에이버릴은 만족을 주는 아이였다. 어쨌거나 사람들 앞에서는 그랬다. 집안에서는 끝없는 언쟁이 벌어졌고, 아이는 당황한 눈길로 엄마를 쳐다봤다. 상대방이 어떤 인간인지 궁금해하는 눈빛 같았다. 자식이 엄마를 그런 식으로 쳐다봐서는 안 되는 눈빛이었다. 결코 사랑스럽지 않았다. 토니 역시 사람들 앞에서는 늘 그녀를 칭찬받게 만들었다. 하지만 아이는 매사에 구제불능이고 부주의하고 우유부단했다. 세 아이 가운데 가장 골치를 썩인 아이는 바버라였다. 떼쟁이에 울보였다.

그래도 아이들은 대체로 아주 매력적이고 바르게 행동했다. 교육을 잘 받은 아이들처럼.

자식들이 자라면서 점점 부모 속을 썩이니 안타까웠다.

그런 모습은 생각하지 않기로 했다. 지금은 아이들이 어렸을 때 기억에만 집중해야지. 예쁜 분홍색 실크 무용복을 입고 무용

수업을 받는 에이버릴. 리버티 상점에서 산 깜찍한 니트 드레스를 입은 바버라. 유모가 솜씨를 부려 만든 귀여운 무늬의 신생아 우주복을 입은 토니……

조앤은 아이들이 입었던 옷 말고 다른 것도 기억해낼 수 있을 것 같았다. 아이들이 그녀에게 했던 멋지고 다정한 말들? 아니면 흐뭇하고 친밀했던 순간들?

이제까지 엄마로서의 희생과 아이들을 위해 한 헌신을 고려해보면……

또 도마뱀이 구멍에서 머리를 내밀었다. 에이버릴은 언제나 예의를 갖춰 물었지만 조앤은 그 이성적인 분위기가 끔찍했다.

"엄마가 우리를 위해 실제로 뭘 하시는데요? 엄마는 우리를 씻겨주지 않아요, 그렇죠?"

"그래……"

"음식을 만들어주지도 머리를 빗겨주지도 않아요. 전부 다 유모가 하죠. 유모는 우리를 재워주고 깨워줘요. 엄마는 우리의 옷을 만들어주지도 않아요. 그것도 유모가 하죠. 우리와 함께 산책을 나가는 것도……"

"그래. 내가 유모를 고용해서 너희를 돌보게 하잖니. 내가 유모의 봉급을 준다는 얘기지."

"유모의 봉급은 아빠가 주시는 거 아닌가요. 우리가 가진 모든 건 아빠가 번 돈으로 산 거잖아요."

"어떤 면에서는 그렇지만 그건 엄마가 주는 거나 마찬가지란다. 얘야."

"하지만 엄마는 아침마다 출근하지 않잖아요. 아빠만 나가시죠. 엄마는 왜 출근하지 않아요?"

"난 집안일을 하니까."

"하지만 그건 케이트랑 요리사랑······"

"그만하자, 에이버릴."

에이버릴에 대해서 덧붙이자면, 그 아이는 말로 타이르면 잘 들었다. 한 번도 반항하거나 뻗대지 않았다. 하지만 에이버릴의 순종은 대놓고 반항하는 것보다 더 불편한 기분을 느끼게 했다.

언젠가 로드니가 에이버릴의 판결은 언제나 '증거 불충분'이라고 말하면서 웃음을 터뜨렸다.

"웃을 일이 아니에요. 로드니. 그 또래 아이가 부모에 대해 그토록 비판적일 수 있나요."

"증거의 본질을 판단하기에 그 아이가 너무 어리다는 건가?"

"싫어요, 이런 일에 변호사 말투 쓰는 거."

"나를 변호사로 만든 사람이 누군데 이러시나?" 로드니는 놀리듯이 웃었다.

"난 심각해요, 에이버릴은 너무 무례하다고요."

"난 에이버릴이 아이치고는 유난히 예의바르다고 보는데. 그 또래 아이들이 가진 충격적인 솔직함을 드러내지는 않잖아. 바버라와는 달라."

그건 조앤도 인정했다. 바버라는 간혹 "엄마는 추악해. 엄마는 지긋지긋해. 난 엄마가 싫어. 죽고 싶어. 내가 죽으면 엄마는 후회할 거야!"라고 소리쳤으니까.

"바버라는 그냥 성질을 부리는 거예요. 그런 다음에는 늘 미안해하고요." 조앤은 얼른 대답했다.

"그래, 가여운 악동이야. 그리고 그 아이의 말은 진심이 아니지. 하지만 에이버릴에게는 사기詐欺를 감지하는 특별한 재간이 있거든."

"사기라니요! 무슨 말을 하는지 모르겠네요." 조앤은 화가 나서 얼굴을 붉혔다.

"오, 조앤, 이러지 말자고. 우리가 아이들한테 어떤 일을 하는지 생각해봐. 우린 아이들에 대해서 뭐든 안다고 생각하잖아. 온전히 우리 손아귀에 잡힌 무력하고 어린 아이들을 위해 최선을 다하고, 최선을 알고 있다는 듯 굴지."

"당신은 그애들이 자식이 아니라 노예라도 되는 것처럼 말하네요."

"노예 아닌가? 우리가 주는 음식을 먹고 입혀주는 옷을 입고 시킨 대로 말하는데! 그게 아이들이 지불하는 보호의 대가 아닌가? 하지만 아이들은 매일매일 자라서 자유에 조금씩 가까워지고 있지."

"자유요? 그런 게 있기나 해요?"

조앤이 경멸하듯 묻자 로드니는 천천히 무거운 어조로 대답했다.

"아니, 없는 것 같아. 당신 말이 맞아, 조앤······"

그러더니 그는 어깨를 늘어뜨린 채 느릿느릿 방에서 나갔다. 그 순간 조앤은 갑작스러운 아픔을 느끼며 생각했다. 로드니가 늙으면 어떤 모습일지 알겠어.

빅토리아역 플랫폼에서─쏟아지는 햇볕 때문에 고단한 그의 얼굴에 드러난 주름들─몸조심하라고 작별 인사를 하던 로드니.

그런데 잠시 후······

왜 자꾸 그 생각으로 되돌아갈까? 그건 사실도 아닌데! 로드니는 그녀를 많이 그리워하고 있을 텐데! 하인들만 있는 집에서 혼자 지내느라 괴로울 텐데! 어쩌면 사람들을 초대해 함께 식사할 생각조차 못하고 지낼 텐데. 아니면 하그레이브 테일러 같은 멍청이나 불렀겠지. 그렇게 멍청한 인간을 로드니는 왜 좋아하는지 모르겠다. 초지와 목축 이야기만 늘어놓는 지겨운 밀스 소령을 불렀을지도······

로드니는 그녀를 그리워하고 있을 게 분명했다!

6

조앤이 숙소로 돌아가자 인도인이 다가와서 물었다.

"부인, 산책은 즐거우셨습니까?"

조앤은 아주 멋진 산책이었다고 대답했다.

"곧 저녁식사를 올리겠습니다. 아주 근사한 식사입니다. 부인."

조앤은 좋겠다고 말했지만 예의상 한 말이었고, 저녁식사는 통조림 살구 대신 통조림 복숭아가 나왔을 뿐 평소와 똑같았다. 괜찮은 식사일지 모르지만 매번 메뉴가 똑같다는 게 단점이었다.

저녁식사를 마쳤지만 잠자리에 들기에는 시간이 너무 일렀다. 다시 한번 그녀는 책을 많이 가져왔거나 바느질감이라도 있으면 좋겠다고 아쉬워했다. 『캐서린 다이사트 부인의 회상』에서 재미있었던 대목을 다시 읽으려고 해봤지만, 그러지 못했다.

뭐든 할일이 있으면 좋겠다고 생각했다. 트럼프카드가 있으면 페이션스*라도 할 텐데. 아니면 게임—백개먼**, 체스, 체커***—이라도 가져왔으면 혼자서도 둘이 하는 것처럼 하며 시간을 때울 수 있었을 텐데! 아무 게임이라도—햄머****, 뱀사다리—있으면 좋으련만……

사실 이곳에서 그녀는 기묘한 공상을 했던 것이다. 구멍에서 머리를 밀고나오는 도마뱀들. 머릿속에서 밀려나오는 생각들…… 무서운 생각들, 불안한 생각들…… 하고 싶지 않은 생각들.

그런데 왜 그런 묘한 생각을 했을까? 인간은 자신의 생각을 조종할 수 있다. 아니, 조종하지 못하나? 상황에 따라서는 생각이 사람을 조종할 수도 있나? 도마뱀처럼 구멍에서 밀고나오거나 초록 뱀처럼 마음속을 슥 지나갈 수 있을까.

어디선가 슥 다가와서……

---

* 혼자서 하는 카드놀이.
** 서양식 주사위 놀이.
*** 보드게임의 일종.
**** 서양식 장기의 일종.

조앤은 아주 오싹한 기분을 느꼈다.

틀림없는 광장공포증이었다. (전에 떠올리지 못했던 단어가
바로 이것이었다! 광장공포증. 곰곰이 생각하면 다 떠오르기 마
련이다.) 바로 이것이다. 트인 공간에 대한 공포. 자신에게 이런
증세가 있다는 걸 전에는 몰랐다는 것이 이상했다. 물론 예전에
열린 공간을 경험해본 적도 없었다. 그녀는 언제나 집과 정원
한가운데서 많은 할일과 많은 사람에 둘러싸여 살았다. 많은 사
람이라는 점이 중요하다. 지금 말을 나눌 사람이 하나라도 있으
면 좋으련만.

블란치라도……

전에 블란치와 귀국길을 동행하게 될까봐 걱정했던 걸 떠올
리자 우스웠다.

블란치가 있었다면 상황은 완전히 달랐을 것이다. 둘은 세인
트 앤에서 보낸 학창 시절에 대해 수다를 떨었을 것이다. 아주
오래전의 일만 같다. 블란치가 뭐라고 했더라? "넌 세상에서 날
아올랐고 나는 곤두박질쳤지." 아니, 그녀는 나중에야 인정했
다. "너는 네 자리를 지켰어. 세인트 앤 졸업생에게 어울리는 결
혼을 했고 언제나 모교의 명예였지!"

그 시절 이후로 정말 그녀에게는 아무 변화도 없었을까? 그
렇게 생각하니 좋았다. 아니, 어떤 면에서는 좋았지만 달리 보
면 그리 좋은 것도 아니었다. 조금 침체된 것처럼, 아니 상당히

침체된 것처럼 느껴졌다.

길비 교장이 고별사에서 뭐라고 했더라? 길비 교장의 졸업식 고별사는 유명했다. 세인트 앤에서 명성이 자자했다.

조앤의 머릿속은 오랜 세월을 거슬러올라갔다. 나이든 여교장의 모습이 놀랄 만치 선명하게 눈앞에 떠올랐다. 큼직하고 매서워 보이는 코, 코안경, 매정하게 날카로운 눈매, 가슴을 살짝 내밀고 교내를 누비던 위엄 있는 모습. 잘 여민 단아한 가슴팍은 부드러운 느낌은 전혀 없이 위풍당당한 분위기를 풍겼다.

길비 교장은 대단한 사람이었다. 그녀는 학생들뿐 아니라 학부모들에게까지 존경심과 두려움을 품게 만들 수 있었다. 길비 교장이 세인트 앤 그 자체라는 것은 누구도 부인할 수 없는 사실이었다!

조앤은 그녀의 성전에 들어서는 광경을 떠올려보았다. 생화와 메디치 프린트*들이 있었고, 문화적이고 학구적이고 사회적인 품위가 우러나는 방이었다.

길비 교장은 책상 앞에서 도도하게 몸을 돌렸다.

"들어와, 조앤. 거기 앉으렴."

조앤은 지시대로 크레톤이 씌워진 안락의자에 앉았다. 길비 교장은 코안경을 벗더니 갑자기 현실감 없는 오싹한 미소를 지

---

* 메디치 가문이 보유한 그림을 인쇄한 것.

었다.

"조앤, 네가 우리와 학교라는 제한된 세상에서 인생이라는 넓은 세상으로 나가는구나. 내 몇 마디가 네가 앞으로 만날 세상에서 길잡이가 되기를 바라는 마음으로 헤어지기 전에 가벼운 대화를 나누고 싶구나."

"네, 길비 선생님."

"지금까지 넌 네 또래 친구들이 있는 행복한 환경에서 그 누구도 인생에서 완전히 피해갈 수 없는 곤혹스럽고 어려운 일들로부터 보호받으며 지냈어."

"네, 길비 선생님."

"네가 여기서 행복하게 지냈다는 것을 난 안다."

"네, 길비 선생님."

"그리고 넌 여기서 잘해왔지. 네가 발전한 것이 기쁘구나. 넌 우리의 가장 만족스러운 학생들 중 하나란다."

조앤은 조금 어리둥절했다. "아…… 어…… 저도 기뻐요, 길비 선생님."

"하지만 이제 새로운 문제들, 새로운 책임들이 있는 인생이 네 앞에 펼쳐질 거야……"

이야기는 계속됐다. 조앤은 적당한 때를 봐서 간간이 응수했다.

"네, 길비 선생님."

조앤은 가벼운 최면에라도 걸린 것 같았다.

길비 교장의 목소리는 직업적으로 큰 자산이었다. 블란치 해거드는 교장의 목소리가 오케스트라 소리 같다고 했다. 부드러운 첼로 음에서 시작해서 악센트가 있는 플루트 음으로 칭찬을 하고, 소리가 깊어지면서 바순 음으로 경고를 했다. 그런 다음 학업 성적이 우수한 여학생들에게 금관악기 음으로 직업에 대한 간곡한 권고를 쏟아냈다. 가정적인 여학생들에게는 아내와 어머니로서의 의무를 바이올린의 낮고 부드러운 음으로 타일렀다.

훈화의 마지막 대목에서야 길비 교장은 피치카토로 말했다.

"이제 특별히 한마디만 더 하겠다. 나태한 사고는 금물이야, 조앤! 사실을 액면 그대로 받아들이면 안 된다. 그게 가장 쉬운 길이라고 해도, 또 그게 고통을 면하는 길이라 해도 그래선 안 돼! 인생은 얼렁뚱땅 넘어가는 것이 아니라 살아내야 하는 거란다. 그리고 자기만족에 빠지면 안 돼!"

"네…… 알겠습니다, 길비 선생님."

"왜냐하면 앙트르 누*, 그게 네 작은 단점이니까. 안 그러니, 조앤? 그러니 자기만 생각하지 말고 다른 사람들을 생각해라. 또 책임을 받아들일 마음의 준비를 하고."

그런 다음 대규모 오케스트라가 클라이맥스로 치닫는 소리로

---

* entre nous. 프랑스어로 '우리끼리 얘기지만'.

말을 이었다.

"조앤, 인생은 지속적인 진행이어야 한단다. 과거의 나를 디딤돌로 밟고 더 높은 곳으로 올라가는 거지. 고통과 괴로움이 닥칠 거야. 누구나 겪는 일이지. 심지어 우리 주님마저도 인생의 괴로움을 고스란히 겪으셨다. 그분이 겟세마네*의 고통을 아셨던 것처럼 너도 그 괴로움을 알게 될 거다. 네가 그것을 모른다면 네 길이 진정한 길에서 멀리 벗어났다는 이야기야, 조앤. 의심과 고통의 시간이 오면 이 사실을 기억해라. 또 나는 언제라도 우리 졸업생들과 반갑게 이야기 나눌 준비가 되어 있다는 것도 기억하렴. 제자들이 조언을 구하면 언제든 도와줄 준비가 되어 있다는 것도 기억해라. 신의 축복이 함께하길 바란다."

그런 다음 길비 교장은 이별의 입맞춤으로 마지막 축복을 했다. 육체의 접촉이라기보다는 영예로운 시상식 같은 입맞춤이었다.

조앤은 조금 멍한 기분으로 물러났다.

기숙사에 돌아가자 블란치가 메리 그랜트의 코안경을 쓰고 체육복 상의에 베개를 집어넣고 연설을 하고 있었다. 그녀는 오케스트라 같은 음색으로 청중을 사로잡았다. 블란치가 울리는

---

* 예루살렘 동쪽에 있는 동산으로 예수가 여기서 최후의 기도를 드린 후 체포됐다.

소리로 말했다.

"너는 학교라는 행복한 세상에서 인생이라는 더 넓고 위험한 세상으로 가는 거다. 새로운 문제들, 새로운 책임들이 네 인생에 따라올 거야……"

조앤도 듣는 친구들 사이에 꼈다. 블란치의 연설이 클라이맥스로 접어들자 박수 소리가 점점 커졌다.

"블란치 해거드, 딱 한마디만 더 하겠다. 단련. 네 감정을 단련하고 자제하는 법을 연습하거라. 네 따뜻한 심성이 아주 위험한 방식으로 드러날 수도 있어. 엄격한 단련을 해야만 높은 곳에 다다를 수 있다. 넌 훌륭한 재능을 가졌어, 블란치. 그것들을 잘 활용해야 해. 또한 너는 많은 단점을 가졌지, 많은 단점. 하지만 그것들은 너그러운 성격을 가진 사람이 흔히 갖는 단점들이니 고칠 수 있을 거다."

블란치의 목소리는 날카로운 가성으로 높아졌다.

"인생은 지속적인 진행이어야 한다. 과거의 나를 디딤돌로 밟고 더 높은 곳으로 올라가는 거지…… (워즈워스를 보거라.*) 모교를 기억하고, 봉투에 주소를 써서 우표를 붙여 보내면 언제라도 길비 아줌마가 조언해주고 도와줄 거란 사실을 기억하렴."

---

* 헨리 워즈워스 롱펠로가 「인생찬가」에서 "죽은 과거"는 잊고 살아 있는 현재 속에서 행동하라고 했던 내용을 상기한 듯함.

블란치는 말을 끝냈지만, 웃음도 박수도 터지지 않자 놀랐다. 모두 석고상으로 변한 것 같은 표정이었다. 일제히 열린 문 쪽으로 고개를 돌렸고, 거기 길비 교장이 코안경을 손에 들고 당당하게 서 있었다.

"블란치, 배우가 되고 싶은 거라면 몇 군데 훌륭한 연기학교가 있으니 거기 가서 발성과 대사 방법을 배우는 게 어떻겠니. 넌 그 방면에 재주가 있는 것 같으니 말이다. 그 베개는 당장 제자리에 가져다 두면 고맙겠구나."

그 말을 하고 교장은 황급히 자리를 떴다.

"휴우! 괴팍한 노인네 같으니! 엄청 당당하셔. 상대를 주눅들게 만들 줄 알아." 블란치가 말했다.

그랬다, 길비 교장은 대단한 인물이었다. 그녀는 에이버릴이 세인트 앤에 입학한 직후에 은퇴했다. 신임 교장은 활기가 부족했고 그래서 학교는 침체기를 맞았다.

블란치의 말이 맞았다. 길비 교장은 괴팍한 사람이었다. 하지만 그녀는 어떻게 해야 학생들의 인정을 받는지 알고 있었다. 또 그녀가 블란치에 대해 내린 판단도 확실히 옳았다고 조앤은 회상했다. 단련. 블란치의 인생에서 필요한 게 바로 그것이었다. 너그러운 성격. 그건 인정할 수 있었다. 하지만 자제력이 현저히 부족했다. 그래도 블란치는 너그러웠다. 예를 들면 조앤이 보내준 돈을 자신을 위해서가 아니라 톰 홀리데이의 롤톱 데스

크를 사는 데 썼다. 그런 책상은 블란치에게는 세상이 두 쪽 난다 해도 필요 없을 물건일 것이다. 블란치는 따뜻한 마음씨를 가졌다. 하지만 자식들을 버리고 냉정하게 떠났다. 자신이 세상에 내놓은 어린 자식을 둘이나 버렸다.

모성애가 전혀 없는 사람도 있다는 걸 보여주는 방증이다. 조앤은 '언제나 자식을 우선해야 한다'고 생각하며 살았다. 로드니도 마찬가지였다. 로드니는 이기적이지 않은 남자였다. 그를 올바른 방향으로 이끌기만 하면 그랬다. 예를 들어 조앤이 볕이 잘 드는 그의 옷방을 아이들의 놀이방으로 써야겠다고 말하면, 로드니는 중정이 내려다보이는 작은 방으로 흔쾌히 옮겨주었다. 아이들에게는 볕이 잘 드는 환한 방이 좋다면서.

조앤과 로드니는 성실하게 부모 노릇을 했다. 자식들도 그들에게 큰 만족감을 줬다. 어릴 때는 정말 그랬다. 정이 가고 하나같이 착한 아이들이었다. 그녀의 아이들은 셔스턴 형제들보다 훨씬 잘 자랐다. 레슬리 셔스턴은 아이들의 외모에는 전혀 신경 쓰지 않는 것 같았다. 그러기는커녕 그 아이들은 괴상한 놀이를 즐겼다. 아메리칸 인디언처럼 땅바닥을 기고 함성을 질러댔고, 서커스 공연장의 바다표범을 흉내내기도 했다!

조앤은 레슬리 셔스턴이 어렸을 때 제대로 양육되지 못해서 그런 거라고 결론지었다.

레슬리 셔스턴은 슬픈 인생을 살아온 불쌍한 여자였다.

조앤은 서머싯 카운티에서 찰스 셔스턴과 우연히 마주쳤던 기억을 떠올렸다.

조앤은 친구 집에 머물고 있었는데, 셔스턴 가족이 그곳에 사는 줄은 몰랐다. 동네 술집에서 나오는 (그에게 어울리는 일이었다.) 그와 딱 마주쳤다.

출소한 후 처음 보는 것이었다. 활달하고 자신만만하던 은행가의 풍모는 간데없이 사라지고 완전히 달라진 셔스턴을 본 조앤은 충격을 받았다.

체격 좋은 호방한 남자가 세상에서 실패했을 때 지을 법한 묘하게 기죽은 표정을 짓고 있었다. 처진 어깨, 헐렁한 조끼, 늘어진 볼, 의뭉스러운 눈빛.

어떻게 저런 사람을 신뢰할 수 있었을까.

셔스턴은 조앤을 보고 화들짝 놀랐지만 이내 태연한 척 어렵사리 예전 같은 태도로 인사를 건넸다.

"이런 이런 이런, 스쿠다모어 부인! 세상이 정말 좁기는 좁군요. 무슨 일로 스킵턴의 헤인즈까지 오셨습니까?"

어깨를 반듯하게 펴고 예전의 패기와 자신감 넘치던 말투를 재현하려고 애쓰는 그가 안쓰러워 보였다. 조앤은 자기도 모르게 셔스턴에게 동정심을 느꼈다.

세상에서 곤두박질친다는 건 얼마나 끔찍한가! 과거의 삶에서 알았던 사람과 마주칠지도 모른다고 생각하면! 그 사람이 아는 척조차 하지 않으려 든다면.

물론 그렇게 처신할 생각은 없었다. 조앤은 당연히 친절하게 대할 마음의 준비가 되어 있었다.

"가서 제 집사람을 만나보셔야지요. 저희와 다과를 하셔야 합니다. 네, 그래요, 부인. 꼭 그렇게 하셔야죠!" 셔스턴이 말했다.

예전의 모습을 연기하는 것이 너무 힘겨워 보여서 조앤은 내키지 않았지만 그가 이끄는 대로 함께 걸어갔다. 셔스턴은 쉬지 않고 어색하게 말을 늘어놓았다.

그는 조앤에게 그들의 작은 집을 보여주고 싶다고 했다. 말은 그렇게 해도 아주 작지는 않다고도 했다. 실제로 보니 부지는 제법 넓었다. 그는 채소 재배가 보통 일이 아니라고 했고, 일등 상품은 아네모네와 사과라고 말했다.

떠들어대는 셔스턴의 뒤를 따라 페인트칠이 벗겨진 덜컹거리는 문을 열고 잡초가 무성한 좁은 길을 조금 걸어가자 아네모네 화단에 몸을 구부리고 있는 레슬리가 보였다.

"누가 오셨는지 좀 봐." 셔스턴이 외치자 레슬리가 머리를 쓸어올리면서 다가와서 깜짝 놀랐다고 말했다.

레슬리는 무척 나이들어 보였고 조앤은 그녀가 아프다는 것을 단박에 알아보았다. 얼굴에는 피곤과 고통으로 얼룩진 주름살이 자글거렸다. 그것만 빼면 예전과 똑같았다. 여전히 어수선하고 활기가 넘쳤다.

그들이 거기 서서 대화를 나눌 때, 아들들이 학교에서 돌아왔다. 아이들은 "엄마, 엄마, 엄마"라고 외치며 레슬리에게 달려와 머리를 박듯이 안겼다. 레슬리는 한동안 아이들의 거친 행동을 받아준 뒤 갑자기 아주 엄하게 말했다. "조용! 손님 계시잖니."

두 아들은 곧 예의바른 천사들로 변해서 조앤의 손을 잡고 차분한 목소리로 인사했다. 조앤은 조류 사냥개를 조련하는 사촌을 얼핏 떠올렸다. 명령 한마디에 개들은 앉고 엎드렸고, 명령이 떨어지면 지평선을 향해 쏜살같이 달려갔다. 조앤은 레슬리의 아들들이 꼭 그런 조련을 받은 것 같다고 생각했다.

그들은 집으로 들어갔고, 레슬리가 차를 준비하러 가자 아들들이 엄마를 돕는다고 따라갔다. 잠시 후 그들은 웃으면서 나왔고, 레슬리는 빵과 버터, 집에서 담근 잼, 두꺼운 잔들을 놓은 쟁반을 들고 있었다.

하지만 무엇보다 묘했던 것은 셔스턴에게 생긴 변화였다. 불안하고 흘끔대고 고통스러워하던 모습이 싹 사라졌다. 그는 갑자기 가장이자 집주인, 그것도 아주 훌륭한 집주인으로 변한 듯했다. 겉모습까지도 순식간에 달라 보였다. 그는 갑자기 행복하고 자기 자신과 가족에 대해 만족하는 사람으로 보였다. 이 집안에서는 바깥세상도, 그에 대한 세상의 평가도 더이상 존재하지 않는 듯이 굴었다. 아들들은 아빠에게 전에 하던 목공 작업을 같이 해달라고 졸랐다. 레슬리는 괭이를 손봐주겠다던 약속을 잊지 말라고 남편을 채근했다. 또 아네모네를 내일 묶을지 목요일 아침에 해도 될지 물었다.

조앤은 그녀가 남편을 더없이 사랑한다고 생각했다. 레슬리의 남편에 대한 애정을 그때 처음으로 이해하고 느꼈다. 셔스턴은 한때 대단히 멋진 사내였음이 분명했다.

하지만 잠시 후 조앤은 충격에 빠졌다.

"교도관과 건포도 푸딩 이야기 해주세요!" 피터가 졸라댔다.

아이는 아빠가 멍한 표정을 짓자 급히 덧붙였다.

"그거 있잖아요, 아빠가 교도소에 있을 때 그 교도관이 뭐라고 말했다고 했죠? 그리고 다른 교도관은요?"

셔스턴은 머뭇거렸고, 조금 부끄러운 표정을 지었다. 레슬리가 온화하게 말했다.

"말해줘요, 찰스. 그 이야기 정말 웃기잖아요. 스쿠다모어 부인도 들으면 좋아하실 거예요."

셔스턴은 이야기를 시작했고, 아들들이 생각하는 것만큼은 아니지만 꽤 웃기는 이야기였다. 두 아이는 데굴데굴 구르면서 웃느라 숨을 헐떡거렸다. 조앤은 예의상 같이 웃었지만 속으로는 몹시 놀랐고 약간 충격을 받았다. 그래서 나중에 레슬리를 따라서 위층에 올라갔을 때 소리 죽여 말했다.

"설마했는데…… 아이들이 알고 있네요!"

레슬리는—레슬리 셔스턴처럼 둔감한 사람은 다시없을 거라고 조앤은 생각했다—오히려 재미있다는 표정을 지었다.

"아이들도 언젠가는 알게 됐을 거예요. 그러느니 지금 아는 편이 더 낫다고 생각해요. 더 간단하니까요." 그녀가 대답했다.

더 간단하다는 데는 조앤도 동의했다. "하지만 자식들에게 알리는 게 과연 현명한 처사일까요? 아이들이란 연약한 이상주의자 같은데…… 신뢰와 믿음이 산산이 깨져버릴 텐데……" 그녀는 여기까지 말하고 입을 다물었다.

레슬리는 자기 아이들이 연약하지도 이상주의적이지도 않다고 대답했다. 오히려 집안에 뭔가 일이 있는 것 같은데 그게 뭔지 모르는 게 더 나쁘다고 생각한다고 말했다.

레슬리는 예전처럼 투박하고 엉성하게 손을 저으며 말했다.

"숨기는 게 훨씬 더 안 좋아요. 아이들이 아빠는 어디 있느냐고 물었을 때 전 자연스럽게 행동하는 게 낫겠다고 판단했어요. 그래서 아빠는 은행에서 돈을 훔쳐서 감옥에 가 있다고 말했죠. 이제 아이들은 도둑질이 뭔지 알아요. 전에 피터가 잼을 훔쳤을 때 벌로 침대에 가 있으라고 했거든요. 어른들도 잘못하면 감옥에 가야 한다. 아주 간단한 얘기죠."

"아무리 그래도 아이가 아빠를 존경하지 않고 무시한다면……"

"아뇨, 아이들은 그이를 무시하지 않아요." 레슬리는 이번에도 재미있다는 표정을 지으면서 덧붙였다. "사실 아이들은 아빠를 안쓰러워해요. 교도소생활에 대해 죄다 듣고 싶어하고요."

"난 그게 좋은 일이 아니라는 생각이 드네요." 조앤은 단호하게 말했다.

"그렇게 생각하세요?" 레슬리는 생각에 잠겼다가 말을 이었다. "그럴지도 모르죠. 하지만 찰스에게는 오히려 잘된 일이었어요. 그이는 잔뜩 풀이 죽어서 돌아왔어요, 개처럼 말이죠. 저는 가만히 보고 있을 수가 없었어요. 그래서 그 일을 자연스럽게 받아들이는 것 외에는 달리 방법이 없다고 생각했어요. 인생에서 삼 년을 없었던 체할 수는 없거든요. 그 세월을 그냥 일어난 일들 중 하나로 대하는 편이 낫겠다 싶었어요."

조앤은 레슬리 셔스턴답다고 생각했다. 태평하고 느긋하고, 감정의 미묘한 차이에 대한 감각이 없는! 언제나 아무런 저항 없이 선택하는 태도 역시.

하지만 공정하게 말하자면 그녀는 성실한 아내였다.

"레슬리, 나는 부인이 정말 훌륭하다고 생각해요. 남편에게 헌신하고, 부지런히 일해서 그가…… 그곳에…… 가 있는 동안 열심히 꾸려왔잖아요. 로드니와 나는 자주 그 이야기를 해요." 조앤은 부드럽게 말했다.

이 여자의 반쪽짜리 미소는 얼마나 우스꽝스러운지 모른다. 조앤은 이때까지 그걸 알아채지 못했다. 그녀의 칭찬에 레슬리는 당황한 것 같았다. 레슬리는 굳은 목소리로 물었다.

"어떻게 지내나요…… 로드니는?"

"아주 바쁘게 지내죠. 불쌍한 사람! 난 그에게 하루쯤은 쉬어야 한다는 말을 입에 달고 사는 듯이 해요."

"쉽지 않을 거예요. 그 일도 제 일처럼 시간이 많이 걸리는 일일 테니까. 온전히 하루를 쉴 수 있는 날이 많지 않겠죠." 레슬리가 말했다.

"맞아요. 사실은 그래요. 로드니가 굉장히 성실하기도 하고요."

"시간이 많이 필요한 일이고요." 레슬리가 말했다. 그러고는 천천히 창가로 걸어가서 밖을 내다보았다.

레슬리의 드러난 몸의 윤곽을 보자 조앤은 퍼뜩 떠오르는 게 있었다. 평소에 헐렁한 옷을 즐겨 입기는 했지만 아무리 봐도 저건……

"어머나, 레슬리," 조앤은 충동적으로 감탄사를 내뱉었다. "설마……"

레슬리는 몸을 돌려 조앤과 눈을 맞추면서 천천히 고개를 끄덕였다.

"네, 8월이에요."

"어머나!" 조앤은 남의 일 같지 않게 마음이 아팠다.

레슬리는 갑자기 열을 올리며 이야기했다. 이제 그녀는 태평하지도 느긋하지도 않았다. 유죄 선고를 받은 죄수가 마지막 변론을 하는 것 같았다.

"임신은 찰스에게 완전한 변화를 가져왔어요. 완전한 변화를요! 아시겠어요? 그이가 임신에 대해 어떤 감정을 갖는지 말로 전하기가 어렵네요. 이건 일종의 상징이에요. 그이가 추방된 사람이 아니라는, 모든 게 예전과 똑같다는 상징이요. 그이는 임신 사실을 알고는 금주하려고 노력하고 있어요."

레슬리의 말투가 너무 열정적이어서 조앤은 마지막 말의 의미를 나중에야 파악했다.

"물론 두 분의 일이니 두 분이 가장 잘 아실 테지만 나라면 현명하지 않다고 생각했을 거예요, 당장은." 조앤이 말했다.

"경제적으로 그렇다는 말인가요?" 레슬리는 웃음을 터뜨리고 말을 이었다. "우리는 잘 이겨낼 거예요. 어쨌든 우리가 먹을 건 우리가 직접 키우니까요."

"그리고 부인은 건강해 보이지가 않아요."

"건강이요? 전 아주 건강해요. 너무 건강해서 탈이죠. 저를 죽게 할 것이 뭔지는 몰라도 아마 쉽게 죽이지는 못할걸요."

그리고 그녀는 몸을 조금 떨었다. 마치…… 이미 그때 병과 고통에 대해 묘한 예감을 했던 것처럼……

두 사람은 아래층으로 내려왔고, 셔스턴은 조앤에게 길모퉁이까지 함께 가서 들판을 가로지르는 지름길을 가르쳐주겠다고 말했다. 조앤이 길을 내려가다 돌아보니 레슬리와 아들들은 즐거운 듯 소리치며 같이 땅바닥을 뒹굴고 있었다. 조앤은 그 모습이 마치 동물들 같아서 이상하다고 생각했다. 그녀는 셔스턴의 이야기에 집중하려고 고개를 기울였다.

그는 아내 같은 여자는 없다고, 전에도 앞으로도 없을 거라고 생소한 표현을 쓰며 말했다.

"그 사람이 제게 어떻게 해줬는지 모르실 겁니다. 스쿠다모어 부인. 짐작도 못하실 겁니다. 아무도 모를 거예요. 제게는 과분한 사람이죠. 정말……"

그의 눈에 눈물이 고이자 조앤은 경계했다. 그는 쉽게 감상적으로 변하는 남자였다.

"언제나, 언제나 쾌활하지요. 인생의 모든 일이 흥미롭고 재미있다고 생각하는 거 같아요. 제겐 비난 한마디 안 합니다. 단 한 마디도요. 전 그 사람에게 보답할 겁니다. 그러겠다고 맹세합니다."

술집에 드나드는 일만 줄여도 그 마음을 잘 보여줄 수 있을 텐데 하고 조앤은 생각했다. 하마터면 그 말이 입 밖으로 튀어나올 뻔했다.

마침내 그녀는 셔스턴과 헤어지기 위해 "물론이죠, 그러실 거예요"라며 맞장구쳤고, 부부를 만나서 정말 반가웠다고 말했다. 그녀는 들판을 가로질러 걸었고, 울타리를 지나면서 뒤돌아보았을 때 셔스턴은 앵커&벨이라는 술집 앞에 서 있었다. 꼼짝 않고 서서 손목시계를 보는 품새가 얼마나 기다려야 술집이 문을 여는지 가늠하는 듯했다.

조앤은 집에 돌아가서 로드니에게 모든 상황이 몹시 서글펐다고 말했다.

"아까는 그 가족이 행복해 보였다고 말했잖아." 로드니가 짐짓 아연한 표정을 지으며 말했다.

"글쎄요, 어떤 면으로는 그렇죠."

로드니는 레슬리 셔스턴이 수지가 맞지 않는 장사를 제법 잘 꾸려가는 것 같다고 말했다.

"부인은 아주 당차게 일하고 있어요. 게다가 생각해봐요, 아이를 또 가졌다니까요."

로드니는 그 말 끝에 일어나서 천천히 창가로 걸어갔다. 그는 서서 창밖을 내다보았다. 이제 와서 돌이켜보니 그 모습은 레슬리가 창가에 서 있던 모습과 똑같았다. 몇 분 후에 로드니가 입을 열었다.

"언제?"

"8월이래요. 정말 어리석은 여자예요."

"그렇게 생각해?"

"맙소사, 따져봐요. 그들은 하루 벌어 하루 먹고살아요. 갓난애가 생기면 더 힘들어질 거라고요."

"레슬리는 감당할 수 있을 거야." 로드니가 천천히 말했다.

"아뇨, 너무 많은 짐을 지면 쓰러지고 말 거예요. 지금도 아픈 사람 같아요."

"이곳을 떠날 때부터 아파 보였어."

"훨씬 더 나이들어 보였어요. 아기가 찰스 셔스턴에게 완전한 변화를 가져왔다니요."

"부인이 그렇게 말했어?"

"그래요. 아기가 완전한 변화를 가져왔다고 했어요."

"그렇겠지. 셔스턴은 전적으로 타인의 평가에 매달려 사는 사람이니까. 판사의 판결이 내려졌을 때 그는 바람 빠진 풍선처럼 무너져내렸지. 안쓰러운 동시에 혐오스럽기도 하더군. 셔스턴에게 유일한 희망은 어떤 식으로든 자존감을 되찾는 거야. 시간이 많이 걸리는 일이지." 로드니는 생각에 잠겨 말했다.

"아무리 그래도 아이를 또 낳는 건……"

로드니가 조앤의 말을 막았다. 그가 창가에서 몸을 돌렸고, 조앤은 화가 난 듯 창백해진 남편의 얼굴을 보고 크게 놀랐다.

"레슬리는 그 남자의 아내야, 그렇잖아? 그러니 그 여자 앞에는 딱 두 개의 길밖에 없어. 아이들을 데리고 나와 완전히 자유로워지든가 마누라 노릇을 징그럽게 잘 해내든가. 그 여자는 두번째 길을 택했어. 레슬리는 뭐든 어중간하게 하는 법이 없지."

그러자 조앤은 남편에게 왜 그렇게 흥분하는지 무슨 이유라도 있느냐고 물었고, 로드니는 "당연히 없지"라고 대꾸했다. 그러면서 그는 뭔가를 하기도 전에 면밀히 계산하고, 모험은커녕 재고 따지기만 하는 세상이 역겹고 신물난다고 말했다. 조앤은 그가 의뢰인들에게는 그런 식으로 말하지 않으면 좋겠다고 말했다. 그러자 로드니는 씩 웃으면서, 걱정하지 말라고 자신은 언제나 의뢰인들에게 재판하지 말고 합의하라고 조언한다고 대답했다.

7

조앤이 그날 밤 꿈에서 길비 교장을 본 것은 어쩌면 당연한 일이었는지 모른다. 차양 달린 모자를 쓴 길비 교장은 그녀와 나란히 사막을 걸으면서 권위적으로 말했다. "도마뱀에 더 신경을 썼어야지, 조앤. 너는 자연사에 약하잖니." 그 말을 듣고 조앤은 당연히 이렇게 대답했다. "네, 길비 선생님."

그러자 길비 교장이 말했다. "내 말을 못 알아들은 체해도 소용 없어, 조앤. 넌 똑똑히 알고 있어. 네게는 단련이 필요하겠구나."

조앤은 잠에서 깼고, 잠시 세인트 앤 시절로 돌아갔다고 생각했다. 사실 숙소는 학교 기숙사와 별반 다르지 않았다. 휑한 분위기, 철제 침대, 청결한 벽.

맙소사, 또 하루를 보내야 하는구나. 조앤은 생각했다.

꿈에서 길비 교장이 뭐라고 했지? '단련'이 필요하다고 했나?

그럴 만도 했다. 어제 아무것도 아닌 일 때문에 이상해진 꼴은 정말 바보 같았으니까! 그녀는 생각하는 훈련을 하고, 머릿속을 조직적으로 정리하고, 광장공포증이라는 것의 본질을 철저히 파헤쳐볼 필요가 있었다.

숙소 안에서는 확실히 컨디션이 괜찮았다. 차라리 나가지 않는 게 나을까?

하지만 그 생각을 하자 가슴이 덜컥 내려앉았다. 양기름, 등유, 살충제 냄새로 꽉 찬 어두컴컴한 이곳에서—읽을거리도 없이—아무 할일 없이 온종일을 보내려고?

죄수들은 감옥에서 뭘 하며 지낼까? 당연히 운동을 하고, 우편물 주머니 같은 걸 손보고 그럴 테지. 그런 일거리라도 없으면 미쳐버릴 것이다.

하지만 독방이라면…… 그게 사람을 미치게 한다.

하루 또 하루, 한 주 또 한 주 독방에 갇혀 있다면……

가만, 마치 여기서 몇 주 지낸 것처럼 구는군! 여기 온 지—얼마나 됐지?—이틀밖에 안 됐는데.

이틀이라! 믿을 수 없었다. 우마르 하이얌*의 시에 이런 구절

---

* 고대 페르시아의 시인.

이 있지 않나? '내일이면 나는 만 년의 어제를 가진 나'였나?*
대충 그런 내용이었는데. 왜 어떤 시도 완벽하게 기억하지 못
하지?

아니, 아니야. 또 이러면 안 돼. 그전에도 시를 외워보려다가
실패했잖아―완전한 실패. 시에는 마음을 불안하게 만드는 요
소가 있어. 영혼 깊은 곳을 날카롭게 찌르는 뭔가가 있어……

그녀는 대체 무슨 생각을 하는 걸까? 영혼 깊은 곳을 탐구하
는 건 분명 좋은 일이다. 그녀는 영성이 깊은 사람이었는데……

넌 늘 지독하게 냉정했지……

왜 블란치의 목소리가 머릿속으로 불쑥 들어올까? 천박한데
다 참견하는 말투까지, 정말 블란치다웠다! 블란치 같은 사람
에게는 조앤이 분명 그렇게 보였을 것이다. 열정을 주체하지 못
해 자신을 갈가리 찢기게 내버려두는 사람 눈에는! 천박한 것
을 블란치 탓으로 돌릴 수는 없다. 그녀는 그렇게 만들어졌을
뿐이니까. 어릴 때는 예쁘고 집안도 좋아서 그런 면모가 눈에 띄
지 않았지만, 천박한 기질은 내면 깊은 곳에 도사리고 있었을
것이다.

냉정하다니! 난 전혀 그렇지 않아.

블란치 자신이야말로 더 냉정한 기질을 가졌다면 훨씬 좋았을

---

* 하이얌의 시집 『루바이야트』에 나오는 구절로, '칠천 년'을 '만 년'으로 착각함.

텐데!

그녀는 더할 수 없이 개탄스러운 인생을 살아온 것 같았다.

정말 지독하게 개탄스러운.

블란치가 뭐라고 말했지? "지은 죄에 대해서라면 언제든 생각할 수 있지!"였나?

불쌍한 블란치! 하지만 조앤이라면 죄에 대해서는 오래 생각하지 않아도 될 거라고 그녀도 인정했다. 그제야 블란치는 자신과 조앤의 차이를 깨달았다. 블란치는 조앤이 자신에게 주어졌던 축복들을 헤아리다가 곧 지루해할 거라고 아는 체했다. (물론 축복을 당연시하는 사람이 있는 건 사실이다!) 그러고는 뭐랬지? 상당히 묘한 이야기였는데······

아, 그랬다. 몇 날 며칠 자신에 대해서 생각하는 것 말고는 할일이 아무것도 없다면 자신에 대해 뭘 알게 될지 궁금해했다······

어떤 면으로는 제법 흥미로운 생각이었다.

사실은 대단히 흥미로운 생각이었다.

그러나 블란치는 자기는 그러고 싶지 않다고 했다······

그녀의 말투는—거의—겁먹은 것 같았다.

하지만 누가 자신에 대한 발견을 하려 할지 조앤은 궁금했다.

나도 자신에 대해 생각하는 일은 익숙지 않아······

나는 한 번도 자기중심적인 적이 없었거든.

……내가 다른 사람들에게 어떻게 보이는지 궁금해.

……일반적인 면이 아니라 특별한 면에서.

그녀는 사람들이 그녀에게 했던 말들을 기억해보려고 애썼다. 예를 들면 바버라.

"엄마의 하인들은 완벽하잖아요. 엄마가 관리를 잘하시니까!"

어떤 면에서는 자식들이 그녀를 훌륭한 관리자이자 주부로 인정한다는 것을 보여주는 찬사였다. 그리고 그 말은 사실이었다. 조앤은 집안 살림을 순조롭고 효율적으로 꾸려나갔다. 하인들은 그녀를 따랐다. 적어도 그녀가 시키는 일을 했다. 그녀가 두통을 앓거나 몸이 좋지 않을 때 하인들이 아주 동정적이지는 않았지만, 그건 그녀가 그러도록 유도하지 않았기 때문이다. 솜씨 좋은 요리사가 그만두겠다고 통고하면서 뭐라고 말했더라? 자신을 인정해주지 않는 집에서 계속 일할 수 없다나 뭐라나, 아주 어처구니없는 이야기를 했다.

"부인은 제가 잘못할 때마다 지적을 하시죠. 그런데 일을 잘해도 칭찬하시지 않아요. 그러면 일할 맛이 안 나요."

"아무 말도 하지 않는 건 내가 만족하기 때문이라고 생각하면 돼." 조앤은 냉정하게 대답했다.

"그렇겠죠. 하지만 그러실 때마다 일할 의욕이 사라져요. 저도 사람이에요, 부인. 부인이 청하신 스페인식 라구*만 해도 그래요. 전 정말 열심히 만들었어요. 손이 많이 가는 요리였죠. 물론 저는 그런 엉터리 음식을 좋아하지 않지만요."

"그건 아주 훌륭했어."

"네, 그랬죠. 남김없이 드셨길래 마음에 드신 줄 알았는데 그때도 아무 말씀 없으셨죠."

"이게 무슨 황당한 경우지? 당신은 봉급을 넉넉히 받으며 일하는 요리사야……" 조앤은 답답해하면서 대꾸했다.

"아, 봉급이야 꽤 만족스럽지요, 부인."

"……당신은 충분히 훌륭한 요리사야. 마음에 안 들면 내가 먼저 말하지."

"부인은 그러시죠."

"그게 마음에 안 든다는 건가?"

"그런 게 아니에요, 부인. 하지만 더이상 이야기하지 않는 게 좋겠습니다. 전 이달 말에 떠나겠습니다."

하인들은 조앤의 성에 차지 않았다. 그들은 불평과 원망으로 똘똘 뭉쳐 있었다! 그런데 그들 모두가 로드니를 좋아했다. 그가 남자라는 이유만으로 좋아했다. 그를 위한 일이라면 몸을 아끼지 않았다. 그리고 로드니는 가끔 하인들과 관련된, 조앤은 전혀 눈치채지 못한 사실들을 알아가지고 왔다.

그는 놀랍게 이런 말도 했다.

---

* 고기와 채소를 진하게 양념해서 만든 스튜. 원래는 프랑스 요리다.

"에드나를 나무라지 마. 남편이 다른 여자와 바람피워서 지금 넋이 나갔거든. 물건을 떨어뜨리고 채소를 두 번 담고 뭐든 잊어버리는 것도 다 그것 때문이야."

"그걸 대체 어떻게 알았어요?"

"오늘 아침에 에드나한테 들었지."

"그 아이가 당신한테 그런 이야기까지 했다니 정말 별일이네요."

"사실은 내가 무슨 일 있느냐고 물어봤어. 운 것처럼 눈이 빨갛길래."

조앤은 남편이 유별나게 친절한 사람이라고 생각했다.

한번은 그녀가 남편에게 말했다.

"당신은 변호사라서 싸움이라면 진저리가 날 것 같아요."

그러자 로드니는 생각에 잠겨 대답했다.

"맞아, 남들은 그렇게 생각할 수도 있겠지. 하지만 언제나 그러는 건 아니야. 시골의 변호사는 인간관계의 약한 면들을 누구보다도 많이 보는 사람이야—의사를 제외하면 말이지. 그래서 이 일을 하다보면 인간에 대한 연민이 깊어지는 것 같아. 인간이란 원래 나약하고, 두려움과 의심과 탐욕에 약한 존재지. 그런데 가끔은 예기치 않게 이타적이고 용감한 인간을 보게 돼. 어쩌면 변호사에게 주어지는 유일한 보상은 폭넓은 동정심을 갖게 되는 건지도 몰라."

'보상이요? 그게 무슨 뜻이에요?'라는 말이 입 밖으로 튀어나올 뻔했다. 하지만 그녀는 뭐 때문인지 그 말을 하지 않았다. 하지 않는 편이 낫다고 생각했다. 그래, 잠자코 있는 게 낫지.

하지만 로드니가 가끔씩 타인에게 쉽게 동정심을 품는 모습을 보면 그녀는 마음이 무거웠다.

호디즈던 노인의 대출 문제가 그랬다.

조앤은 로드니가 아니라 호디즈던의 수다스러운 조카며느리에게 그 일에 대해 듣고 머리가 아주 복잡해져서 집에 돌아왔다.

조앤은 로드니에게 개인적으로 돈을 빌려준 게 사실이냐고 물었다.

그는 당황한 듯 얼굴을 붉히더니 흥분해서 대꾸했다.

"누가 그런 소리를 해?"

조앤은 누구라고 대답한 뒤에 이어 말했다. "왜 그 사람은 일반적인 방법으로 돈을 빌리지 못하죠?"

"업계 입장에서 엄격히 말하면 담보가 부족하기 때문이지. 요즘은 농토를 담보로 하기가 어렵거든."

"그런데 왜 하필 당신이 빌려줬는데요?"

"걱정 마, 조앤. 호디즈던은 뛰어난 농부야. 자본이 부족하고 두 시즌 연달아 흉작이 겹쳐서 어려워진 것뿐이라고."

"그렇더라도 상황이 안 좋아서 돈을 빌려야 한다는 사실은 변하지 않아요. 현명한 처신 같진 않네요, 로드니."

그러자 갑자기, 그리고 예기치 않게 로드니가 버럭 화를 냈다.

그는 우선 농부들의 고초에 대해 아느냐고 조앤에게 물었다. 그들의 어려움, 장애, 정부의 근시안적인 정책을 아느냐고. 그는 일어서서 영국의 농업 상황 전반에 대한 정보들을 쏟아놓기 시작했다. 그러고는 호디즈던이 겪는 특별한 고초에 대해 분개하며 자세히 설명했다.

"누구든 그런 일을 당할 수 있어. 아무리 똑똑하고 성실한 사람이라도 겪을 수 있다고. 내가 그의 입장이었더라도 똑같은 일이 일어났을 거야. 자본이 부족한데다 운도 따르지 않았어. 물론 이런 말을 들어도 아무렇지 않다면 이건 당신 일이 아니야, 조앤. 나는 당신이 살림하고 아이들을 키우는 일에 간섭하지 않잖아. 그건 당신의 영역이야. 이건 내 영역이고."

그녀는 상처받았다. 심하게 상처받았다. 그런 말투는 전혀 로드니답지 않았다. 상황은 부부싸움 직전까지 갔다.

지긋지긋한 호디즈던. 로드니는 멍청한 노인에게 홀딱 빠져 지냈다. 일요일 오후에는 농장에 찾아가서 저녁까지 호디즈던과 산책을 했다. 그는 농작물 상태며 젖소의 질환 같은, 전혀 흥미롭지 않은 화제들만 잔뜩 안고 집에 돌아왔다.

로드니는 그런 화제로 손님들까지 괴롭혔다.

조앤은 어느 가든파티 때 있었던 일을 떠올렸다. 그녀는 정원

의자에 나란히 앉은 남편과 셔스턴 부인을 발견했다. 로드니는 무슨 이야기인가를 쉴새없이 하고 있었다. 무슨 할말이 그리 많은지 궁금해서 조앤은 그들에게 다가갔다. 남편은 들떠 있었고 레슬리 셔스턴은 관심을 갖고 귀기울이는 기색이 뚜렷했다.

로드니의 화제는 오직 젖소와, 이 나라에서 순혈 가축 수위를 유지해야 한다는 것밖에 없었다.

레슬리 셔스턴이 눈곱만치도 관심을 가질 리 없는 화제였다. 그녀가 그런 문제들에 특별한 지식이나 관심이 있을 리 없었다. 하지만 레슬리는 열정적이고 생기 넘치는 로드니의 얼굴을 응시하며 집중해서 듣고 있었다.

"어머나, 로드니. 그런 재미없는 이야기로 셔스턴 부인을 지루하게 하면 안 되죠." 조앤이 가볍게 말했다. (셔스턴 가족이 크레이민스터에 온 직후여서 서로에 대해 잘 몰랐다.)

로드니의 얼굴에서 광채가 사라졌고 그는 곧바로 레슬리에게 사과했다.

"죄송합니다. 부인."

레슬리가 재빨리 무뚝뚝하게 말했다. 그녀의 평소 말투였다.

"그렇지 않아요, 부인. 스쿠다모어 씨가 무척 흥미로운 이야기를 하신다고 생각했거든요."

그때 레슬리의 눈빛을 본 조앤은 생각했다. 이 여자 성깔이 보통 아니네……

그 순간 머나 랜돌프가 다가왔다. 그녀는 조금 숨을 몰아쉬더니 외쳤다.

"어머, 로드니! 이번 세트는 꼭 나와 쳐야 해요. 모두 당신을 기다리고 있어요."

머나 랜돌프는 뛰어난 미인에게만 어울리는 예의 그 매력적이고 막무가내식의 태도로 양손으로 로드니를 잡아 일으킨 뒤 그를 보고 환하게 웃으면서 코트로 데려갔다. 로드니에게 테니스를 치고 싶은지 묻지도 않았다!

머나 랜돌프는 로드니와 나란히 걸으면서 자연스럽게 팔짱을 끼더니 고개를 돌려 그의 얼굴을 올려다보았다.

조앤은 이 모습을 보고 화가 나서 속으로 내뱉었다. 멋대로 해봐. 남자들은 추근대는 여자를 좋아하지 않는다구.

그런데 문득 묘한 기분이 들면서 의아해졌다. 결국 남자들이 좋아하는 게 저런 건가?

조앤이 고개를 들자, 레슬리 셔스턴이 그녀를 쳐다보고 있었다. 이제 레슬리는 성깔 있는 여자로 보이지 않았다. 그녀는 조앤을 보며 안타까운 듯한 표정을 짓고 있었다. 조앤이 보기에 한마디로 주제 넘는 짓이었다.

조앤은 좁은 침대에서 가만있지 못하고 뒤척였다. 도대체 어쩌다가 머나 랜돌프 생각으로 되돌아왔을까? 아, 그렇지. 다른 사람들이 날 어떻게 생각하는지 궁금해하던 차에 머나가 생각났어. 머나는 조앤을 싫어하는 것 같았다. 하지만 머나가 그러는 거야 오히려 환영할 일이었다. 기회만 생기면 남의 가정을 깨려는 여자였으니까!

아니, 아니지. 지금 그런 일로 열 올리고 속상해할 필요가 없지.

일어나서 아침식사를 해야 했다. 기분을 전환할 겸 수란水卵을 먹고 싶은데 요리사가 만들어줄까? 퍽퍽한 오믈렛은 이제 질려버렸다.

하지만 인도인은 수란을 만들어달라는 요구에 어리둥절한 눈치였다.

"달걀을 물에 넣고 익혀요? 삶는다는 뜻입니까?"

조앤은 그게 아니라고 대답했다. 경험상 숙소에서 먹는 삶은 달걀은 언제나 완숙이라는 것을 알고 있었다. 그녀는 수란을 설명하려고 애썼다. 인도인은 고개를 저었다.

"물에 달걀을 깨서 넣으면 죄다 퍼져버리잖아요. 제가 달걀 프라이를 잘 만들어드릴게요."

그래서 조앤은 '잘 만든' 달걀프라이를 두 개 받았다. 겉은 바삭하고 옅은색 노른자는 너무 익어 단단했다. 차라리 오믈렛이 낫다는 생각이 들었다.

아침식사는 순식간에 끝나버렸다. 조앤이 기차에 대해 물었지만, 새로운 소식은 없었다.

그녀는 완전히 난관에 부딪혔다. 다시 긴 하루가 앞에 놓여 있었다.

하지만 오늘은 계획을 세워 똑똑하게 보낼 작정이었다. 지금까지는 무작정 시간을 보내려고 했던 게 문제였다.

그녀는 기차역에서 기차를 기다리는 사람이었고, 그러니 당연히 불안하고 조마조마한 마음일 수밖에 없었다.

이 시간을 휴식하는 시간으로 여긴다면—그래, 단련의 시간으로 받아들인다면! 피정의 본질이 그런 건데. 가톨릭교회에서는 그것을 피정이라고 부른다. 신자들은 피정을 갔다가 영적으로 재충전하고 돌아온다.

나도 영적으로 재충전하지 못할 이유가 없지. 조앤은 생각했다.

어쩌면 그녀의 생활은 너무 나태했다. 너무 쾌적하고, 너무 쉽게 넘어갔다.

옆에서 유령 같은 길비 교장이 또렷이 기억나는 바순 같은 소리로 말했다. "단련해야지!"

원래는 블란치 해거드에게 했던 말이다. 조앤에게는 (실은 좀 무뚝뚝하게) "자기만족에 빠지면 안 돼"라고 말했다.

야박한 말이었다. 조앤은 조금도 자신에게 만족한 적이 없었다. 얼떨결에라도 그러지 않았다. "자기만 생각하지 말고 다른 사람을 생각해라." 참, 그게 바로 그녀가 한 일이었다—항상 남들을 생각하는 것. 조앤은 자신을 생각해본 적이, 자신을 우선해본 적이 없었다. 언제나 이타적이었다. 아이들을, 로드니를 항상 먼저 생각했다.

에이버릴!

왜 갑자기 에이버릴이 떠오를까?

왜 큰딸의 얼굴이 이리도 또렷이 떠오를까? 정중하지만 왠지 경멸하는 듯한 그 아이의 미소가.

에이버릴은 엄마를 제대로 평가해준 적이 없었다.

가끔 그 아이가 내뱉는 냉소적인 말은 사실 몹시 신경을 건드렸다. 딱히 무례한 것은 아니지만……

그래, 아니지만 뭐?

그 재미있어하는 표정, 치뜬 눈썹. 묵묵히 방을 빠져나가는 걸음걸이.

물론 에이버릴은 엄마를 많이 사랑했다. 아이들 모두가 그녀를 사랑했다……

그랬을까?

아이들이 그녀를 많이 사랑했을까? 그들이 진심으로 그녀를 좋아했을까?

조앤은 의자에서 엉거주춤하게 일어나다가 다시 주저앉았다.

어디서 이런 생각들이 나왔을까? 무엇이 이런 생각을 하게 만들었을까? 두렵고 불쾌한 생각들. 마음속에서 밀어내버려. 생각하지 않으려고 노력해봐……

길비 교장의 목소리―피치카토―

"나태한 사고는 금물이야, 조앤! 사실을 액면 그대로 받아들이면 안 된다. 그게 가장 쉬운 길이라고 해도, 또 그게 고통을 면하는 길이라 해도 그래선 안 돼……"

이런 생각을 되살리고 싶었던 것도 그 때문일까? 고통을 면해보려고?

왜냐하면 그건 확실히 고통스러운 생각이니까……

에이버릴……

에이버릴이 그녀를 많이 좋아했을까? 에이버릴이―정신 차려, 조앤. 현실을 직시해―그녀를 좋아하긴 했을까?

사실 에이버릴은 특이한 아이였다. 냉철하고 무감한 성격이었다.

아니, 감정이 없는 건 아니지. 사실 세 아이 중에 부모를 진짜 힘들게 한 아이는 에이버릴이었다.

냉철하고 반듯하고 말이 없는 에이버릴. 그 일이 부모에게 안긴 충격이란!

그녀가 얼마나 충격을 받았던가!

조앤은 아무런 의심 없이 편지 봉투를 뜯었다. 글을 못 배운 사람이 쓴 듯 꼬불꼬불한 필체로 주소가 적혀 있었다. 그녀에게 도움을 받는 많은 사람들 중 하나가 보낸 편지라고 생각했다.

처음 읽었을 때는 내용이 이해되지 않았다.

당신의 큰딸이 요양원 의사와 바람피우고 있다는 것을 알려주려고 이 편지를 씁니다. 숲에서 키스하는 건 파렴치한 행동이니 못하게 해야 합니다.

조앤은 역겨움을 느끼면서 지저분한 편지지를 노려보았다. 가증스럽고 혐오스러웠다.

익명의 편지에 대해서는 들어봤지만 받아본 적은 없었다. 그 편지는 사람의 속을 역겹게 만들었다.

당신의 큰딸…… 에이버릴이? 많고 많은 사람 중에서 우리 에이버릴이? 요양원 의사와 바람피우고 (역겨운 구절) 있다고? 루퍼트 카길인가? 결핵 치료에서 큰 성공을 거뒀다는 저명한 전문의? 에이버릴보다 적어도 스무 살은 많고, 매력적이고 병약한 아내를 둔 그 남자?

허무맹랑한 소리! 구질구질하고 말도 안 되는 소리였다.

바로 그때 에이버릴이 방으로 들어왔고, 평소 호기심이라곤 없는 아이가 약간 호기심 어린 말투로 물었다. "무슨 일 있어요?"

조앤은 편지를 든 손이 부들부들 떨려서 대답할 수가 없었다.

"너한테는 보여주지 않는 편이 낫겠다, 에이버릴. 이건…… 이건 너무 역겨운 편지다."

그녀의 목소리가 떨렸다. 놀란 에이버릴이 냉담하고 섬세한 눈썹을 치켜세우며 말했다. "그 편지에 무슨 말이 있어요?"

"그래."

"제 얘기예요?"

"넌 보지 않는 편이 낫겠다, 얘야."

하지만 에이버릴은 방을 가로질러 와 조앤의 손에서 조용히 편지를 채갔다.

딸은 잠시 서서 편지를 읽은 다음 그녀에게 돌려주었다. 그리고 생각에 잠긴 채 담담하게 말했다. "별로 좋은 내용은 아니네요."

"좋은 내용? 이건 구역질나는 얘기야. 몹시 구역질나는 얘기라고. 이런 거짓말을 한 사람은 법의 처벌을 받아야 해."

"구역질나는 얘기지만 거짓말은 아니에요." 에이버릴이 조용히 말했다.

방이 공중제비를 하면서 주변을 빙빙 돌았다. 조앤은 숨이 차올라서 말했다.

"무슨 뜻이냐, 그게 대체 무슨 말이니?"

"그렇게 소란 피우실 거 없어요, 엄마. 이런 식으로 아시게 해서 유감이지만, 어쨌든 곧 아시게 됐을 거예요."

"이 얘기가 사실이라는 거냐? 그러니까 너랑 그…… 카길이란 의사가……"

너랑 그…… 카길이란 의사가……"

"네." 에이버릴은 그저 고개만 끄덕였다.

"파렴치한 일이야. 수치스러운 일이라고. 그 나이의 남자가, 유부남이…… 너같이 젊은 아가씨랑……"

"신파극처럼 말씀하지 마세요. 전혀 그런 게 아니에요. 모든 건 아주 서서히 일어났어요. 루퍼트의 부인은 허약해요. 오랫동안 그랬어요. 우리는, 우리는 그저 서로를 좋아하게 된 거예요. 그게 다라고요." 에이버릴은 답답해하면서 말했다.

"그게 다라고, 맙소사!" 조앤은 할말이 많았고 다 퍼부었다. 에이버릴은 어깨를 으쓱하고는, 잔소리가 폭포수처럼 쏟아지게 내버려두었다. 마침내 조앤이 지치자 에이버릴이 입을 열었다.

"엄마의 관점은 이해할 수 있어요. 제가 엄마의 입장이었대도 그렇게 느꼈을 거예요. 엄마의 말 중 몇 가지는 저라면 하지 않았을 말 같지만요. 하지만 엄마가 기정사실을 바꾸지는 못해요. 루퍼트와 전 서로 좋아해요. 그리고 미안하지만 엄마가 이 일에 대해 뭘 어쩌실 수 있는지 정말 모르겠어요."

"뭘 어쩔 수 있느냐고? 네 아빠한테 알려야지, 당장."

"가여운 아빠. 이 일로 아빠까지 걱정시켜야 해요?"

"아빠라면 어떻게 해야 할지 아실 거야."

"사실 아빠도 어떻게 하실 수 없어요. 공연히 끔찍한 걱정만 껴안게 될 거예요."

그것이 산산조각난 시간의 시작이었다.

에이버릴은 폭풍의 한가운데서 냉정하고 침착했다.

뿐만 아니라 너무도 완강했다.

조앤은 로드니에게 반복해서 말했다. "그 아이는 지금 우쭐대고 있는 거라고요. 절대 불같은 연애 감정에 빠질 아이가 아니에요."

하지만 로드니는 고개를 저었다.

"당신은 에이버릴을 모르는군. 에이버릴은 분별력보다 마음의 힘이 강한 아이지. 그러니까 깊은 사랑에 빠지면 벗어나기가 더 힘들 거야."

"세상에, 로드니. 말도 안 되는 소리예요! 에이버릴은 당신보다 내가 더 잘 알아요. 난 그 아이의 엄마니까요."

"그렇다고 해서 당신이 그 아이에 대해 속속들이 아는 건 아니지. 에이버릴은 언제나 선택에 의해, 아니 어쩌면 필요에 의해 사정을 축소해서 이해해. 어떤 것을 깊이 느껴도 일부러 가볍게 얘기한다고."

"얼토당토않은 이야기네요."

"내가 장담하는데 그게 아니야. 사실이 그래." 로드니는 천천히 말했다.

"어리석은 여학생의 일탈을 당신이 과장하는 거라고요. 에이버릴은 지금 들떴고 망상에 빠져서……"

로드니가 말을 가로막았다.

"조앤, 당신 스스로도 믿지 않는 것들로 자신을 위로해봤자 소용없어. 카길을 향한 에이버릴의 열정은 진지해."

"그러면 그 남자가 파렴치한 거죠. 정말 파렴치해요……"

"그래, 세상은 그렇게 말할 테지. 하지만 당신이 그 가여운 남자 입장이라고 생각해봐. 아내는 늘 아픈데, 젊고 너그럽고 열정적이고 아름다운 에이버릴이 눈앞에 있어. 적극적이고 순진한 영혼이."

"에이버릴보다 스무 살이나 많다고요!"

"알아, 알아. 그가 열 살만 젊었어도 유혹은 그렇게 크지 않았을 거야."

"형편없는 작자일 거예요. 보나마나 그럴 거라고요."

로드니는 한숨을 쉬었다.

"그렇지 않아. 그는 멋지고 대단히 인간적인 사람이야. 자기 일에도 열정적이지. 뛰어난 업적을 이뤘고. 또 아픈 아내에게도 언제나 친절하고 다정해."

"당신은 그 사람을 성자로 만들려고 애쓰네요."

"그렇지 않아. 하지만 성자들은 대개 열정을 가진 사람이지 냉혈한이 아니었어. 그래, 카길은 충분히 인간적이야. 사랑에 빠지고 고통받을 만큼 인간적이지. 자기 인생을 망가뜨릴 만큼, 평생의 업적을 물거품으로 만들 만큼 인간적이기도 한 거야. 모든 건 상황에 달려 있어."

"무슨 상황에 달려 있다는 거죠?"

로드니가 천천히 대답했다.

"모든 건 우리 딸에게 달려 있어. 그 아이가 얼마나 강인한가에, 상황을 얼마나 똑바로 보느냐에."

"에이버릴을 떼어놔야 해요. 유람선에 태울까요? 북구 어디나 그리스의 섬은 어때요? 그런 데로 보내자고요." 조앤은 열을 내며 말했다.

로드니는 미소 지었다.

"당신 동창 블란치 해거드가 받았던 벌을 생각했나보군. 하지만 아무런 효과도 없었단 걸 기억해야지."

"에이버릴이 외국의 아무 항구에나 내려 다급히 돌아올 거라는 뜻이에요?"

"에이버릴이 출발이나 할까?"

"말도 안 돼요. 억지로라도 해야죠."

"조앤, 현실을 직시해야지. 성인이 된 자식에게 완력을 쓸 수는 없어. 우리는 에이버릴을 방에 가둘 수도 없고 억지로 크레이민스터를 떠나게 할 수도 없어. 사실 난 어느 쪽도 하고 싶지 않아. 그것들은 미봉책에 지나지 않으니까. 에이버릴이 존중하는 요소들만 영향을 줄 수 있을 거야."

"그게 뭔데요?"

"현실. 그리고 진실."

"당신이 루퍼트 카길을 만나봐요. 가서 추문을 밝히겠다고 경고하라고요."

로드니는 또다시 한숨을 쉬었다.

"조앤, 난 긁어 부스럼을 만들까봐 두려워. 정말 두렵다고."

"무슨 뜻이에요?"

"카길이 모든 걸 포기하고 둘이서 멀리 떠나버릴까봐 두렵단 거지."

"그러면 그의 경력은 끝장날 텐데요?"

"의심할 여지가 없지. 의사로서 해선 안 될 행위라고 할 순 없지만, 그가 가진 특수한 상황 때문에 사람들에게 지탄을 받겠지."

"그가 그런 점을 깨닫는다면……"

로드니가 성급하게 대꾸했다. "지금 그는 제정신이 아니란 말이야. 조앤, 사랑에 대해 그렇게 아무것도 몰라?"

이렇게 이상하기 짝이 없는 질문이 있을까! 그녀는 씁쓸하게 대답했다.

"그건 사랑 아니에요. 난 이런 말을 할 수 있어 다행이지만……"

그러자 로드니는 아주 뜻밖에도 조앤에게 미소 지으며 부드럽게 말했다. "불쌍한 우리 조앤." 그러더니 그녀에게 입을 맞추고 조용히 나갔다.

그때 조앤은 괴로운 일 때문에 속상해하는 아내를 다독여주는 로드니를 좋은 사람이라고 생각했다.

그랬다, 그때는 정말 불안한 시기였다. 에이버릴은 입을 굳게 다물고 누구와도 말을 섞지 않았다. 조앤이 이따금 말을 걸어도 대꾸하지 않았다.

조앤은 생각했다. 난 최선을 다했어. 들으려고도 하지 않는 아이에게 뭘 어쩌겠어?

에이버릴은 창백하고 힘없이, 그러나 정중하게 말했다.

"엄마, 진짜 우리가 계속 이래야 해요? 말하고 말하고 또 말해야 하느냐고요. 전 엄마 생각을 알아요. 하지만 엄마가 무슨 말을 하든 어떤 행동을 하든 달라질 게 없는데, 그 단순한 사실을 못 받아들이시겠어요?"

그런 상태가 지속됐다. 그러던 9월의 어느 오후 에이버릴은 평소보다 파리한 얼굴로 부모에게 와서 말했다.

"말씀드리는 편이 좋을 것 같아서요. 루퍼트와 저는 더이상 이런 식으로 버틸 수 없다고 생각해요. 저희는 떠날 거예요. 그의 부인이 이혼해주면 좋겠어요. 하지만 그러지 않는대도 달라질 건 없어요."

조앤은 곧바로 화를 내며 반대했지만 로드니가 막았다.

"이 일은 나한테 맡겨줘, 조앤. 에이버릴, 잠깐 나하고 얘기하자. 서재로 오렴."

"마치 교장선생님에게 혼나러 가는 것 같네요, 아빠." 에이버릴이 확연히 웃는 얼굴로 말했다.

"난 에이버릴의 엄마예요, 나도 들어야죠……" 조앤이 버럭 소리를 질렀다.

"제발, 조앤. 에이버릴과 둘이서만 이야기하고 싶어. 우리끼리 얘기할게."

단호한 말투에 꺾인 조앤이 방에서 나가려고 몸을 돌렸을 때 그녀를 붙잡은 것은 에이버릴의 낮고 또렷한 목소리였다.

"가지 마요, 엄마. 엄마도 함께 들으시면 좋겠어요. 아빠, 무슨 이야기든 엄마 앞에서 해주세요."

조앤은 딸이 엄마의 중요성을 조금은 알아주는 거라고 생각했다.

에이버릴과 로드니는 묘한 눈빛을 주고받았다! 무대에 선 맞수들의 경계하고 가늠하는 차가운 눈길이었다. "알겠다. 겁나는 구나!" 로드니가 슬며시 웃으면서 말했다.

"무슨 뜻인지 모르겠네요." 에이버릴은 냉랭하고 조금 놀란 투로 대답했다.

그러다가 로드니는 불쑥 관계없는 말을 늘어놓았다.

"네가 사내가 아니라서 아쉽구나, 에이버릴. 네겐 헨리 증조부처럼 섬뜩할 정도로 특별한 재능이 있지. 그분에게는 본인의 약점을 감추고 상대의 약점을 노출시키는 최선의 방법을 간파하는 뛰어난 안목이 있었지."

"제겐 아무 약점도 없어요." 에이버릴이 얼른 대꾸했다.

"약점이 있다는 것을 내가 증명해주지." 로드니가 신중하게 말했다.

"그렇게 못되고 어리석은 행동은 하지 못할 거다. 네 아빠와 내가 절대 허락하지 않을 거니까." 조앤이 날카롭게 말했다.

그 말에 에이버릴은 슬며시 웃으면서 엄마가 아닌 아빠를 쳐다보았다. 조앤이 그에게 하는 말이라는 듯이.

"조앤, 제발 이 일은 나한테 맡겨." 로드니가 말했다.

"저는 엄마도 얼마든지 자기 생각을 말할 자격이 있다고 생각해요." 에이버릴이 나섰다.

"고맙구나, 에이버릴. 나도 그렇게 할 거다. 얘야, 네가 작정한 일은 입에 올릴 가치도 없다는 걸 알아야지. 너는 너무 어리고 낭만적이고, 매사를 잘못된 각도에서 보고 있어. 지금 네가 충동적으로 행동한다면 나중에 분명 후회하게 될 거야. 또 네아빠와 내가 느낄 슬픔을 생각해보렴. 그 생각은 해봤니? 넌 분명 우리에게 고통을 주고 싶지 않겠지, 우린 언제나 널 진심으로 사랑했으니까."

에이버릴은 참을성 있게 귀담아들었지만 대꾸는 하지 않았다. 그녀는 아빠의 얼굴에서 눈을 떼지 않았다.

조앤이 말을 마쳤을 때도 에이버릴은 여전히 로드니를 응시하고 있었고, 입가에는 희미하게 조롱의 미소가 번졌다.

"아빠, 덧붙일 말씀 있나요?" 에이버릴이 말했다.

"아니. 하지만 내가 해줄 말은 있지." 로드니가 말했다.

에이버릴은 궁금한 눈초리로 아빠를 바라보았다.

"에이버릴, 결혼이 뭔지 정확히 알고 있니?"

에이버릴은 눈을 가늘게 떴다. 그녀는 잠시 가만히 있다가 입을 열었다.

"결혼이 성스러운 예식이라고 말씀하시려는 건가요?"

"아니, 그걸 성스럽다고 볼 수도 있고 아닐 수도 있지. 내가 하려는 말은 결혼이 계약이라는 거다." 로드니가 말했다.

"아."

에이버릴은 조금, 아주 조금 놀란 듯했다.

"결혼은 두 사람이 맺는 계약이지. 두 사람은 온전한 능력을 갖춘 성인이어야 해. 또 자기들이 무슨 일을 하고 있는지 제대로 알아야 하고. 결혼은 동반자 간의 계약 같은 거고, 두 배우자가 그 계약의 조항들을 지키겠다고 맹세하는 거야. 무슨 일이 있어도 서로의 곁을 지키겠다고. 병들 때나 건강할 때나 부자일 때나 가난할 때나 좋은 일이 있을 때나 나쁜 일이 있을 때나. 교회에서 말로 약속하고 사제가 승인과 축도를 하지만 그럼에도 그건 계약이야. 신앙심이 깊은 두 사람이 맺는, 여느 합의처럼 계약이라고. 일부 의무 조항들은 법적 강제력이 없지만, 책임을 맡은 두 사람에게는 구속력이 있지. 난 네가 이에 대해 동의할 거라 생각한다만."

잠시 침묵이 흐르다가 에이버릴이 말했다.

"예전에는 그랬을지도 모르죠. 하지만 요즘은 달라졌어요. 교회에서 서약하며 결혼하지 않는 사람들도 아주 많아요."

"그럴지도 모르지. 하지만 십팔 년 전 루퍼트 카길은 교회에서 그런 서약을 했다. 그가 당시에 신실한 믿음과 의도로 그런 서약을 하지 않았다면, 그렇다고 말해봐라."

에이버릴은 어깨를 으쓱했다.

"법적 강제력은 없지만 루퍼트 카길이 아내와 그런 계약을 했다는 건 인정하지? 당시 그는 가난과 질병의 가능성을 예상했고, 그런 상황들이 계약의 영속성에 영향을 미치지 않을 거라고 직접적으로 명시한 거야."

에이버릴은 하얗게 질렸다. "왜 이런 이야기를 꺼내시는지 모르겠어요."

"감상적인 기분이나 생각과는 별개로 결혼이 평범하고 실제적인 계약이라는 사실을 네가 인정하기를 바라서지. 그걸 인정하겠니, 하지 않겠니?"

"인정할게요."

"그러면 루퍼트 카길이 네 방조 아래 그 계약을 파기할 거라는 것도 인정하니?"

"네."

"계약 당사자의 정당한 권리와 특권을 고려하지 않았다는 것도?"

"그 여자는 괜찮을 거예요. 루퍼트를 사랑하는 것 같지도 않아요. 그 여자의 머릿속엔 온통 자기 건강과……"

"난 너한테 감상을 물은 게 아냐, 에이버릴. 내가 원하는 건 사실의 인정이야." 로드니가 재빨리 말을 가로막으며 말했다.

"전 감상적이지 않아요."

"넌 감상적이야. 넌 카길 부인의 생각과 감정 전부를 몰라. 네 멋대로 상상하는 거지. 내가 너한테 바라는 건 그녀에게 권리가 있다고 인정하는 것뿐이다."

에이버릴이 고개를 젖히며 발끈했다.

"좋아요. 그녀에게 권리가 있어요."

"그러면 이제 네가 무슨 일을 하려는 건지 명확해졌지?"

"말씀 끝나셨어요, 아빠?"

"아니, 하나 더 있다. 카길이 굉장히 가치 있고 중요한 일을 하고 있다는 건 너도 잘 알 거야. 그는 결핵 치료에서 큰 성공을 거뒀고 의료계에서 높은 평가를 받고 있지. 그런데 안타깝게도 한 사람의 사생활이 그의 공적인 삶에 영향을 미칠 수도 있어. 너희 둘이 계획하는 일이 카길의 경력에, 인류에 미치는 그의 유용함에 심각한 영향을 줄 거란 뜻이다. 완전한 몰락까지는 아니더라도."

"루퍼트가 계속 인류에게 도움을 줄 수 있도록 그를 말리는 게 제 의무라고 설득하시려는 건가요?"

에이버릴의 말투에는 조소가 담겨 있었다.

"아니다. 나는 그 가여운 사내에 대해 생각하는 중이야……"

갑자기 로드니의 목소리에 격렬한 감정이 담겼다.

"내 말을 믿어, 에이버릴. 인간은 하고 싶은 일—타고난 일— 을 하지 못하면 반쪽짜리 인간에 불과할 뿐이다. 분명히 말하마. 네가 루퍼트 카길을 돌려세워 그 일을 계속하지 못하게 만든다면, 사랑하는 남자가 불행하고 성취감도 없이 사는 모습을 그저 바라볼 수밖에 없는 날이 올 거다. 그는 나이보다 늙고 지치고 낙담한 모습으로 인생을 대충 살아가게 될 거야. 그럴 때 네 사랑이, 아니면 또다른 여인의 사랑이 그에게 보상이 될 거라고 믿는다면, 분명히 말하지만 넌 감상에 빠진 바보 멍청이야."

로드니는 말을 멈추고 의자에 기대더니 손으로 머리를 쓸어넘겼다.

"어떻게 그런 말씀까지 하시죠? 제가 어떻게 알아요……" 에이버릴은 말을 끊었다가 다시 이었다. "제가 어떻게 아느냐고요……"

"내 말이 사실인지 아닌지 어떻게 아느냐고? 난 내가 사실이라고 믿는 것을 말했고, 그건 내가 직접적으로 아는 이야기다. 지금 난 아빠로서뿐만 아니라 한 남자로서 말하는 거야."

"네, 알겠어요……" 에이버릴이 말했다.

로드니가 지치고 잠긴 목소리로 말을 이었다.

"내가 한 말을 새겨보고 받아들일지 받아들이지 않을지 결정
하는 것은 네 몫이다. 아빠는 네가 용기 있고 지혜로운 사람이
라고 믿는다."

에이버릴은 느릿느릿 문으로 향했다. 그러다 문손잡이를 잡
고 멈춰 서서 뒤돌아보았다.

"제가 고마워할 거라고 넘겨짚지 마세요, 아빠. 전…… 아빠
를 미워할 거예요."

에이버릴의 씁쓸하고 복수심에 찬 말투에 조앤은 경악했다.

에이버릴은 밖으로 나가 문을 닫았다.

조앤은 딸을 따라나가려 했지만 로드니가 제지하는 몸짓을
했다.

"그냥 내버려둬. 혼자 있게 놔두라고. 모르겠어? 우리가 이겼
어……"

8

조앤은 그 일이 그렇게 끝났다고 회상했다.

에이버릴은 그뒤로 말수가 극단적으로 줄어서 말을 걸어도 단답형으로 대답했고 먼저 말을 거는 법이 없었다. 야위고 안색도 창백해졌다.

에이버릴이 런던으로 가서 비서학교에 다니고 싶다고 말한 것은 그로부터 한 달 뒤였다.

로드니는 그 자리에서 찬성했다. 에이버릴은 가족과 헤어져서 아쉽다는 시늉조차 하지 않고 집을 떠났다.

석 달 후 집에 다니러 왔을 때는 꽤 안정을 찾은 듯했고, 듣자하니 런던에서 꽤 즐겁게 지내는 듯했다.

조앤은 안심했고, 로드니에게 마음이 놓인다고 말했다.

"이제야 모든 게 완전히 끝났네요. 난 단 한 순간도 그 일을 진지하게 여기지 않았어요. 그저 여자아이가 빠지기 쉬운 어리석은 공상 같은 거라 생각했죠."

로드니는 미소를 짓더니 그녀를 보며 말했다.

"불쌍한 우리 조앤."

그가 그 말을 할 때마다 조앤은 신경에 거슬렸다.

"그래요, 당시에 걱정했다는 건 인정할게요."

"그래, 분명 걱정할 만한 일이었어. 하지만 그게 당신의 걱정은 아니었지 않나, 조앤?" 로드니가 말했다.

"무슨 뜻이죠? 아이들 일은 본인들보다 내가 훨씬 더 고민한다고요."

"그래? 과연 그럴까……" 로드니가 중얼거렸다.

조앤이 보기에 그 사건 이후 에이버릴과 로드니 사이에는 냉기가 흐르는 것 같았다. 그전까지 부녀는 친구처럼 사이가 좋았다. 하지만 이제 둘 사이에는 형식적인 예의밖에 없는 듯했다. 하지만 에이버릴은 조앤에게는 냉랭하고 모호하긴 해도 제법 고분고분하게 굴었다.

집 떠나 살아보니 엄마의 진가를 더 잘 알게 됐겠지. 조앤은 생각했다.

그녀는 에이버릴의 방문이 반가웠다. 에이버릴의 차분함과 분별력이 집안을 편안하게 만드는 것 같았다.

이제는 바버라가 자라서 골칫거리가 되었다.

조앤은 막내딸이 사귀는 친구들 때문에 날이 갈수록 힘들었다. 딸은 사람 보는 안목이 없었다. 크레이민스터에는 참한 여학생들도 많은데 바버라는 그들과 친해지지 않겠다고 억지를 부리는 것 같았다.

"걔들은 소름끼치게 따분해요, 엄마."

"말도 안 되는 소리 마라. 메리와 앨리슨 모두 매력적인 아이들이야, 명랑하고."

"둘은 무진장 끔찍해요. 머리그물을 쓴다고요!"

조앤은 당황해서 막내딸을 빤히 쳐다보았다.

"아니, 바버라, 그게 무슨 말이니? 그게 무슨 문제라는 거야?"

"문제예요. 그건 일종의 상징이라고요."

"말도 안 되는 소리다. 패멀라 그레일링도 있잖아. 나는 그애 엄마와 아주 친했어. 패멀라랑 더 자주 어울리면 어떠니?"

"아휴, 엄마. 걘 못 봐줄 정도로 따분해요. 재미있는 구석이 하나도 없다고요."

"글쎄, 나는 그애들이 모두 아주 참한 아가씨들이라고 생각하는데."

"네, 참하고, 지루하죠. 그리고 엄마가 어떻게 생각하는지가 중요해요?"

"버릇없구나, 바버라."

"제 말은 그애들이랑 어울릴 사람은 엄마가 아니란 거예요. 제가 어떻게 생각하느냐가 중요하다고요. 전 베티 얼과 프림로즈 딘을 좋아하지만 그애들과 차를 마시려고 집에 데려올 때마다 엄마는 못마땅해하시잖아요."

"맞아, 솔직히 걔네들은 아주 못마땅하다. 베티의 아빠는 형편없는 유람 버스를 운영하고, 한마디로 품위가 없어."

"하지만 그 집은 부자예요."

"돈이 전부가 아니다, 바버라."

"요점은 제가 친구를 스스로 선택할 수 있느냐 없느냐 그거죠."

"당연히 그럴 수 있지. 하지만 넌 내 지도를 받아야 해. 아직 너무 어리니까."

"그 말은 제 맘대로 할 수 없다는 뜻이네요. 맘대로 할 수 있는 일이 아무것도 없다니, 정말 지긋지긋해요! 여긴 완전히 감옥 같아요."

"어디가 감옥인데?" 바로 그때 로드니가 들어와서 말했다.

"우리집이요!" 바버라가 소리쳤다.

그러자 로드니는 상황을 누그러뜨리려는 듯이 웃음을 터뜨리며 놀리듯이 말했다.

"불쌍한 우리 바버라가 흑인 노예 취급을 받는구나."

"맞아요."

"맞는 말이다. 내 딸들을 노예로 승인하노라."

"사랑하는 아빠, 아빠는 진짜…… 진짜 이상해요. 아빠 앞에서는 오래 화를 낼 수가 없다니까요." 바버라는 아빠를 끌어안고 숨을 몰아쉬며 말했다.

"당연히 그래야지……" 조앤은 화가 나기 시작했다.

그러나 로드니는 껄껄 웃었고 바버라가 방에서 나가자 말했다. "너무 심각하게 받아들일 것 없어, 조앤. 젊은 아이들은 들떠서 멋대로 구는 법이니까."

"하지만 친구들이 죄다 형편없다고요……"

"특이한 걸 좋아하는 것도 다 한때 일이야. 그것도 지나갈 테니 걱정 마, 조앤."

조앤은 '걱정 마'라고 말하기는 쉽다고 분통을 터뜨렸다. 그녀가 걱정하지 않으면 아이들에게 어떤 일이 벌어질까. 로드니는 너무 오냐오냐하며 넘겼고, 엄마의 감정 같은 건 이해하지 못했다.

하지만 바버라의 여자 친구들 문제는 그 아이가 반한 남자들 때문에 한 걱정에 비하면 아무것도 아니었다.

조지 하먼, 그리고 정말 마음에 안 들었던 윌모어. 윌모어는 로드니의 라이벌 법률사무소에 다닐 뿐만 아니라(이 타운에서 미심쩍은 법률 서비스를 하는 사무소로 알려진) 술을 너무 많이 마시고, 목소리가 크고, 경마에 빠져 지냈다. 바버라가 크리스마스 자선무도회가 열린 타운홀에서 사라졌을 때도 윌모어와 함께 나간 것이었다. 바버라는 다섯 곡이 끝난 후에야 돌아와서 켕기지만 반항적인 눈빛으로 엄마가 앉은 쪽을 힐끔거렸다.

그들은 지붕 위에 앉아 있었던 듯했다. 조앤은 행실이 나쁜 여자애나 할 짓이라며 몹시 속상하다고 바버라에게 말했다.

"에드워드 시대 사람처럼 굴지 마요, 엄마. 우스워요."

"난 결코 에드워드 시대 사람이 아니다. 분명히 말하지만 바버라, 요즘은 샤프롱*을 다시 선호하는 추세지. 요즘 아가씨들은 십 년 전처럼 청년들과 어울려 다니지 않아."

"제발요, 엄마. 누가 들으면 제가 톰 윌모어와 주말여행이라도 다녀온 줄 알겠어요."

"그런 말 마, 바버라. 난 용납하지 않을 거니까. 그리고 너와 조지 하먼을 도그&덕에서 봤다는 말을 들었다."

"네, 우리는 술집 순례를 했어요."

"그런 일을 하기에 넌 너무 어려. 엄마는 요즘 아가씨들이 술 마시는 게 못마땅해."

"맥주 조금 마셨을 뿐이에요. 사실 우리는 다트게임을 했어

---

* 젊은 여자가 사교장에 나갈 때 보호해주는 사람으로 대개 나이 많은 부인이다.

176

요."

"어쨌든 마음에 안 들어, 바버라. 그리고 내가 용납하지 못할 일이 하나 더 있다. 난 조지 하먼이나 톰 월모어가 마음에 들지 않고 앞으로 걔들이 집에 오는 것도 허락하지 않겠어. 알아들었니?"

"알았어요. 엄마. 여긴 엄마 집이니까요."

"난 네가 걔들을 왜 좋아하는지 도대체 알 수가 없구나."

"글쎄요, 나도 잘 모르겠어요. 그냥 짜릿해요." 바버라는 어깨를 으쓱했다.

"난 걔들을 집에 데려오는 걸 허락하지 않겠다, 알겠지?"

그러다 어느 일요일 저녁에 로드니가 하먼을 집으로 데려오자 조앤은 화가 났다. 그녀는 남편이 너무 마음이 약하다고 생각했다. 로드니가 다정하게 말을 걸고 편안하게 해주려 애썼지만, 조앤의 얼음장 같은 태도에 하먼은 당연히 당황했다. 그는 큰 소리로 말하다가 들리지 않게 중얼거렸고, 허풍을 떨다가 변명하듯 말하곤 했다.

그날 밤 조앤은 로드니를 신랄하게 비난했다.

"내가 바버라에게 하먼을 집에 데려오지 말라고 한 걸 당신도 분명히 알잖아요?"

"알아, 조앤. 하지만 그건 잘못이라고 생각해. 바버라에겐 판단력이란 게 거의 없어. 그애는 사람 말을 곧이곧대로 믿어버리지. 옥석을 가리지 못해. 일상이 아닌 배경에서 사람을 보면 어떻게 평가해야 할지 모른다고. 그렇기 때문에 그를 자신의 환경에다 두고 바라볼 필요가 있는 거야. 바버라는 하먼을 술꾼에 평생 단 하루도 제대로 일해본 적 없는 멍청하고 허풍 떠는 남자로 보지 않아. 위험하고 멋진 남자라고만 생각하지."

"그런 말이라면 나도 얼마든지 해줄 수 있었는데 아쉽네요!"

로드니는 미소 지었다.

"아, 조앤. 당신과 난 무슨 말을 하더라도 젊은 세대를 감화시키지 못해."

에이버릴이 잠시 다니러 왔을 때, 로드니의 말이 옳다는 것이 여실히 증명됐다.

이번에는 톰 월모어가 집에 초대됐다. 냉정하고 비판적인 에이버릴이 못마땅한 기색을 내비치자 자신만만하던 월모어도 기를 펴지 못했다.

나중에 조앤은 자매의 대화를 살짝 엿들었다.

"언니는 그 남자 별로야?"

바버라가 묻자 에이버릴은 무시하듯 어깨를 으쓱하고는 거침없이 말했다.

"내 눈에는 끔찍했어. 네 남자 취향은 진짜 못 말리겠다, 바버라."

그날 이후 월모어는 무대에서 사라졌고, 변덕스러운 바버라는 어느 날엔가 "톰 월모어요? 맙소사, 끔찍한 남자죠"라고 눈을 휘둥그레 뜨고 확신에 차서 말했다.

조앤이 사람들을 집으로 초대해 테니스 파티를 열려고 했을 때도 바버라가 완강하게 거부했다.

"요란 떨지 마요, 엄마. 엄마는 늘 사람들을 초대하지 못해 안달하시네요. 나는 사람들이 오는 게 싫은데. 엄마는 형편없는 멍청이들만 초대하잖아요."

마음이 상한 조앤은 즐겁게 해주려고 했는데 이렇게 나온다면 앞으로 손을 떼겠다고 쏘아붙였다. "난 네가 원하는 게 뭔지 도무지 모르겠다!"

"그냥 절 내버려두세요."

바버라는 정말 힘든 아이라고 조앤은 로드니에게 날카롭게 말했다. 로드니는 미간을 살짝 찌푸리며 끄덕였다.

"원하는 게 뭔지 말해주기만 해도 좋을 텐데요."

"바버라 자신도 그걸 몰라. 그애는 아주 어려, 조앤."

"그러니까 여러 가지 일을 대신 결정해줄 사람이 필요해요."

"그렇지 않아, 여보. 아이 스스로 익숙해져야지. 그냥 가만 놔두자고. 바버라가 원하면 친구들을 집에 데려오게 내버려두고 당신이 나서서 모임을 주선하진 마. 그러면 애들의 적대감만 사는 것 같으니까."

남자들은 다 이렇지. 조앤은 분통을 터뜨리며 생각했다. 문제를 방치하고 애매한 태도를 취하는 것⋯⋯ 딱한 로드니, 생각해보면 그는 늘 애매했다. 현실적이어야 하는 사람은 언제나 조앤이었다! 그런데도 모두 로드니가 빈틈없는 변호사라고 말했다.

조앤은 남편이 지역 신문에서 조지 하먼과 프림로즈 딘의 결혼 기사를 읽던 저녁이 기억났다. 로드니는 놀리듯이 웃었다.

"네 옛사랑의 불꽃이구나, 바버라?"

바버라는 아주 재미있다는 듯이 웃음을 터뜨렸다.

"알아요. 제가 그 남자한테 완전히 빠졌었죠. 끔찍한 남자였는데, 그렇죠? 정말 그랬어요."

"난 한 번도 그 청년이 좋게 보인 적이 없었어. 네가 그의 어떤 점에 끌렸는지 이해할 수가 없었다."

"저도 지금은 모르겠어요." 열여덟 살의 바버라는 열일곱 살 때 벌인 엉뚱한 일에 대해 담담하게 말했다. "하지만 사실 아빠도 아실 거예요. 전 그와 사랑에 빠졌다고 생각했어요. 엄마가 우리를 갈라놓으려 할 거라 생각했고, 그러면 그와 달아나려고 했어요. 만일 두 분 다 우리를 말리면 전 머리를 가스오븐에 집어넣고 자살할 작정이었고요."

"마치 줄리엣 같구나!"

"진심이었어요, 아빠. 감당할 수 없다면 결국 스스로 목숨을 끊는 수밖에 없는 거 아녜요?" 바버라는 정색하며 대답했다.

조앤은 더이상 가만있지 못하고 날카롭게 쏘아붙였다.

"그런 못된 말일랑 입에 담지도 마라. 자기가 무슨 말을 하는지도 모르고 지껄이는구나!"

"거기 계신 걸 잊고 있었네요, 엄마. 물론 엄마라면 그런 일은 절대 안 하시겠죠. 무슨 일이 벌어지든 엄마는 늘 차분하고 지각 있으시니까."

"나도 그러길 바라지."

조앤은 감정을 억누르기가 힘들었다. 바버라가 방에서 나가자마자 그녀는 로드니에게 말했다.

"아이가 그런 헛된 생각을 하는데 부추기면 어떡해요."

"바버라가 무슨 생각을 하든, 그걸 말하게 하는 편이 나을지 몰라."

"물론이죠. 저 아이가 그런 끔찍한 일을 진짜로 벌이지는 못할 거예요."

로드니는 그 말에 침묵했고 조앤은 놀라서 그를 쳐다보았다.

"설마 당신 그렇게 생각하는 건……"

"아니, 아니야. 정말 아니야. 바버라도 좀더 나이가 들면 균형감각을 갖게 될 거야. 하지만 지금은 정서적으로 많이 불안정해. 우리는 그 사실을 직시해야 해, 조앤."

"말도 안 되는 소리 그만해요!"

"그래, 우리한테는 그렇지. 우리야 균형감각을 갖고 있으니까. 하지만 바버라는 아니야. 그 아이는 늘 지독하게 진지하지.

순간의 분위기 너머를 보지 못해. 객관성이 없고 유머감각도 없지. 성적으로는 조숙하고……"

"맙소사! 당신은 마치 즉결재판에 부쳐진 무시무시한 사건 다루듯이 말하네요."

"즉결재판소의 무시무시한 사건도 살아 있는 인간과 관련된 일이야. 그걸 알아야지."

"그렇죠. 하지만 바버라처럼 교육을 잘 받고 자란 여자애가 설마……"

"설마 뭐, 조앤?"

"우리가 이런 이야기를 해야 해요?"

로드니는 한숨을 쉬었다.

"아니, 아니지. 물론 그렇지 않아. 나는 바버라가 건실한 청년을 만나서 제대로 된 사랑을 하길 바라. 진심으로 그래."

그리고 얼마 후 기도의 응답처럼 윌리엄 레이가 이라크에서 귀향해 이모인 해리엇 부인의 집에 머물렀다.

조앤은 윌리엄이 오고 일주일 뒤에 처음으로 그를 만났다. 그날 오후 윌리엄이 응접실로 들어왔을 때 바버라는 외출중이었다. 책상에 있던 조앤이 놀라 고개를 들어보니 키가 크고 건장한 청년이 보였다. 돌출된 턱, 혈색 좋은 얼굴, 견실해 보이는 파란 눈을 가진 청년이었다.

윌리엄 레이는 얼굴을 붉히며 고개를 숙이고 중얼거렸다. 자신은 해리엇의 조카이며—어, 스쿠다모어 양이, 어—지난번에 두고 간 라켓을 돌려주기 위해서 방문했다고 말했다.

조앤은 눈치를 채고 상냥하게 윌리엄을 맞았다.

"바버라는 조심성 없게 물건을 여기저기 흘리고 다닌답니다. 딸아이는 지금 외출하고 없는데 곧 돌아올 테니 차라도 들면서 기다려주겠어요?" 조앤이 말했다.

윌리엄 레이는 그러고 싶은 눈치였고, 조앤은 차를 내오라고 종을 울렸다. 그런 다음 그에게 해리엇 부인의 안부를 물었다.

해리엇 부인의 건강 상태에 대한 이야기가 오 분쯤 이어지다가 대화가 주춤했다. 윌리엄은 분위기를 띄우는 데 그닥 도움이 되지 않았다. 그는 얼굴을 붉힌 채 꼿꼿이 앉아 있었고, 고민하는 듯한 인상을 어렴풋이 풍겼다. 다행히 차가 나오면서 다른 화제가 생겼다.

조앤은 여전히 친절하게 재잘거렸지만 조금 부담스러워졌다. 바로 그때 로드니가 평소보다 조금 일찍 퇴근해서 들어오자 그녀는 마음이 놓였다. 로드니는 큰 도움이 되었다. 로드니는 이라크에 대해 이야기하고, 부담 없는 질문을 해서 청년의 입을 열게 만들었다. 윌리엄 레이의 고민하는 듯이 굳었던 태도가 누그러지기 시작했다. 그러고는 편안하게 대화를 이어갔다. 얼마 후 두 사람은 서재로 갔다. 윌리엄은 일곱시가 다 되어서야 아쉬운 기색을 보이며 떠났다.

"좋은 친구야." 로드니가 말했다.

"그러게요. 좀 수줍음을 타긴 하지만."

"맞아, 그렇더군. 하지만 평소에도 그렇게 다를 것 같진 않아." 로드니는 재미있는 듯했다.

"상당히 오래 있다 갔어요!"

"두 시간도 더 있었지."

"당신이 고생했죠."

"아니, 재미있었어. 아주 똑똑한 청년이야. 세상일에 대해 상당히 비범한 견해를 가졌더군. 철학적이기도 하고. 머리도 좋지만 개성도 있어. 마음에 들어."

"윌리엄도 당신이 좋았나봐요. 이렇게 오래 머문 걸 보면."

로드니는 다시 재미있다는 표정을 지었다.

"아니지. 그 청년은 나 때문에 머문 게 아냐. 바버라를 기다렸어. 이봐 조앤, 그가 사랑에 빠진 걸 모르겠어? 가여운 친구는 당황해서 뻣뻣해졌지. 홍당무처럼 얼굴이 빨개진 것도 그 때문이고. 용기를 내서 찾아왔는데 바버라가 없었던 거야, 첫눈에 반한 모양이야."

바버라가 저녁식사 시간에 맞춰서 급히 집에 돌아오자 조앤이 말했다.

"네 애인 하나가 집에 다녀갔다. 해리엇 부인의 조카라던데 라켓을 돌려주러 왔더구나."

"어머나, 빌* 레이가요? 라켓을 찾았대요? 지난번 저녁에는 아무래도 못 찾을 것 같더니."

"한참 기다리다 갔어." 조앤이 말했다.

"못 만나서 아쉽네요. 크래브 자매와 영화 보러 갔었거든요. 순 엉터리 영화였어요. 빌과 있느라 지루하셨어요, 아빠?"

"아니. 난 그 친구가 맘에 들었다. 우리는 근동 지역의 정치에 대해 이야기를 나눴지. 너라면 지루해했겠지만." 로드니가 말했다.

"전 세상의 신기한 곳에 대해 듣는 게 좋아요. 여행도 하고 싶고요. 만날 크레이민스터에 콕 박혀 지내니 지겨워 죽을 것 같아요. 아무튼 빌은 달라요."

"원한다면 직업교육을 받으면 되잖니." 로드니가 제안했다.

"어머나, 직업이라고요!" 바버라는 코를 찡그리며 말을 이었다. "아시잖아요, 아빠. 전 천하의 게으름뱅이예요. 일하는 건 싫어요."

"모두가 그렇지." 로드니가 대답했다.

바버라는 아빠에게 달려들어서 끌어안았다.

"아빠는 일을 너무 많이 하세요. 늘 그러시는 것 같아요. 그게 너무 안타까워요!"

---

* 윌리엄의 애칭.

바버라는 팔을 풀고 말을 이었다. "빌에게 전화해야겠어요. 마스던 어디에 간다고 했거든요……"

바버라는 전화기가 있는 복도 뒤쪽으로 갔고 로드니는 딸의 뒷모습을 서서 지켜보았다. 그의 표정이 묘했다. 미심쩍고 불확실한 표정이었다.

그는 빌 레이를 마음에 들어했다. 처음 본 순간부터 확실히 호감을 느낀 듯했다. 그런데 바버라가 어느 날 뛰어들어와서 빌과 자신이 서로에게 빠졌고 함께 바그다드로 가기 위해 당장 결혼하겠다고 선언했을 때 로드니는 왜 그렇게 수심 가득한 표정을 지었을까?

빌은 젊고 연줄도 든든하고 부유했다. 앞날이 창창한 청년이었다. 그런데 왜 로드니는 바로 허락하지 않고 약혼 기간을 가지라고 권했을까? 그는 왜 불안한 표정으로 찌푸리며 서성거렸을까?

그러다가 왜 결혼식 직전에 갑자기 폭발해서 바버라가 너무 어리다고 주장했을까?

바버라는 아빠가 반대하자 타협을 했고, 육 개월 후에 빌과 결혼해서 바그다드로 떠났다. 얼마 후에는 에이버릴이 주식중개인인 에드워드 해리슨 윌모트라는 사람과 약혼했다고 소식을 전해왔다.

그는 조용하면서도 유쾌했다. 서른네 살인데 재산도 많았다.

조앤은 모든 일이 순조롭게 풀리는 것 같다고 생각했다. 로드니는 에이버릴의 약혼에 대해서는 별말이 없었지만, 조앤이 어떠냐고 자꾸 묻자 마지못한 듯이 말했다. "그래, 그렇지. 그게 최선이지. 그는 괜찮은 친구야."

에이버릴까지 결혼하자 집에는 부부만 남았다.

토니는 농과대학 졸업시험에 낙제해서 부모에게 큰 걱정을 안겼다. 그러다가 마침내 남아프리카로 떠났다. 로드니의 의뢰인 중 하나가 로디지아에서 큰 규모로 오렌지 농장을 하고 있었다.

토니는 길지는 않아도 열정적인 내용의 편지들을 보내왔다. 그러다가 더반* 출신의 아가씨와 약혼했다고 편지로 알렸다. 조앤은 아들이 부모가 본 적조차 없는 여자와 결혼하려 한다는 사실이 마뜩지 않았다. 심지어 가난한 아가씨였다. 조앤이 로드니에게 말한 것처럼 그들은 신붓감에 대해 아는 게 전혀 없었다.

로드니는 토니가 책임져야 할 일이고, 두 사람이 잘살기를 바라는 것이 최선이라고 말했다. 로드니는 토니가 보낸 사진들을 보고 좋은 아가씨 같다고 말했다. 두 사람은 로디지아에서 소박한 삶을 기꺼이 시작하려는 듯했다.

"이제 토니는 거기서 평생 지낼 거예요. 다시는 안 돌아오겠

* 남아프리카공화국의 항구도시.

죠. 법률사무소에 들어오라고 더 압박했어야 했어요. 내가 그렇게 일렀는데!"

로드니는 싱긋 웃으면서 자신은 사람을 압박하는 데 별로 소질이 없다고 말했다.

"알아요. 그래도 당신이 고집을 부렸어야 했어요. 그랬다면 토니도 자리를 잡았을 텐데. 다들 그러잖아요."

로드니는 맞는 말이라고 대꾸했다. 하지만 그건 위험 부담이 너무 크다고 말했다.

"위험 부담?" 조앤은 못 알아듣겠다고 했다. "위험 부담이라니 무슨 뜻이에요?"

로드니는 아들이 행복하지 않을 위험에 대한 부담이라고 대답했다.

조앤은 그가 행복 운운하는 것이 가끔씩 못 견디겠다고 말했다. 다른 생각은 안 하느냐고, 삶에 행복만 있느냐고, 그보다 훨씬 중요한 다른 것들도 있다고 말했다.

로드니는 그게 뭐냐고 물었다.

"이를테면 의무감이 있죠." 조앤은 한동안 머뭇거리다가 입을 열었다.

로드니는 의무감 때문에 변호사가 될 수는 없다고 못박았다.

조앤은 자기가 무슨 말을 하는지 잘 알면서 그런다고 약간 발끈해서 받아쳤다.

"토니의 의무는 아빠를 기쁘게 하는 거지 실망시키는 게 아니잖아요."

"난 실망하지 않았는데."

당연히 조앤은 소리쳤다. 하나뿐인 아들이 지구를 반 바퀴나 돌아야 갈 수 있는 먼 곳에 살아서 만날 수 없게 됐는데 그럼 그게 기쁘냐고 말했다.

로드니는 한숨을 쉬었다. "그래, 토니가 많이 보고 싶다는 건 나도 인정할게. 토니는 밝고 유쾌한 아이였지. 맞아, 난 그 아이가 그리워……"

"내 말이 바로 그 말이에요. 당신이 단호해야 했다고요!"

"결국 토니의 인생이야, 조앤. 우리 인생이 아니라고. 우리 인생은 끝났고 좋든 나쁘든 마무리됐어. 활동적인 부분이 그렇다는 뜻이야."

"그래요, 뭐…… 어떤 의미에서는 그럴 거예요."

그녀는 잠시 생각에 잠겼다가 다시 입을 열었다. "하지만 아주 괜찮은 인생이었어요. 물론 지금도 그렇고요."

"그렇다니 다행이군."

로드니는 아내에게 미소 지었다. 놀리는 듯한 그의 미소가 보기 좋았다. 가끔 그는 상대방의 눈에는 보이지 않는 대상에게 미소 짓는 것 같았다.

"그래요, 당신과 난 아주 잘 맞았어요." 조앤이 말했다.

"그래, 우리는 별로 싸우지 않고 살았지."

"자식복도 있어요. 아이들이 비뚤어졌거나 불행해졌다면 끔찍했을 거예요."

"이상한 조앤." 로드니가 말했다.

"아뇨, 로드니, 그랬다면 정말 속상했을 거예요."

"당신은 무슨 일에도 오랫동안 속을 끓이는 타입이 아니지."

"글쎄요." 그녀는 남편의 지적을 곰곰이 생각했다. 그러고서 말을 이었다. "물론 나는 아주 차분한 성격을 가졌죠. 당신도 알겠지만, 상황에 굴복하지 않는 게 인간의 의무예요."

"감탄스럽고 편리한 감정이야!"

"성공했다고 느끼는 건 참 기분좋아요, 안 그래요?" 조앤이 미소 지으며 말했다.

"그래, 맞아. 대단히 좋지." 로드니는 한숨을 내쉬었다.

조앤은 웃음을 터뜨리면서 남편의 팔을 잡고 살짝 흔들었다.

"겸손할 필요 없어요, 로드니. 이 근방에서 우리 사무소보다 더 큰 법률사무소는 없어요. 헨리 숙부님이 하실 때보다 규모가 훨씬 커졌잖아요."

"그래, 사무소는 잘 돌아가고 있지."

"새 파트너가 들어오면서 자본도 더 넉넉해졌고요. 새 파트너가 생긴 게 마음에 걸려요?"

로드니는 고개를 저었다.

"아니, 그렇지 않아. 우리에겐 젊은 피가 필요하지. 올더먼과 난 잘 지내고 있어."

그럼, 그렇고말고. 조앤은 생각했다. 로드니의 머리에 흰머리가 눈에 띄게 늘어 있었다.

조앤은 정신을 차리고 손목시계를 흘낏 보았다.

아침나절이 상당히 빨리 지나고 있었다. 안 좋은 시점에서 마음속으로 밀고들어오는 것 같았던 괴롭고 혼란스러운 생각들은 다시 떠오르지 않았다.

그것은 '단련'이 필요한 좌우명임을 보여주는 게 아닐까. 생각을 정돈하고, 유쾌하고 만족스러운 기억들만 되새겨야 했다. 바로 그것이 이날 아침 그녀가 한 일이었다. 그래서 아침이 얼마나 후딱 지나갔는지 보라지. 한 시간 반 후면 점심시간이니까 가까운 데로 잠깐 산책이나 다녀올까. 그러면 가볍게 기분전환이 될 테고, 그런 다음 따뜻하고 푸짐한 점심을 먹으러 돌아오면 되겠네.

조앤은 침실로 들어가서 이중직 펠트 모자를 쓰고 밖으로 나갔다.

아랍 소년이 메카를 향해 땅바닥에 꿇어앉아 있었다. 그는 몸을 굽혔다가 일으키면서 높은 콧소리로 기도문을 외웠다.

인도인이 어디선가 나타나 조앤 뒤에서 일러주었다.

"정오 기도를 올리는 겁니다."

조앤은 고개를 끄덕였다. 가르쳐줄 것까진 없는데. 아이가 뭘 하는지는 뻔히 알 수 있었다.

"아이는 동정심 많은 알라, 자비로운 알라라고 말합니다."

"알아요." 조앤은 대꾸하고 천천히 걸음을 옮겼다. 그녀는 철 도역을 표시하는 철조망이 쳐진 구역으로 천천히 걸었다.

아랍인 예닐곱이 모래밭에 빠진 털털이 포드 차를 빼내려고 애쓰던 일이 떠올랐다. 그들은 서로 반대 방향으로 차를 밀고 당기는 듯했고 이 모습을 본 사위 윌리엄은 그들이 선의를 가지고는 있지만 결국은 수포로 돌아갈 일을 하면서도 희망을 품고 "알라는 자비로우시다"를 외운다고 그녀에게 말했었다.

조앤은 알라신이 있어야 한다고 생각했다. 계속 반대 반향으로 차를 밀고 당기는 그 아랍인들에게 기적 말고는 차를 빼낼 방법이 없어 보였으니까.

그런 상황인데도 그들이 모두 행복하고 즐거워 보인다는 것이 흥미로웠다. 그들은 '알라신의 뜻이라면'이라는 의미를 가진 '인샬라'를 외웠고, 바라는 만족을 얻기 위해 머리 써서 노력하지 않았다. 그런 생활방식은 조앤에게 좋은 인상을 주지 않았다. 사람은 생각을 해야 하고 내일을 위한 계획을 세워야 한다. 하기야 텔 아부 하미드같이 외진 곳에 산다면 그럴 필요가 없을지 모른다.

여기서 오래 살다보면 오늘이 무슨 요일인지도 모를 것이다.

그러다가 그녀는 생각했다. 어디 보자, 오늘은 목요일이지……
맞아, 목요일이야. 난 여기 월요일 밤에 도착했어.

그녀는 철조망이 쳐진 곳에 도착했고, 라이플을 든 군복 입은
남자가 뒤편에 있었다. 그는 큰 상자에 기대어 있었고, 기차역
이나 국경을 지키는 것 같았다.

남자는 조는 듯했고 조앤은 더 가지 않는 편이 낫겠다고 생각
했다. 혹시 남자가 깨서 총을 쏠지도 모르니까. 텔 아부 하미드
에서는 그런 일이 불가능한 게 아닐 테니까.

그녀는 뒷걸음쳤고 숙소를 한 바퀴 돌기 위해 약간 돌아서 갔
다. 그러면 시간을 보낼 수 있고, 이상한 광장공포증을 느낄 위
험을 (그게 광장공포증이라면) 감수할 필요도 없었다.

조앤은 아침 시간을 아주 잘 보냈다고 흡족해했다. 감사해야
할 것들을 짚어보았다. 에이버릴과 에드워드의 결혼. 사위는 의
젓하고 듬직한데다 부유했다. 런던에 있는 에이버릴의 집은 아
주 쾌적했고, 해러즈백화점에 가기도 편했다. 그리고 바버라의
결혼. 그리고 토니의…… 그 일은 그다지 만족스럽지는 않았지
만…… 솔직히 부부는 아들의 결혼생활에 대해 아는 것이 없었
다. 또 토니도 그들에게 흡족한 아들은 아니었다. 토니는 크레
이민스터에 남아 올더먼, 스쿠다모어&위트니 법률사무소에 들
어갔어야 했다. 가업을 잇고, 참한 영국 아가씨와 결혼해서 야

외 활동을 즐기며 살면 좋았을 것이다.

가여운 로드니. 흰머리가 늘어가는데 가업을 이을 아들이 없으니.

로드니는 토니에게 지나치게 물렀다. 그가 강하게 나갔어야 했는데. 단호한 태도, 그게 답인데. 조앤은 생각했다. 내가 강하게 나가지 않았다면 로드니는 어떻게 됐을까. 그러자 마음속에 작고 따뜻한 만족감이 일었다. 아마도 빚을 지고 호디즈던 노인처럼 대출 문제로 좌절했을 것이다. 그녀가 로드니를 위해 한 일을 그가 고마워하는지 궁금해졌다.

조앤은 넘실거리는 지평선을 바라보았다. 물살처럼 묘하게 흔들렸다. 아, 신기루야! 그녀는 생각했다.

저게 바로 신기루구나…… 사막에 물웅덩이가 있는 것 같았다. 그동안 상상했던 신기루와는 전혀 달랐다. 신기루 하면 나무나 마을이 떠올랐다. 그러나 지금 눈앞의 풍경은 훨씬 더 구체적이었다.

특별할 것 없는 물웅덩이지만 묘한 느낌을 주었다. 뭐가 현실이지?

신기루, 신기루…… 이 말이 중요한 것 같았다.

무슨 생각을 했었지? 아, 그래, 토니. 그리고 토니가 얼마나 자기중심적이고 배려심이 없는지에 대해서였지.

토니에게 쉬지 않고 잔소리하기가 너무 힘들었다. 아이는 속을 알 수 없는 면이 있었지만 겉으로는 고분고분해 보였다. 조용하고 상냥하고 미소를 지었지만 결국은 자신이 원하는 대로 했다. 아들은 엄마를 많이 좋아하기 마련인데 토니는 한 번도 그런 적이 없었다. 사실 그 아이는 아빠를 가장 따랐다.

토니가 어렸을 때의 일이 떠올랐다. 일곱 살 토니가 한밤중에 로드니가 자고 있던 옷방에 들어가서 긴장한 듯 나직하게 말했다.

"아빠, 제가 양송이버섯이 아니라 독버섯을 먹은 게 분명해요. 너무 아파서 죽을 것 같아요. 아빠 옆에서 죽으려고 왔어요."

사실 그 일은 독버섯이나 양송이버섯과는 전혀 상관없었다. 급성 맹장염 때문이었고, 토니는 하루를 넘기지 않고 수술을 받았다. 하지만 조앤은 아들이 왜 자기에게 오지 않고 아빠에게 갔는지 이상했다. 아이라면 으레 엄마에게 가는 게 더 자연스러운데.

그랬다, 토니는 여러 면으로 힘든 아이였다. 학교생활에 흥미가 없었다. 운동 경기에서도 부진했다. 잘생겨서 함께 다니면 엄마를 우쭐하게 만들었지만, 토니는 엄마와 다니는 걸 내켜하지 않는 눈치였다. 또 걸핏하면 풍경 속으로 숨어버려서 엄마를 짜증나게 했다.

그런 토니를 두고 에이버릴이 '보호색'이라고 말한 걸 조앤은 기억한다. "토니는 우리보다 훨씬 더 영리하게 보호색을 쓰거든요."

조앤은 무슨 뜻인지 몰랐지만 얼핏 그 말이 상처가 되는 느낌이었다.

조앤은 손목시계를 보았다. 너무 뜨거워서 산책이 의미 없어 보였다. 숙소로 돌아갔다. 그래도 좋은 아침이었다. 아무 사고도 없었다. 불쾌한 생각도, 광장공포증 같은 것도.

안에서 어떤 목소리가 외쳤다. '넌 마치 간호사처럼 말하는구나. 넌 네가 뭐라고 생각하니, 조앤 스쿠다모어? 환자? 정신병자? 자신 있어하더니 왜 그렇게 지쳤지? 상쾌하고 평온한 이 아침에 예사롭지 않은 문제라도 있는 거니?'

그녀는 재빨리 숙소로 돌아갔다. 점심 디저트로 통조림 복숭아가 나오자 기분이 좋아졌다.

식사를 마치고 방으로 가서 침대에 누웠다.

티타임 전에 잠깐 잘 수 있다면……

하지만 잠이 올 것 같지 않았다. 머릿속이 또렷하고 말똥말똥했다. 누워서 눈을 감고 있었지만 몸은 긴장한 상태였다. 마치 뭔가를 기다리는 듯이…… 경계하는 듯이, 숨어 있는 위험에 방어할 준비라도 하고 있는 것 같았다. 온몸이 뻣뻣했다.

긴장을 풀어야지. 긴장을 풀어야 해. 조앤은 생각했다.

하지만 그럴 수 없었다. 몸이 결리고 긴장됐다. 심장이 평소보다 빠르게 뛰었다. 정신은 경계하고 의심했다.

이 증상들은 뭔가를 연상시켰다. 조앤은 그게 뭔지 머리를 굴렸고, 마침내 적절한 비유가 떠올랐다. 치과 대기실!

바로 앞에 확실히 불쾌한 일을 앞둔 기분. 괜찮을 거라는 자기 다독임. 그 생각을 미루려는 마음…… 그리고 시시각각 무서운 일이 다가오고 있음을 아는……

무서운 일이란 뭘까. 그녀는 뭘 예상한 걸까?

무슨 일이 벌어질까?

도마뱀들이 다 자기 구멍으로 들어가버렸어…… 폭풍우가 몰려오고 있기 때문이지…… 폭풍 전의 고요…… 기다림…… 기다림…… 조앤은 생각했다.

하느님 맙소사. 그녀는 또 엉뚱한 데로 빠지고 있었다.

길비 교장…… 단련…… 피정……

피정! 그녀는 명상해야 했다. '옴'을 반복해서 암송하는 수련도 있는데…… 접신교接神敎인가? 아니면 불교인가?

아니, 아니지. 종교 의식대로 하면 될 텐데. 하느님에 대한 묵상. 하느님의 사랑에 대한 묵상. 하느님…… 하늘에 계신 우리 아버지……

그녀의 친아버지는 잘 다듬은 갈색 수염을 기르고, 강렬하고 깊고 파란 눈을 가진 사람이었다. 집안의 모든 것이 단정하고 정돈된 것을 좋아했다. 그는 친절하지만 엄격한, 전형적인 퇴역 해군 장교였다. 키가 크고 호리호리한 그녀의 어머니는 우유부단하고 흐트러진 인상을 주었다. 조심성은 없지만 다정해서 사람들은 그녀에게 화나는 일이 있더라도 대개는 넘어가주었다.

어머니는 스커트를 비뚤게 입고 엉뚱한 장갑을 끼고 틀어올린 잿빛 머리에 비스듬하니 모자를 쓴 차림으로 파티에 가곤 했다. 그리고 흉한 차림새에도 개의치 않고 명랑하고 진지했다. 아버지의 분노는 언제나 아내가 아닌 딸들을 향했다.

"너희가 어머니를 제대로 보살펴야지! 대체 무슨 생각으로 어머니를 저런 차림으로 나가게 내버려둔 거냐! 그런 나태함은 용납할 수 없어!" 아버지는 윽박지르곤 했다. 그러면 세 딸은 복종하듯 대답했다. "네, 아버지." 그리고 나중에 자기들끼리 말했다. "다 알겠지만 어머니는 진짜 구제불능이야!"

조앤은 어머니를 많이 사랑했지만, 그런 마음이 어머니가 짜증나는 인간이라는 사실까지 가려주지는 않았다. 요령도 꾸준함도 없는 면모는 무책임한 명랑함과 충동적인 따뜻한 마음으로도 벌충되지 않았다.

조앤은 어머니가 세상을 떠난 뒤 유품을 정리하다가 아버지가 쓴 편지를 발견하고 큰 충격을 받았다. 결혼 20주년 기념일에 쓴 편지였다.

오늘 당신과 함께 있을 수 없어서 몹시 쓸쓸하오. 지금까지 당신의 사랑이 내게 어떤 의미였는지, 오늘의 당신이 내게 얼마나 소중한지 이 편지를 통해 모두 말하고 싶소. 당신의 사랑은 내

평생의 더없는 축복이고, 나는 이 축복과 당신을 주신 신에게 감사하오……

조앤은 아버지가 아내에게 그런 마음을 갖고 있다는 걸 전혀 몰랐다.

올 12월이면 로드니와 나도 결혼 이십오 주년이야. 은혼식을 올릴 해지. 로드니도 내게 그런 편지를 써준다면 얼마나 좋을까……

조앤은 마음속으로 편지 구절을 상상했다.

사랑하는 조앤. 당신이 베푼 모든 은혜를 글로 적어야 한다고 생각했어. 그리고 당신이 내게 어떤 의미인지…… 장담컨대, 당신의 사랑이 내게 얼마나 큰 축복인지 당신은 모를 거야……

그러다가 상상을 중단했다. 너무 비현실적이라는 생각이 들었다. 로드니가 그러는 건 상상할 수 없었다…… 그가 그녀를 사랑한대도…… 그가 그녀를 사랑한대도……

왜 이 말을 기를 쓰고 반복한담? 왜 이렇게 묘한 한기가 들까? 이전에 무슨 생각을 하고 있었지?

맞아! 조앤은 충격을 느끼며 정신을 차렸다. 명상해야 한다는 생각을 했었다. 그런데 세속적인 생각에―오래전에 세상을 떠난 아버지와 어머니―젖어들다니.

그들은 죽고 그녀는 혼자가 됐다.

사막에 고립된 신세. 불쾌하기 짝이 없는 감옥 같은 방에 홀로 있는 신세.

자신에 대해서 생각하는 것 말고는 아무 할일도 없는.

그녀는 벌떡 일어났다. 잠이 오지 않는데 누워 있어봐야 아무 도움도 되지 않을 것 같았다.

천장은 높고 거즈 커튼을 드리운 창문은 작은 이 방이 싫었다. 이런 방은 갇힌 기분을 느끼게 했다. 자신이 작고, 벌레 같다고 느끼게 했다. 널찍하고 통풍이 잘되는 응접실에 있고 싶었다. 화사한 크레톤 커튼, 탁탁 소리 내며 타오르는 벽난로, 사람들…… 가서 만날 수 있고 나를 보러 와주는 많은 사람들……

그래, 기차가 빨리 와야 한다. 얼른 오면 된다. 아니면 자동차라도…… 아니면 다른 뭐라도……

"여기 박혀 있을 순 없어! 여기 박혀 있을 순 없다고!" 조앤은 큰 소리로 외쳤다.

(혼잣말을 하는 것은 몹시 안 좋은 신호라는 생각이 들었다.)

그녀는 차를 마시고 밖으로 나갔다. 더는 생각을 견디지 못할 것 같았다.

밖에 나가 걷기로 했다. 생각 따윈 하지 않을 작정이었다.

생각. 그게 속을 뒤집었다. 여기 사는 사람들―인도인, 아랍 소년, 요리사—을 봐. 그녀는 그들이 아무 생각 없이 살 거라고 확신했다.

가끔은 앉아서 생각하고, 가끔은 그저 앉아서……

누가 그랬더라? 얼마나 감탄스러운 생활방식인지!

그녀는 생각하지 않을 작정이었다. 그냥 걸으려고 했다. 숙소에서 너무 멀리 가지는 말아야겠다고 생각했다. 만일의 경우를 대비해서—그래, 만일의 경우를 대비해서……

크게 원을 돌아야지. 빙글빙글. 동물처럼. 굴욕적으로. 그래, 굴욕적이지만 상황이 그랬다. 그녀는 대단히, 대단히 조심해야만 했다. 안 그랬다간……

안 그랬다간 뭐? 조앤은 알 수 없었다. 아무것도 몰랐다.

로드니에 대해 생각하지 말아야 했다. 에이버릴에 대해 생각하지 말아야 했다. 토니에 대해 생각하지 말아야 했다. 바버라에 대해 생각하지 말아야 했다. 블란치 해거드에 대해 생각하지 말아야 했다. 철쭉꽃에 대해 생각하지 말아야 했다. (특히 진홍색 철쭉꽃을 떠올리지 말아야 했다!) 시에 대해 생각하지 말아야 했다……

조앤 스쿠다모어에 대해 생각하지 말아야 했다. 그런데 그건 나잖아! 아니, 아니. 맞아, 나야……

자신에 대해서 생각하는 것 말고는 할일이 아무것도 없다면 자신에 대해 뭘 알게 될까?

"난 알고 싶지 않아!" 조앤은 큰 소리로 외쳤다.

그녀는 그 소리에 깜짝 놀랐다. 그녀가 알고 싶지 않은 것이 뭘까?

이건 싸움이야. 나는 질 수밖에 없는 싸움을 하고 있어. 조앤은 생각했다.

하지만 누구를 상대로? 무엇을 상대로?

신경 꺼. 난 알고 싶지 않아…… 그녀는 속으로 중얼거렸다.

붙들고 늘어져라. 그것은 좋은 문구였다.

누군가 그녀와 같이 걷는 섬뜩한 기분이 들었다. 그녀가 잘 아는 사람이. 고개를 돌리면…… 조앤은 고개를 돌렸지만 아무도 없었다. 어느 누구도 없었다.

하지만 누가 있는 것 같은 느낌이 계속됐다. 조앤은 겁이 났다. 로드니, 에이버릴, 토니, 바버라. 그들 중 누구도 그녀를 돕지 않을 것이다. 누구도 그녀를 도울 수 없고, 돕고 싶어하지도 않을 것이다. 어느 한 사람 신경쓰지 않을 것이다.

누군지 모르지만 그녀를 엿보는 그에게서 벗어나기 위해 조앤은 숙소로 돌아가야 했다.

인도인이 철조망문 밖에 서 있었다. 조앤은 조금 비틀거리며 걸었다. 그녀는 인도인의 눈길이 성가셨다.

"왜요? 무슨 일이죠?" 그녀가 물었다.

"부인이 안 좋아 보여서요. 열이 나시나요?"

그거였다. 당연히 그거였다. 열이 나는 것이다! 그 생각을 못 하다니, 바보 멍청이!

조앤은 서둘러 돌아갔다. 열을 재고 키니네*를 찾아보자. 어디선가 구해둔 키니네가 가방에 있었다.

조앤은 체온계를 꺼내 혀 밑으로 넣었다.

열! 당연히 열 때문이지! 조리 없는 생각…… 뭐라 이름 붙일 수 없는 두려움…… 불안…… 두근거림.

모든 게 순전히 몸의 이상 때문이었다.

체온계를 빼서 확인했다.

36.8도**. 오히려 정상을 약간 밑돌았다.

조앤은 그럭저럭 저녁나절을 보냈다. 그 무렵 조앤은 자신이 아주 염려됐다. 태양 때문이 아니었다. 열 때문도 아니었다. 틀림없이 신경이 문제였다.

흔히 '신경쯤이야'라고 말한다. 그녀도 다른 사람들에 대해 그렇게 말하곤 했다. 하긴 그때는 몰랐다. 그러나 이제는 알았다. 신경쯤이야 좋아하시네! 신경은 지옥이었다! 그녀에게 필요한 것은 의사였다. 다정하고 동정심 많은 의사가 필요했다.

---

* 말라리아 약.

** 겨드랑이 체온 36.9도를 정상 체온으로 보며 구강 체온은 조금 더 높다.

줄곧 병실을 지키는 일 잘하고 친절한 간호사와 요양소도 필요했다. '스쿠다모어 부인을 혼자 두면 안 됩니다.' 그녀가 처한 현실은 사막 한가운데에 있는 하얀 감옥…… 아둔한 인도인, 아주 얼간이 같은 아랍 소년, 허구한 날 밥과 통조림 연어와 구운 콩과 완숙한 달걀을 내놓는 요리사가 있는 곳.

틀려먹었어. 내 병을 치료하기에 여긴 정말 아닌 곳이야…… 조앤은 생각했다.

조앤은 저녁식사를 마치고 방으로 올라가서 아스피린 약병을 확인했다. 여섯 알이 남아 있었다. 무모하지만 아스피린을 모두 털어넣었다. 내일 먹을 약이 없지만, 뭐라도 해봐야 할 것 같았다. 앞으로 여행할 때는 꼭 수면제를 갖고 다녀야지. 조앤은 생각했다.

옷을 벗고 불안한 마음으로 누웠다.

이상하게도 머리를 대기 무섭게 잠이 들었다.

그날 밤 그녀는 꿈에서 구불구불한 복도들이 있는 큰 감옥에 있었다. 탈출하려고 애를 썼지만 길을 찾을 수 없었다. 아니, 그녀는 길을 알고 있고 자신이 안다는 것을 언제나처럼 알고 있었다……

기억해내면 돼. 그녀는 열심히 중얼거렸다. 기억해내기만 하면 돼.

아침에는 찌뿌듯하긴 해도 상당히 평온한 기분으로 깼다.

"기억해내면 돼." 조앤은 자신에게 말했다.

침대에서 일어나 옷을 갈아입고 내려가 아침식사를 했다.

기분은 괜찮았다. 불안감이 조금 있었을 뿐이다.

'이제 곧 모든 것이 다시 시작될 거야. 하기야 내가 어떻게 할 도리가 없지.' 그녀는 생각했다.

그녀는 축 처져서 의자에 앉아 있었다. 곧 밖으로 나갈 테지만 아직은 아니었다.

특별히 뭘 생각하려고 애쓰지 않기로 했다. 생각하지 않으려고 애쓰지도 않기로 했다. 둘 다 너무 지치는 일이었다. 마음이 떠다니게 내버려둘 작정이었다.

올더먼, 스쿠다모어&위트니 법률사무소 대기실에 흰 라벨이 붙은 문서보관함이 있었다. 재스퍼 포크스 경 유산, 에칭엄 윌리엄스 소령. 마치 무대 소품 같았다.

책상에 앉은 피터 셔스턴이 밝고 진지한 얼굴을 들었다. 엄마를 쏙 빼닮았다—아니, 꼭 그렇지도 않았다. 눈은 찰스 셔스턴과 비슷했다. 재빠르게 곁눈질하는 눈. 내가 로드니라면 피터를 그렇게까지 신뢰하진 않을 텐데. 그때 조앤은 그렇게 생각했다.

그녀가 그런 생각을 하는 것이 우스웠다!

레슬리 셔스턴이 죽자 찰스 셔스턴은 완전히 무너졌다. 그는 단기간에 술을 너무 많이 마셔서 곧 세상을 떠났다. 자식들은 친척들에게 맡겨졌다. 셋째인 딸은 태어난 지 육 개월 만에 죽었다.

큰아들인 존은 숲으로 들어갔다. 지금은 미얀마 어디에 가 있다. 조앤은 레슬리와 그 집에 있던 수공으로 날염한 마직 커버들을 떠올렸다. 존이 엄마를 닮아서 쑥쑥 자라는 것들을 보고 싶어한다면 지금쯤 무척 행복해하고 있을 것이다. 조앤은 그가 아주 잘 지낸다는 소식을 들었었다.

피터 셔스턴은 로드니를 찾아와 법률사무소에 취직시켜달라고 부탁했다.

"틀림없이 변호사님이 도와주실 거라고 엄마가 말씀하셨어요."

매력적이고 솔직한 청년이었다. 잘 웃고 진중하고, 늘 호감을 사려고 애썼다. 조앤은 두 아들 중에 피터가 더 매력적이라고 생각했다.

로드니는 기꺼이 피터를 받아들였다. 친아들이 가족과 떨어져 외국으로 나가 살고 싶어했다는 사실이 얼마간 보상되는 기분이었을 것이다.

시간이 흐르면서는 아마도 피터를 아들처럼 보게 됐을 것이다. 피터는 집에 자주 놀러왔고, 조앤에게도 곰살맞게 대했다. 느긋하고 마음을 끄는 태도였다. 그의 아버지처럼 번지르르한 구석은 없었다.

그러던 어느 날 집에 돌아온 로드니의 안색이 좋지 않았다. 그녀가 묻자 그는 조바심을 내며 아무 일도 아니라고 둘러댔다. 하지만 일주일 후에 그는 피터가 항공기 공장에 들어가게 됐다고 말했다.

"당신이 그렇게 잘해줬는데 대체 왜요? 우리가 정말 좋아했는데!"

"그래, 마음을 끄는 청년이지."

"무슨 문제라도 있었어요? 그 아이가 일을 잘 못했어요?"

"아니. 피터는 계산에 능숙하고 그 방면으로 머리가 좋아."

"자기 아버지처럼 말이죠?"

"맞아, 자기 아버지처럼. 하지만 젊은이들은 누구나 새로운 발견에 이끌리잖아. 비행飛行 같은 분야 말이야."

하지만 조앤은 그의 말을 듣고 있지 않았다. 마음속에서 울리는 말들이 꼬리를 물고 이어졌다. 피터 셔스턴이 불쑥 떠나버렸단 말이지……

"혹시 사고를 친 건 아니죠?"

"사고? 무슨 뜻이야?"

"내 말은…… 그 아버지처럼 말이에요. 입매는 레슬리를 닮았지만 자기 아버지처럼 이상하게 힐끔거리는 버릇이 있잖아요. 이런, 로드니, 그게 사실이군요, 내 말이 맞죠? 그 아이가 무슨 잘못을 저지른 거죠?"

"사소한 문제가 있었을 뿐이야." 로드니는 천천히 대답했다.

"회계 문제예요? 그 아이가 돈을 가져갔어요?"

"그 일에 대해서는 말하지 않는 게 낫겠어, 조앤. 중요한 일도 아니니까."

"자기 아버지처럼 사기를 쳤다는 거예요? 유전이란 참 이상하지 않아요?"

"정말 이상해. 잘못된 쪽을 물려받은 것 같아."

"그가 레슬리를 닮는 편이 더 좋았을 거란 뜻인가요? 하지만 그녀도 특별히 유능한 사람은 아니었어요, 아녜요?"

"내가 보기엔 대단히 유능했어. 자기 일에 최선을 다했고 일도 잘했지." 로드니는 메마른 목소리로 대꾸했다.

"가여워요."

"레슬리를 동정하듯 말하는 건 이제 그만해. 듣고 있으면 짜증이 나." 로드니는 성난 듯이 말했다.

"하지만 로드니, 어쩜 그렇게 냉정하죠? 레슬리는 끔찍하게 서글픈 인생을 살다갔잖아요."

"난 그렇게 생각하지 않아."

"게다가 그 여자의 죽음은……"

"그만하는 게 좋겠군."

그가 몸을 돌렸다.

조앤은 누구나 암을 무서워한다고 생각했다. 사람들은 그 단어를 입에 올리지 않았다. 가능하면 다른 이름으로 불렀다. 악성 종양, 위중한 수술, 불치병, 내장 문제. 로드니조차 그 병에 대해 말하기를 꺼렸다. 누구도 앞날은 알 수 없으니까. 열두 명중 한 명이 암으로 죽는다지 않는가. 게다가 이 병은 종종 가장 건강한 사람에게 닥치는 것 같았다. 다른 병이 전혀 없던 사람에게.

조앤은 마켓 스퀘어에서 램버트 부인에게 그 소식을 듣던 날을 떠올렸다.

"맙소사, 혹시 소식 들었어요? 불쌍한 셔스턴 부인!"

"부인이 왜요?"

"죽었어요!" 램버트 부인은 재빨리 대답한 뒤 목소리를 낮춰서 덧붙였다. "내장 문제였나봐요…… 수술도 불가능한…… 극심한 통증에 시달렸대요. 그런데 씩씩했다더군요. 마지막 두 주 전까지도 계속 일을 했다니까…… 모르핀으로 견뎠대요. 내 조카며느리가 육 주 전에 봤는데 병색이 짙고 꼬챙이처럼 마르긴 했어도 전과 똑같이 웃고 농담하고 그러더래요. 사람들은 자기가 불치병에 걸렸다는 걸 믿지 못하나봐요. 아, 그래요. 셔스턴 부인은 슬픈 인생을 살았지요, 가엾기도 하지. 감히 말하자면 그나마 죽어서 고생에서 벗어났으니 다행이에요……"

조앤은 서둘러 집에 돌아와 로드니에게 알렸다. 그는 알고 있다고 조용하게 말했다. 자신이 유언 집행인이라서 곧바로 유족에게 연락을 받았다고 했다.

레슬리 셔스턴은 유산이 거의 없었고 그나마 조금 있는 것은 자식들에게 돌아갔다. 크레이민스터를 떠들썩하게 만든 건 시신을 크레이민스터에 매장해달라는 그녀의 유언이었다. 유서에는 "왜냐하면 내가 그곳에서 아주 행복했기 때문입니다"라고 적혀 있었다.

레슬리 에이델라인 셔스턴은 크레이민스터의 세인트 메리 교회 묘지에 안치됐다.

몇몇 사람은 이상하다고 했다. 그녀의 남편이 횡령죄로 유죄 판결을 받은 곳이 바로 크레이민스터였기 때문이다. 하지만 어떤 사람들은 그럴 만하다고 말했다. 크레이민스터는 그 일이 일어나기 전까지 가족이 행복한 시간을 보냈던 곳이기 때문에 그녀가 이곳을 잃어버린 에덴동산처럼 여긴 것이 자연스럽다는 것이었다.

불쌍한 레슬리. 완전히 비극적인 가족이었다. 젊은 피터는 테스트파일럿 훈련을 받았고 얼마 후 추락 사고로 죽었다.

로드니는 그 일을 두고두고 심하게 애달파했다. 이상하게도 그는 피터의 죽음에 대해 자책했다.

"당신이 왜 그러는지 도무지 모르겠어요. 당신과는 아무 상관 없는 일이었어요."

"레슬리가 피터를 내게 보냈어. 그리고 아들에게 내가 일자리를 주고 보살펴줄 거라고 말했지."

"그래요, 그래서 당신은 그렇게 했어요. 사무소에 취직시켰 잖아요."

"나도 알아."

"그 아이가 잘못을 저질렀을 때는 신고도 하지 않았어요. 손 실액은 당신이 메꿨고요, 아녜요?"

"맞아, 그랬지. 하지만 그런 이야기가 아냐. 레슬리가 피터를 나한테 보낸 게 바로 그 점 때문이었어. 레슬리는 아들의 약점을 알았어. 존과 달리 피터에게는 그 아버지처럼 신뢰할 수 없는 면이 있다는 걸 알았던 거라고. 레슬리는 내가 피터를 돌봐주 며 그의 약점을 보완해줄 거라 믿었어. 피터는 묘하게 두 사람 을 다 닮았지. 찰스 셔스턴의 사기꾼 기질과 레슬리의 용기. 아 마데일스의 편지를 보니 피터는 최고의 조종사였다는군. 겁 없 는 비행의 귀재. 그들은 그 아이를 그렇게 불렀대. 피터는 비행 기의 새로운 비밀 장치를 시험하는 일에 자원했지. 위험한 임무 였어. 그리고 그렇게 죽었고."

"그래요, 대단히 칭찬할 만한, 정말 칭찬할 만한 일이네요."

로드니는 메마른 웃음을 짧게 내뱉었다.

"그렇겠지, 조앤. 하지만 죽은 아이가 당신 친아들이었어도 그렇게 담담하게 말했을까? 칭찬할 만한 죽음이었다고 만족해 하며?"

조앤은 남편을 빤히 쳐다보았다.

"하지만 피터는 우리 아들이 아니에요. 완전히 다른 얘기죠."

"난 레슬리를 생각하고 있어…… 그녀가 어떤 감정을 느꼈을
지……"

조앤은 숙소 의자에 앉은 채 몸을 뒤척였다.

왜 셔스턴 가족이 계속 생각날까? 다른 지인들도 있는데. 셔
스턴 가족보다 그녀에게 훨씬 더 의미 있는 친구들도 있는데.

조앤은 레슬리를 별로 좋아하지 않았다. 그저 불쌍할 뿐이었
다. 대리석 묘석 아래 누워 있는 불쌍한 레슬리.

조앤은 몸을 떨며 생각했다. 추워. 누가 내 무덤 위를 걷고
있어.

하지만 그녀가 생각하는 것은 레슬리 셔스턴의 무덤이었다.

여긴 추워. 싸늘하고 음습해. 햇볕 나는 데로 나가야겠어. 더
는 여기 있고 싶지 않아. 조앤은 속으로 중얼거렸다.

교회 묘지. 그리고 레슬리 셔스턴의 무덤. 로드니의 코트에서
떨어진 큼직한 진홍색 철쭉꽃.

거친 바람이 5월의 고운 꽃봉오리를 흔드네……

9

조앤은 뛰다시피 태양 아래로 나갔다.

그리고 빨리 걷기 시작했다. 깡통 더미와 닭장에는 눈길도 주지 않았다.

한결 나았다. 햇볕이 따뜻했다.

따뜻했다…… 이제는 춥지 않았다.

그녀는 모든 것에서 벗어났다……

그런데 '모든 것에서 벗어났다'니 무슨 뜻일까?

길비 교장의 망령이 불쑥 그녀 옆에서, 뇌리에 박히는 어조로 말하는 것 같았다.

'감정을 단련해라, 조앤. 표현을 더 정확하게 해. 무엇으로부

터 도망치려는 건지 확실히 정해야지.'

하지만 그녀는 알지 못했다. 전혀 몰랐다.

두렵고 위협적이고 그녀를 쫓아다니는 겁나는 무엇.

항상 그 자리에서 기다리고 있었던 그것. 그녀가 할 수 있는 일이란 회피, 왜곡, 외면……

너 정말 이상하구나…… 조앤 스쿠다모어는 자신에게 말했다.

그래봤자 문제 해결에는 도움이 되지 않았다. 그녀가 단단히 잘못된 것이 확실했다. 광장공포증 때문이 아니었다. (이 용어가 맞나? 조앤은 이 용어를 제대로 사용한 건지 미심쩍었다.) 춥고 답답하고 사방이 벽으로 막힌 공간에서 햇볕 드는 곳으로 나가고 싶어 조바심쳤으니까. 밖으로 나오자 기분이 한결 나았다.

밖으로 나가! 햇볕 속으로 가! 이런 생각들에서 벗어나!

그녀는 충분히 오래 있었다. 천장이 높은 무덤 같은 이 방에.

레슬리 셔스턴의 무덤. 그리고 로드니……

레슬리…… 로드니……

나가자……

햇볕 내리쬐는 곳으로……

이 방은 너무 추워……

추워, 그리고 외로워……

조앤은 걸음을 서둘렀다. 무시무시한 무덤 같은 숙소에서 벗어나야 했다. 음울하고 숨통을 죄는 곳……

유령이 있을 것 같은 곳.

멍청한 생각이었다. 숙소는 지은 지 이 년밖에 안 된 사실상 새 건물이었다.

신축 건물에 유령이 있을 리 없다. 그걸 모르는 사람이 있을까.

숙소에 유령이 있다면 그녀, 조앤 스쿠다모어가 데리고 들어온 게 분명하다.

그 생각을 하자 몹시 불쾌해졌다……

조앤은 더 빨리 걸었다.

그리고 단호하게 생각했다. 아무튼 지금 내 옆에는 아무도 없어. 난 완전히 외톨이야. 만날 사람도 없어.

예를 들면…… 누구더라?…… 스탠리인가 리빙스턴인가?* 아프리카 오지에서 사람을 만났지.

아마 리빙스턴 박사일 거야.

이곳에서는 그런 일이 일어나지 않았다. 그녀가 이곳에서 만날 수 있는 사람은 딱 하나였고, 그 사람은 바로 조앤 스쿠다모어였다.

우스운 일이다! 조앤 스쿠다모어를 소개합니다. 만나서 반갑습니

* 영국의 탐험가 리빙스턴은 아프리카 오지에서 죽어가던 중 미국의 기자인 스탠리를 만나 구조됐다.

다, 스쿠다모어 부인.

정말 흥미롭다……

자신을 만나다니……

자신을 만나다……

맙소사. 그녀는 두려웠다……

소름끼치도록 두려웠다……

걸음이 빨라져 뛰다시피 했다. 그녀는 달리다가 조금 비틀거렸다. 불안한 발걸음처럼 머릿속 생각들도 비틀거렸다.

……난 두려워……

……맙소사, 소름끼치게 두려워……

……누가 옆에 있어주면 좋을 텐데. 함께 있어준다면……

블란치. 블란치가 있어주면 좋겠어. 조앤은 속으로 외쳤다.

그랬다, 함께 있고 싶은 사람은 블란치였다……

조앤과 가깝고 친한 사람은 없었다. 그런 친구 하나가 없었다.

오직 블란치만……

블란치. 편안하고 따뜻한 친절을 베푸는 친구. 블란치는 친절했다. 블란치는 무슨 일이 벌어져도 놀라거나 충격을 받지 않았다.

아무튼 블란치는 그녀를 좋게 생각했다. 블란치는 조앤의 삶을 성공적이라고 생각했다. 블란치는 그녀를 좋아했다.

다른 사람들은 아무도 안 그랬다……

그거였다. 바로 그 생각이 내내 그녀를 따라다녔다. 그게 진짜 조앤 스쿠다모어가 아는 사실이었다. 예전부터 쭉 알았던 사실……

도마뱀들이 구멍에서 튀어나오고……

진실……

진실의 조각들이 도마뱀들처럼 튀어나와서 말했다. "나 여기 있어. 넌 나를 알아. 아주 잘 알다마다. 모르는 척하지 마."

그리고 그녀는 그들을 알았다. 그래서 지긋지긋한 것이었다.

조앤은 그들 하나하나를 알아볼 수 있었다.

그녀를 보며 씩 웃는, 그녀를 비웃는.

모두 진실의 편린들이었다. 조앤이 이곳에 도착하자 그것들이 모습을 드러냈다. 조앤이 해야 할 일은 그 조각들을 맞추는 것뿐이었다.

그녀의 삶 전체…… 조앤 스쿠다모어의 진짜 이야기……

그것이 여기서 그녀를 기다리고 있었다……

전에는 그 생각을 해볼 필요가 없었다. 중요하지 않은 소소한 일들로 생활을 채우기가 쉬웠다. 그러느라 자신에 대해 알 시간이 없었다.

블란치가 뭐라고 했었지?

"몇 날 며칠 자신에 대해서 생각하는 것 말고는 할일이 아무것도 없다면 자신에 대해 뭘 알게 될까?"

그 말에 그녀는 얼마나 우월감 넘치고, 얼마나 의기양양하고, 얼마나 멍청하게 대답했던가.

"전에 몰랐던 것을 알게 될까?"

가끔 난 엄마가 그 누구에 대해서도 아무것도 모른다는 생각이 들어요……

토니가 그렇게 말했다.

토니의 말이 맞았다.

조앤은 자식들에 대해 아무것도 몰랐다. 로드니에 대해서도 아무것도 몰랐다. 그들을 사랑했지만 알지는 못했다.

알아야 하는데 그러지 못했다.

사람들을 사랑하면 그들에 대해 알아야 하는 건데.

참된 진실보다는 유쾌하고 편안한 것들을 사실이라고 믿는 편이 훨씬 수월하기 때문에. 그래야 자신이 아프지 않았기 때문에 그들에 대해 몰랐다.

에이버릴에 대해 그랬다. 그 아이가 겪었던 고통에 대해 그랬다.

조앤은 에이버릴이 고통받고 있다는 것을 인정하고 싶지 않았다……

언제나 엄마를 경멸하던 에이버릴……

꼬마였을 때부터 엄마를 꿰뚫어보던 에이버릴……

인생에서 부딪히고 상처 입고, 어쩌면 지금까지도 온전치 않을 에이버릴.

하지만 용기 있는 아이……

그게 바로 그녀에게, 조앤 스쿠다모어에게 부족했던 부분이다. 용기.

용기가 전부는 아니에요. 그녀가 그렇게 말했다.

그때 로드니가 뭐라고 했지? 그럴까?……

로드니가 옳았다……

토니, 에이버릴, 로드니. 모두가 그녀를 비난했다.

그러면 바버라는?

바버라에게는 무슨 문제가 있었을까? 왜 의사는 입을 굳게 다물었지? 그들이 그녀에게 감췄던 건 뭐였을까?

그 아이가 무슨 짓을 벌였나? 열정적이고 자제력이 없는 아이. 집에서 벗어나기 위해 맨 먼저 청혼한 남자와 결혼해버린 아이였다.

그게 사실이었다. 바버라는 실제로 그런 짓을 저질렀다. 딸은 집에서 불행했다. 그리고 그녀가 불행했던 건 조앤이 딸에게 행복한 가정을 만들어주기 위해 조금도 노력하지 않았기 때문이다.

조앤은 바버라에게 애정이 없었다. 이해하려는 마음도 없었다. 조앤은 딸의 취향이나 요구는 전혀 개의치 않았고, 아이에게 좋을 만한 일을 자기 흥에 겨워 이기적으로 결정해버렸다.

그녀는 바버라의 친구들을 따뜻하게 맞아주지 않았고, 그 아이들의 기를 죽였다. 바버라에게는 바그다드로 가는 것이 탈출구처럼 보였을 것이다.

그녀는 다급히 충동적으로, (로드니의 말마따나) 사랑도 없이 윌리엄 레이와 결혼해버렸다. 그후로 무슨 일이 벌어졌지?

밀회? 불행한 밀회? 그 리드 소령이란 자와 그랬겠지. 그럴 것이다. 그렇다면 조앤이 그의 이름을 입에 올렸을 때 감돌았던 어색한 분위기가 설명된다. 아직 성숙한 어른이 되지 못한 어수룩한 여자를 유혹하는 부류의 사내였을 것이다.

그러자 바버라는 자포자기에 빠졌다. 아주 어릴 때부터 곧잘 그랬듯이 격렬한 절망감에 빠져 균형감각을 잃고 큰 사고를 쳤다. 그래, 분명 그랬겠지. 자살을 시도했던 거야.

그래서 그녀는 몹시 아팠다. 목숨이 위태로울 정도로 아팠다.

로드니는 알았을까? 조앤은 궁금했다. 그는 바그다드로 달려가려는 그녀를 말리려고 부단히 애썼다.

아니, 로드니가 그런 사실을 알았을 리 없다. 알았다면 아내에게 말했겠지. 가만, 아니지. 어쩌면 말하지 않았을 것이다. 어쨌든 그는 조앤을 못 가게 하려고 열심이었다.

하지만 조앤은 단호하게 결단을 내렸다. 그녀는 가여운 아이에게 가보지 않고는 도저히 못 견디겠다고 말했다.

물론 그것은 칭찬할 만한 충동이었다.

그런데…… 그것마저도 진실의 일부분에 불과한 게 아닐까?

여행을 한다는 데 마음이 끌렸던 건 아닐까? 신선함에, 새로운 세상을 본다는 사실에? 헌신적인 엄마 노릇을 한다는 데 끌렸던 건 아닐까? 아픈 딸과 심란한 사위에게 환영받는, 매력적이고 모험적인 자신을 기대한 건 아닐까? 이 먼 데까지 달려와주다니 정말 좋은 분이세요 같은 말을 듣고 싶어서?

사실 딸 내외는 조앤을 보고 기뻐하지 않았다. 솔직히 말하면 그들은 낭패한 표정을 지었다. 그들은 의사에게 미리 부탁했고, 스스로도 입단속을 했다. 조앤이 진실을 알지 못하도록 만전을 기했다. 그들은 조앤을 신뢰하지 않았기 때문에 그녀가 알게 되는 것을 원치 않았다. 바버라는 엄마를 신뢰하지 않았다. 엄마에게 절대 알리지 않는다는 것이 딸아이의 방침이었다.

조앤이 집으로 돌아가겠다고 했을 때, 두 사람은 크게 안도했다. 그들은 속마음을 숨기고 예의를 차리느라 마음에도 없는 말을 하며 붙잡았다. 하지만 조앤이 순간적으로 마음이 바꾸려는 기미를 보이자 윌리엄이 나서서 재빨리 그녀의 의지를 꺾어놓았다.

사실 조앤이 급히 바그다드에 와서 한 좋은 일이라곤 딸 내외를 단합시킨 것뿐이었다. 두 사람은 그녀를 돌려보내기 위해, 비밀을 지키기 위해 합심했다. 그녀의 방문이 긍정적인 효과를 끌어냈다니 이야말로 묘하다. 아직 회복되지 않은 바버라가 남편을 애절한 눈빛으로 바라보면 윌리엄은 주섬주섬 말을 늘어놓았다. 사위는 조앤이 의심하는 부분을 설명해댔고, 조앤이 눈치 없이 던진 질문을 받아넘겼다.

그러자 바버라가 고마운 눈빛으로 윌리엄을 바라보았다. 애정이 넘치는 얼굴이었다.

그들은 플랫폼에 서서 그녀를 배웅했다. 둘은 손을 잡고 있었고, 바버라는 그에게 살포시 기댔다.

윌리엄은 아내에게 그랬을 것이다. '기운 내, 여보. 이제 다 끝났어. 어머니가 가시잖아……'

기차가 떠난 뒤에 그들은 알위아의 집으로 돌아가 아이와 놀아줬을 것이다. 부부는 몹시를 사랑했다. 귀여운 아기는 윌리엄을 빼닮았다. 바버라는 '엄마가 가시고 우리끼리 있는 게 얼마나 좋은지 모르겠어'라고 말했을 것이다.

바버라를 사무치게 사랑하는 가여운 윌리엄. 그러니 너무도 불행했겠지만 그는 그 일이 일어난 후에도 변함없는 사랑과 온유함을 보여주었다.

"바버라는 걱정하지 마, 이제 괜찮을 거야. 아이도 있고, 모든 상황도 그러니 말이지." 블란치는 그렇게 말했다.

있지도 않은 불안감을 다독거려준 친절한 블란치.

그때 조앤의 마음속에는 옛친구를 업신여기는 우월감이 가득차 있었다.

제가 그 여자와 다르다는 데 감사드립니다, 하느님.

그랬다. 조앤은 감히 그런 기도까지 했다……

지금 이 순간 블란치가 곁에 있다면 무엇이라도 내줄 것 같았다!

친절하고 느긋하고 너그러운 블란치. 그 누구도 비난하지 않는 사람.

블란치를 만난 밤, 조앤은 빛 좋은 개살구 같은 우월감에 휩싸여 기차역 숙소에서 기도했다.

몸을 가릴 천 쪼가리 하나 없는 것 같은 지금은 기도라는 걸할 수 있을까?

조앤은 비척비척 걸어가다가 무릎을 꿇고 주저앉았다.

도와주세요, 하느님…… 그녀는 기도했다.

저는 미처가고 있습니다……

제가 미치지 않게 도와주세요……

생각에 빠지지 않게 도와주세요……

고요……

고요와 태양……

그리고 심장 뛰는 소리……

신은 날 버리셨어……

신은 날 돕지 않으시지……

난 외톨이야. 완전히 외톨이야……

무시무시한 고요…… 지독한 외로움……

가여운 조앤 스쿠다모어…… 멍청이, 헛똑똑이, 가식덩어리 조앤 스쿠다모어……

사막에 혼자 있네.

예수님도 사막에 혼자 계셨어.

사십 일 낮과 사십 일 밤을……

아니, 아니야. 아무도 그럴 수 없어. 아무도 그걸 견딜 순 없어……

고요, 태양, 외로움……

다시 공포가 밀려들었다. 신을 빼면 인간이라곤 자신뿐인 광활하고 황량한 공간이 주는 공포……

그녀는 비틀거리며 일어났다.

숙소로 돌아가야 했다. 숙소로 돌아가야만 했다.

인도인, 아랍 소년, 닭들, 빈 깡통 더미……

사람 냄새.

그녀는 주위를 휙 둘러보았다. 숙소가 보이지 않았다. 작은 기차역 건물도 보이지 않았다. 심지어 멀리 언덕들조차 없었다.

이전보다 멀리 온 게 분명했다. 너무 멀리 와서 주변에 눈에 띄는 지형지물이 없었다.

공포감이 극에 달해서 숙소가 어느 쪽인지 감이 잡히지 않았다.

언덕들이 보여야 했지만―멀찌감치 보이던 언덕들이 갑자기 사라질 리는 없었다―지평선 주위에는 낮게 드리운 구름떼만…… 언덕인가 구름인가? 가늠이 되지 않았다.

조앤은 길을 잃었다. 완전히 길을 잃어버렸다……

아니, 북쪽으로 가면―그래, 맞아―북쪽.

태양……

태양이 머리 바로 위에 있었고…… 태양으로는 방향을 구분할 방법이 없었다……

그녀는 길을 잃고―잃어버렸고―돌아가는 길을 찾지 못했다.

조앤은 갑자기 미친듯이 달리기 시작했다.

달리다가 갑자기 겁에 질려서 반대 방향으로 달렸다. 앞으로 갔다 뒤로 갔다 미친듯이 필사적으로 달렸다.

그러다가 소리지르기 시작했다. 비명을 지르고, 부르고……

도와줘요……

도와줘요……

(그들은 내 목소리를 못 듣겠지…… 난 너무 멀리 와 있어……)

사막이 그녀의 목소리를 휘감아 조그맣게 앵앵거리는 소리로 만들어놓았다. 양의 울음소리 같았다. 꼭 양의 울음소리 같았다……

잃었던 양을 찾았습니다*……

야훼는 나의 목자**……

로드니―하이 스트리트의 푸른 풀밭과 계곡……

"로드니, 도와줘요. 나 좀 도와줘……" 그녀는 외쳤다.

하지만 로드니는 플랫폼을 걸어가고 있었다. 어깨를 반듯이 펴고 고개를 똑바로 든 채…… 몇 주간의 자유를 만끽할 꿈에 부풀어…… 갑자기 젊어진 듯한 모습으로……

로드니는 그녀의 소리를 들을 수 없었다.

에이버릴. 그 에이버릴이 엄마를 도와줄까?

엄마야, 에이버릴. 난 언제나 널 위해 최선을 다했어……

아니, 에이버릴은 조용히 방에서 나가며 이렇게 말할 것이다. '나는 있어봤자 할 수 있는 일이 없으니 이만……'

토니. 토니라면 그녀를 도와줄 것이다.

아니, 토니는 그녀를 도울 수 없다. 그 아이는 남아프리카에 있다.

아주 멀리……

바버라. 바버라는 너무 아프다…… 식중독에 걸렸으니까.

레슬리, 가능하다면 레슬리는 날 도와줄 테지. 하지만 그 여자는 이미 죽었다. 고통만 받다 죽었다……

---

* 「누가복음」 15장 6절.
** 「시편」 23장 1절.

소용없었다. 아무도 없었다.

조앤은 다시 달리기 시작했다. 절망에 빠져서, 어디로 가는지도 모르고 마냥 달렸다……

얼굴에서 흐른 땀이 목덜미를 타고 온몸으로 흘러내렸다.

끝이구나……

주님…… 주님……

주님이 사막의 내게 와주실 거야.

주님이 내게 푸른 계곡으로 가는 길을 안내하실 거야……

……양과 함께 나를 안내하실 거야……

……길 잃은 양……

……회개한 죄인……

……음산한 죽음의 골짜기를 지날지라도*……

……(음산하지는 않아. 햇볕만 쨍쨍한데……)

……빛 되신 주**. (하지만 태양은 주님이 아니었다.)

푸른 계곡, 그녀는 푸른 계곡을 찾아내야 했다……

하이 스트리트에서, 크레이민스터 한복판에서 펼쳐지는 푸른 계곡.

사막에서 펼쳐지는……

---

* 「시편」 23장 4절.
** 뉴먼의 찬송가 〈내 갈 길 멀고 밤은 깊은데〉 한 구절.

사십 일 낮과 사십 일 밤.

겨우 사흘이 지났다. 그러니 주님은 여전히 거기 계실 것이다.

주님, 저를 도와주세요…… 조앤은 기도했다.

주님……

저게 뭐지?

저쪽, 저멀리 오른쪽, 지평선 위로 뿌연 뭔가가 보였다!

숙소였다…… 그녀는 길을 잃지 않았다…… 그녀는 구원받았다……

구원받았어.

조앤은 무릎에 힘이 풀려 털썩 주저앉았다……

10

조앤은 천천히 의식을 찾았다……

속이 거북하고 쓰렸다……

그리고 축 처졌다. 아이처럼 축 늘어졌다.

하지만 그녀는 구원을 받았다. 숙소가 거기 있었다. 이윽고 기운을 차린 조앤은 일어나서 숙소까지 걸어갈 수 있었다.

조금만 더 쉬고 상황을 정리해보기로 했다. 상황을 잘 정리해야 했다. 더이상 꾸미지 말고.

결국 신은 그녀를 저버리지 않았다……

그녀는 이제 더이상 혼자 있다는 무서운 생각에 시달리지 않았다……

하지만 난 생각해야 해. 생각을 해야 한다고. 상황을 똑바로 정리해야지. 내가 여기 있는 것도 그것 때문이야. 상황을 똑바로 파악하라고……

조앤 스쿠다모어가 어떤 여자인지 마지막으로 한번 더 짚어봐야 했다.

사막에 온 건 그것 때문이다. 이 맑고 무지막지한 빛줄기가 그녀에게 자신의 본래 모습을 보여줄 것이다. 그동안 외면했던 모든 진실을 보여줄 것이다. 사실은 그녀도 다 알고 있었던 모든 것을 보여줄 것이다.

한 가지 실마리는 어제 발견했다. 거기서부터 시작해야 할 것이다. 온몸을 휘감는 맹목적인 공포감을 그때 처음 느꼈으니까.

그녀는 시를 암송했고, 거기서부터 일이 시작됐다.

내가 그대에게서 떠나 있던 때는 봄이었노라.

그 구절을 외웠을 때 로드니가 떠올랐다. 그래서 그녀는 중얼거렸다. "하지만 지금은 11월이지……"

그날 저녁 로드니가 "하지만 지금은 10월이지"라고 했던 것처럼.

애셸다운에서 그가 레슬리 셔스턴과 앉아 있던 저녁이었다. 그들은 1미터쯤 거리를 두고 앉아 침묵을 지켰다. 그래서 조앤은 두 사람이 그리 친근하지 않다고 생각했다.

하지만 이제 그녀는 알았다. 물론 당시에도 알았던 게 분명하다. 두 사람이 그렇게 멀찍이 떨어져 앉아 있었던 이유를.

그들은 차마 더 가까이 있을 수 없었기 때문에 그랬다. 그렇지 않았을까……

로드니. 그리고 레슬리 셔스턴……

머나 랜돌프가 아니라…… 상대는 머나 랜돌프가 아니었다. 조앤은 마음속으로 머나 랜돌프를 의심하며 몰아갔다. 로드니와 랜돌프 사이에 아무 일도 없다는 것을 알았기 때문이다. 그녀는 눈앞에 펼쳐진 사실을 못 본 척하려고 머나 랜돌프로 연막을 피웠다.

어떤 면에서는—이제 정직해져야지, 조앤—머나 랜돌프가 레슬리 셔스턴보다 인정하기 쉽다는 이유도 있었다.

로드니가 머나 랜돌프에게 끌렸다면 자존심이 덜 상할 것 같았기 때문이다. 랜돌프는 아름답고, 초인 같은 남자가 아니라면 누구도 거부할 수 없는 매력을 지닌 아가씨였으니까.

하지만 레슬리 셔스턴은 아름답지도 젊지도 않고 되는 일도 없는 여자였다. 지친 얼굴, 우스꽝스럽게 한쪽이 일그러지는 미소를 짓던 레슬리 셔스턴. 로드니가 그런 여자를 사랑했다고—정말 열렬하게 사랑해서 1미터보다 더 가까이 다가갈 수조차 없었다고—인정하는 것이 싫었다.

애절한 갈망, 이루지 못해 가슴 아픈 욕망. 그 강렬한 열망을 조앤은 느껴본 적이 없었다……

그날 애셸다운에서 둘 사이에는 그런 감정이 오갔고, 조앤은 그것을 느꼈다. 그랬기 때문에 성급히, 그렇게 겸연쩍게 도망치듯 물러났던 것이다. 그녀는 알면서 단 한 순간도 인정하지 않았다……

로드니와 레슬리는 말없이 앉아 있었다. 눈을 마주치지도 않고…… 왜냐하면 감히 바라볼 수가 없었으니까.

로드니를 깊이 사랑한 그녀는 죽어서도 그가 사는 땅에 묻히고 싶어했다……

로드니는 대리석 묘석을 내려다보면서 "레슬리 셔스턴이 이런 차가운 대리석 밑에 있다고 생각하니까 기분이 지독하게 이상해"라고 말했다. 그리고 진홍색 철쭉꽃이 툭하고 떨어졌다.

"피 같아. 심장의 피." 그는 말했다.

그리고 나중에는 이런 말을 했다. "난 피곤해, 조앤…… 난 너무 피곤해." 그다음에는 너무 이상한 말을 했다. "모두 다 용감할 수는 없어……"

로드니는 그 말을 할 때 레슬리를 생각하고 있었다. 레슬리와 그녀의 용기에 대해서.

"용기가 전부는 아니에요……"

"그럴까?"

그러다가 로드니는 신경쇠약 증세를 보였다. 레슬리의 죽음이 초래한 병이었다.

그는 콘월의 요양원에 평화롭게 누워 삶을 잊고 가만히 미소 지으며 갈매기 소리에 귀기울였다……

토니의 경멸에 찬 목소리. "엄마는 아빠에 대해 아무것도 몰라요?"

그녀는 몰랐다. 정말 아무것도 몰랐다! 왜냐하면 결코 알고 싶지 않았으니까.

창밖을 응시하면서 셔스턴의 아이를 낳으려는 이유를 설명하던 레슬리.

로드니 역시 창밖을 응시하며 말했다.

"레슬리는 뭐든 어중간하게 하는 법이 없지……"

그들은, 이 두 사람은 거기 서서 무엇을 봤을까? 레슬리는 정원의 사과나무와 아네모네를 봤을까? 로드니는 테니스코트와 금붕어 연못을 봤을까? 아니면 두 사람 다 애셸다운 산마루에서 봤던, 희미하게 미소 짓는 듯한 전원과 멀리 있는 언덕의 흐릿해 보이는 나무들을 봤을까……

불쌍한 로드니, 지친 로드니……

놀리는 듯한 부드러운 미소를 짓는 로드니. "불쌍한 우리 조앤" 하던 로드니…… 언제나 다정하고, 사랑이 넘치고, 한 번도 아내를 실망시키지 않았던 사람……

조앤도 그에게 좋은 아내 노릇을 하며 살았다. 그렇지 않나?

늘 남편을 먼저 챙기면서……

잠깐. 과연 그랬나?

로드니, 그녀에게 애원하는 눈빛을 보냈다…… 슬픈 눈빛. 언제나 슬픈 눈빛.

로드니가 그랬다. "내가 이 일을 그렇게 싫어하게 될지 어떻게 알았겠어?" 조앤을 바라보며 진지하게 물었다. "내가 행복해질지 당신이 어떻게 알지?"

원하는 삶을, 농부의 삶을 살게 해달라고 간청하던 로드니.

사무실 창가에서 장날에 몰려나온 소들을 지켜보던 로드니.

로드니는 레슬리 셔스턴에게 젖소에 대해 말했다.

로드니는 에이버릴에게 "인간은 하고 싶은 일 ─ 타고난 일 ─ 을 하지 못하면 반쪽짜리 인간에 불과할 뿐이다"라고 했다.

바로 그것이 조앤이 로드니에게 한 짓이었다……

조앤은 새로 알게 된 이러한 사실들을 초조하게, 열을 내며 변명하려 했다.

다 잘되자고 그런 거였어! 한 사람이라도 현실적이어야 하잖아! 신경쓸 자식들이 있었잖아. 이기적인 마음으로 그렇게 처신한 것이 아니었다.

그런데 변명의 아우성이 싹 가라앉았다.

이기적이지 않았다고?

사실은 농장에서 살기 싫어서 그랬던 게 아니고? 조앤은 자식들에게 뭐든 최고로 해주고 싶었다. 하지만 뭐가 최고인데? 자식들에 대해서라면 로드니에게도 그녀 못지않은 권리가 있지 않은가?

어찌 보면 그에게 우선권이 있지 않나? 아빠가 자식들의 미래를 선택하고 인도하면 엄마는 그들이 잘살도록 보살펴주며 남편의 인생관을 충실하게 따르는 게 도리 아닌가?

로드니는 농장생활이 아이들에게도 좋을 거라고 말했다……

토니라면 분명 그런 생활을 즐겼을 텐데.

로드니는 토니가 원하는 대로 살아갈 수 있게 뒷받침해주었다.

"나는 사람을 압박하는 데 별로 소질이 없어." 로드니는 그렇게 말했다.

하지만 그녀는, 조앤은, 아무런 가책도 없이 로드니를 떠밀었다……

불현듯 날카로운 통증을 느끼면서 그녀는 생각했다. 하지만 난 로드니를 사랑해. 난 로드니를 사랑해. 내가 그를 사랑하지 않아서가 아니야……

문득 어떤 장면이 떠오르면서 그것이 용서할 수 없는 짓이 되어버렸다.

그녀는 로드니를 사랑하면서도 그런 짓을 저질렀다

남편을 미워했다면 이해될 수도 있는 일이었다.

그녀가 로드니에게 무관심했다면 그리 큰 문제도 아니었을 것이다.

하지만 조앤은 그를 사랑했다. 사랑하면서도 그의 권리를 빼앗았다. 삶의 방식을 선택할 권리를 빼앗아버렸다.

어린 자식과 뱃속에 든 자식이라는 무기를 뻔뻔스럽게 휘둘러 그에게서 뭔가를 빼앗았다. 로드니는 그 상처에서 헤어나지 못했다. 그녀는 그에게서 남성성의 일부를 빼앗고 말았다.

로드니는 부드러운 사람이기에 그녀와 싸우지도 그녀를 억누르지도 않았다. 그 때문에 그는 세상에서 사는 동안 완전한 남자가 아니었다.

로드니…… 로드니……

난 그것을 그에게 돌려줄 수 없어…… 보상해줄 수 없어…… 난 아무것도 할 수 없어……

하지만 난 로드니를 사랑해. 정말로 사랑해……

그리고 난 에이버릴과 토니와 바버라를 사랑해……

언제나 그애들을 사랑했어……

(하지만 충분히는 아니었다─그게 답이었다─충분히는 아니었다……)

로드니, 내가 할 수 있는 일이 아무것도 없나요? 내가 할 수 있는 말이 전혀 없나요? 조앤은 속으로 외쳤다.

내가 그대에게서 떠나 있던 때는 봄이었노라.

그랬다. 조앤은 오랫동안 생각했다. 그 봄 이후…… 우리가 처음 만나 사랑한 봄 이후……

나는 쭉 내가 있던 자리에 있었어─블란치가 옳았어─나는 세인트 앤을 떠났을 때 모습 그대로야. 쉬운 삶, 나태한 사고방식, 자기만족, 고통도 감당할 수 있는 것만 골라서 두려워했지……

용기가 없어……

내가 뭘 할 수 있을까? 할 수 있는 일이 뭘까?

그러고서 다시 생각했다. 로드니에게 가자. 미안하다고 말하면 된다. 용서해달라고……

그래, 그렇게 말하면 된다…… 용서해줘요. 난 몰랐어요. 난 몰랐을 뿐이에요……

조앤은 일어났다. 다리에 힘이 없고 어딘가 이상했다.

노인처럼 천천히 힘들게 걸었다.

걷고 또 걷고 한 발을 옮기고 다른 발을 옮기고.

로드니……

그를 생각하자 마음이 몹시 아팠다. 기운이 하나도 없었다……

먼 길이었다. 아주 먼 길이었다.

숙소에 있던 인도인이 그녀를 보고 뛰어나왔다. 그의 얼굴에 미소가 번졌다. 그가 손을 흔들며 말했다.

"좋은 소식입니다, 부인. 좋은 소식이에요!"

조앤은 그를 빤히 쳐다보았다.

"보셨습니까? 기차가 왔어요! 기차가 역에 와 있습니다. 오늘 저녁에 기차를 타실 수 있어요."

기차가? 그녀를 로드니에게 데려다줄 기차가 왔다.

(용서해요, 로드니…… 날 용서해줘요……)

그녀는 자기도 모르게 격렬하고도 부자연스럽게 웃었다. 인도인이 의아한 눈으로 바라보자 그제야 정신을 차렸다. "기차가 딱 맞춰서 와줬군요."

11

꿈같다고 조앤은 생각했다. 정말 꿈만 같았다.

뒤엉킨 철조망을 지나갔다. 아랍 소년은 그녀의 가방을 들고 걸으면서 덩치 큰 사내에게 터키어로 시끄럽게 말했다. 수상쩍어 보이는 뚱뚱한 사내는 터키 철도의 역장이었다.

거기 그녀를 기다리는 낯익은 침대차가 있었다. 초콜릿색 제복을 입은 침대차 승무원이 차창 밖으로 몸을 내밀고 있었다.

기차 옆면에는 알레프-이스탄불이라고 적혀 있었다.

이 기차는 사막에 있는 기차역 숙소와 문명세계의 연결고리였다!

깍듯한 프랑스어 인사와 함께 그녀가 타고 갈 침대칸의 문이

열렸다. 침대 시트와 베개가 준비되어 있었다.

다시 문명세계……

조앤은 겉으로는 조용하고 유능한 여행자의 모습을 되찾았다. 며칠 전 바그다드를 떠난 스쿠다모어 부인과 똑같은 사람이었다. 다만 겉모습 안에 감춰진 놀랍고 무서운 변화는 조앤 자신만 알았다.

그녀의 말처럼 기차는 딱 맞춰서 왔다. 그녀가 신중하게 세운 최후의 방벽들이 공포와 외로움이라는 파도에 휩쓸리려는 순간이었다.

조앤은—남들이 며칠 지나면서 그랬듯이—환상을 보았다. 자신이라는 환상이었다. 그래서 여행의 사사로운 부분에 신경쓰는 평범한 영국인 여행자로 보였겠지만, 그녀의 마음과 정신은 사막의 고요와 태양 아래서 밀려왔던 치욕스러운 자책감에 휩싸여 있었다.

그녀는 인도인의 안내와 질문에 거의 기계적으로 응답했다.

"점심 드시러 내려오시겠습니까? 꽤 괜찮은 식사를 준비해놨었는데. 벌써 다섯시가 다 됐으니 식사하시기에 너무 늦긴 했군요. 차를 드시겠습니까?"

그녀는 그러겠다고 대답했다.

"그런데 대체 어디 다녀오셨습니까, 부인? 내다봤는데 보이질 않았습니다. 어느 쪽으로 가셨는지 모르겠던데요."

그녀는 상당히 멀리까지 걸어갔다고 대답했다. 평소보다 멀리 나갔다고.

"안전하지 않은뎁쇼. 전혀 안전하지가 않아요. 길을 잃으셨던 겁니까? 어디로 가야 할지 못 찾으셨나보군요. 엉뚱한 길로 가시는 바람에."

조앤은 그랬다고, 한동안 길을 잃었지만 운좋게도 옳은 방향으로 걸어왔다고 대답했다.

"이제 차를 마시고 쉬고 싶어요. 기차는 몇시에 출발하죠?"

"여덟시 삼십분 출발입니다. 수송차가 들어오기를 기다리는 날도 있는데 오늘은 그렇지 않습니다. 와디가 아주 엉망이랍니다. 물이 넘쳐흐른대요. 콸콸!"

조앤은 고개를 끄덕였다.

"많이 지쳐 보이십니다. 혹시 열이 나십니까?"

조앤은 아니라고, 지금은 열이 나지 않는다고 대답했다.

"부인이 전과 달라 보이십니다."

조앤은 달라졌다고 속으로 중얼거렸다. 얼굴이 달라 보일지도 모른다고 생각했다. 그녀는 방으로 가서 파리가 붙은 거울을 들여다보았다.

달라진 점이 있나? 확실히 늙어 보였다. 눈밑이 거무스름했다. 얼굴은 누런 먼지와 땀으로 범벅됐다.

그녀는 세수하고 머리를 빗었다. 파우더와 립스틱을 바르고 다시 거울을 보았다.

확실히 차이가 있었다. 진지하게 자신을 바라보는 얼굴에서 확실히 뭔가 없어진 게 있었다. 잘난체하는 표정일 수도 있을까?

그녀는 얼마나 끔찍하게 잘난체하는 인물이었던가. 사막에서 밀려들었던 날카로운 혐오감이 지금도 남아 있었다. 자기혐오. 새로이 겸손한 마음이 생겨났다.

로드니, 로드니…… 조앤은 속으로 외쳤다.

마음속으로 그의 이름만 가만히 반복했다……

그녀는 그의 이름을 목표하는 일의 상징으로 삼았다. 혼자만 싸안지 않고 로드니에게 모두 털어놓기로 했다. 그것만 중요하다고 느껴졌다. 늦었지만 두 사람은 다시 함께 새로운 인생을 만들어가리라. 그녀는 말하겠다고 생각했다. 난 바보이고 실패한 인간이에요. 당신의 지혜로, 당신의 다정함으로 내게 살아갈 방법을 가르쳐줘요.

그리고 용서를 구하리라. 로드니가 용서해줘야 할 일이 많으니까. 지금 깨달았지만 로드니가 대단한 것은 그녀를 미워한 적이 없다는 사실이었다. 그가 큰 사랑을 받는 것도 당연했다. 자식들은 로드니를 믿고 따랐고 (에이버릴까지도. 조앤은 큰딸이 적대감을 드러냈어도 속으로는 그를 여전히 사랑한다고 생각했다.) 하인들은 그를 위해서라면 무슨 일이든 했다. 또 그는 여기저기에 친구가 많았다. 조앤은 로드니가 평생 누구에게도 불친

242

절하게 대한 적이 없다고 생각했다.

그녀는 한숨을 쉬었다. 너무 피곤했고 온몸이 쑤셨다.

차를 마시고 침대에 누웠다. 저녁식사를 하고 기차가 출발할 때까지 쉴 생각이었다.

불안한 기분은 얼마쯤 가라앉았다. 공포감도 없고, 소일거리나 기분전환이 될 만한 것들에 대한 갈망도 없었다. 이제는 도마뱀들이 구멍에서 쑥 나와 그녀를 위협하지 않았다.

그녀는 자신을 만났고 자신을 인정했다.

그만 쉬고 싶을 뿐이었다. 한가하고 평화롭게 누워 있고 싶었다. 마음 한구석에는 흐릿한 사진같이 로드니의 다정하고 어두운 얼굴이 담겨 있었다.

그녀는 기차에 올라 철로 사고에 대해 떠벌리는 승무원의 이야기를 듣고 있었다. 이미 승무원에게 여권과 기차표를 넘겨줬고, 이스탄불로 전보를 쳐서 심플론 오리엔트 특급을 새로 예약해주겠다는 다짐을 받아두었다. 또 그는 알레프에서 로드니에게 전보를 보내주겠다고도 했다. 전보 문구는 여정 지연. 무사. 사랑해요 조앤이었다.

그러면 전보는 그녀가 도착할 예정이던 날보다 먼저 로드니에게 갈 것이다.

모든 것이 정리되자 딱히 할일도 생각할 것도 없었다. 그녀는 피곤한 아이처럼 긴장을 풀었다.

　토로스 오리엔트 특급이 서쪽으로 달리는 닷새 동안 그녀는 평화와 고요에 젖어 하루하루 로드니와 용서에 가까워졌다.

　다음날 아침 일찍 기차는 알레프에 도착했다. 이라크와의 교신이 중단되는 바람에 그때까지 객차에는 조앤 혼자 타고 있었지만 이제 승객들이 밀려들었다. 기차들이 연착되고 취소되고 뒤죽박죽이었다. 사방에서 쉰 목소리로 열을 내며 따지고 항의하고 말다툼과 입씨름이 벌어졌다. 모든 대화가 다른 나라말로 오갔다.

　조앤은 일등석으로 여행했고, 토로스 특급의 일등석 침대칸은 구식의 이인실이었다.

　미닫이문이 열리더니 검은 옷을 입은 키가 큰 부인이 들어왔다. 그녀 뒤에서 승무원이 창문 밖으로 손을 내밀어 짐꾼이 건네는 짐들을 받았다.

　짐이 들어차자 안이 비좁아졌다. 고급스러운 상자들에는 왕관 마크가 새겨져 있었다.

　키가 큰 여인이 승무원에게 프랑스어로 말했다. 부인은 짐을 어디에 둘지 일일이 지시했다. 마침내 승무원이 물러갔다. 부인이 몸을 돌려 조앤을 향해 미소 지었다. 경험 많은 여행자의 미소였다.

"영국인이시군요." 부인이 말했다.

외국인 억양이 거의 없는 말투였다. 풍부한 표정, 창백하고 갸름한 얼굴, 상당히 묘한 연회색 눈. 조앤은 부인이 마흔다섯 살쯤 됐을 거라고 생각했다.

"이른 아침부터 불편을 끼쳐서 죄송해요. 기차 출발 시간이라기엔 끔찍하게 미개한 시간이어서 어쩔 수 없이 주무시는 걸 방해했네요. 게다가 이 열차는 너무 구식이에요. 신식 열차에는 일인실이 있거든요. 그렇긴 해도……" 부인은 미소를 지었다. 아주 상냥하고 천진한 미소였다. 부인이 말을 이었다. "……피차 심하게 거슬리는 일은 없을 거예요. 이스탄불까지는 겨우 이틀이고, 전 같이 지내기에 그리 힘든 사람은 아니거든요. 제가 담배를 너무 많이 피운다싶으면 주저 없이 얘기해주세요. 그럼 이제 주무세요. 전 식당칸에 가려고요. 지금 사람들이 식당칸을 연결하고 있거든요." 그 말을 증명하듯 기차가 덜컹했고, 부인은 약간 비틀거렸다.

"거기서 기다리다가 아침을 먹어야겠어요. 불편하게 해드려서 죄송해요. 다시 한번 사과드립니다."

"괜찮아요. 여행을 하다보면 이런 일도 있죠." 조앤이 말했다.

"이해심이 많은 분이군요. 잘됐네요, 사이좋게 지낼 수 있겠어요."

부인이 침대칸에서 나가 문을 닫았다. 곧바로 플랫폼에서 부인의 친구들인 듯한 사람들이 "사샤, 사샤"라고 부르는 소리가 들렸다. 어느 나라 말인지 알아들을 수는 없었고, 대화는 한동안 소란스럽게 이어졌다.

이제 조앤은 완전히 잠에서 깼다. 밤새 푹 자서 가뿐했다. 원래 기차에서 잠을 잘 자는 편이었다. 일어나서 옷을 갈아입기 시작했다. 단장을 거의 마쳤을 때 기차는 알레프를 빠져나가고 있었다. 준비를 마치고 복도로 나가려는 순간 동승자의 짐에 달린 꼬리표가 눈에 들어왔다.

호엔바흐 잘름 공작부인.

조앤이 식당칸에 들어갔을 때, 부인은 아침식사를 하면서 키가 작고 체구가 다부진 프랑스인과 활기차게 대화를 나누고 있었다.

공작부인이 조앤에게 손을 흔들더니 옆자리를 가리켰다.

"아주 기운이 넘치시네요. 저 같으면 아직도 자고 있을 텐데. 자, 보디에 씨, 하던 이야기를 계속해보시지요. 정말 흥미로운 이야기예요." 공작부인이 말했다.

공작부인은 보디에에게는 프랑스어로, 조앤에게는 영어로, 웨이터에게는 유창한 터키어로 말했다. 그러다가 가끔 통로 건너편에 앉은 음울해 보이는 장교와는 이탈리어로 유창하게 대화했다.

땅딸막한 프랑스인은 곧 아침식사를 끝내더니 공손하게 인사

246

하고 물러갔다.

"외국어에 능통하시네요." 조앤이 말했다.

공작부인의 창백하고 갸름한 얼굴에 미소가 떠올랐다. 이번에는 수심어린 미소였다.

"그래요. 왜 안 그렇겠어요? 보시다시피 전 러시아인이지만 독일 남자와 결혼한 적이 있고, 이탈리아에서도 꽤 오래 살았죠. 외국어를 여덟아홉 개쯤 하는데 어떤 말은 잘하고 어떤 말은 잘 못해요. 사람들과 대화를 나누는 일이 즐겁지 않나요? 모든 사람이 흥미롭고, 우리는 이 지구상에서 아주 잠깐 살다 가잖아요! 사람들끼리 생각과 경험을 주고받아야 해요. 전 이 세상에 사랑이 충분하지 않다고 생각해요. 친구들은 제게 '사샤, 도저히 사랑할 수 없는 사람들도 있어'라고 해요. 터키인, 아르메니아인, 레반트인 들처럼 말이죠. 하지만 나는 그렇지 않다고 말해요. 나는 그들 모두를 사랑하거든요. 가르송, 라디시옹*."

조앤은 부인의 마지막 말을 듣고 눈을 살짝 깜빡거렸다.

웨이터가 공손하게 서둘러 다가왔고, 조앤은 이 새로운 동승자가 상당한 귀빈일 거라 짐작했다.

그날 아침부터 오후까지 기차는 줄곧 평원을 달려 천천히 토로스산맥으로 올라갔다.

---

* '웨이터, 계산서 줘요'라는 뜻의 프랑스어.

사샤는 자리 한쪽에 치우쳐 앉아 책을 읽으며 담배를 피우다 불쑥 말을 꺼내곤 했다. 가끔 당황스러운 질문을 던지기도 했다. 조앤은 자기도 모르게 이 묘한 부인에게 매료되었다. 부인은 다른 세상 사람 같았고, 조앤이 알지 못하는 사고방식을 가진 것 같았다.

냉담한 면과 친밀한 면을 동시에 가진 그녀에게 조앤은 묘하고 눈을 뗄 수 없는 매력을 느꼈다.

사샤가 갑자기 그녀에게 말했다.

"책 안 읽으세요? 손에 아무것도 없네요. 뜨개질도 하지 않고요. 보통 영국 여자들과는 다르네요. 사실 부인은 전형적인 영국인으로 보이거든요. 맞아요. 딱 영국인이에요."

조앤은 미소 지었다.

"사실은 읽을거리가 없어요. 철로가 폐쇄되는 바람에 텔 아부 하미드에서 발이 묶였거든요. 그러느라 갖고 온 책들을 이미 다 읽었어요."

"괜찮으시겠어요? 알레프에서 책을 살 수도 있었을 텐데 그럴 맘이 없었나봐요. 하긴 앉아서 산을 내다보는 것도 좋죠. 그런데 부인은 산을 보는 것 같지도 않던데요. 혹시 자신에게만 보이는 것을 보는 중인가요? 엄청난 감정을 경험하거나 그런 감정을 지나쳐온 것 같아요. 슬픔? 아니면 엄청난 행복?"

조앤은 살짝 찌푸린 채 망설였다.

사샤가 웃음을 터뜨렸다.

"그래요, 정말 영국인답군요. 우리 러시아인이라면 아주 자연스럽게 받아들일 질문을 영국인들은 곤혹스럽게 받아들여요. 참 이상하죠. 어디 가봤는지, 어느 호텔에 묵었는지, 어떤 풍경을 봤는지, 자식이 있는지, 자식이 어떤 일을 하는지, 여행은 많이 해봤는지, 런던에서 어느 미용실이 잘하는지 같은 걸 물으면 영국인들은 즐겁게 대답해요. 하지만 마음에 떠오르는 질문을 던지면—슬픈 일이 있는지, 남편이 성실한지, 섹스는 많이 해봤는지, 인생에서 가장 아름다운 경험이 뭐였는지, 신을 믿는지 같은 질문을 하면 뒤로 물러나죠. 모욕을 당했다고 느껴요. 하지만 그런 질문들이 앞의 질문들보다 훨씬 더 흥미롭지 않나요?"

"영국인들은 유독 말수가 없는 편이죠." 조앤이 천천히 대답했다.

"맞아요. 결혼한 지 얼마 안 된 영국 부인에게 아기를 가질 거냐는 질문조차 할 수가 없죠. 점심 식탁에 마주앉아서도 그런 말을 주고받을 수가 없어요. 그런 말을 하려면 옆에 가서 소곤거려야 해요. 아기가 태어나서 요람에 누워 있어야 그제야 '아기는 잘 크죠?'라고 물어볼 수 있어요."

"그건 좀 개인적인 일이잖아요, 안 그런가요?"

"아뇨, 제 생각은 달라요. 얼마 전에 헝가리인 친구를 몇 년 만에 만났어요. 제가 '미치, 결혼한 지 몇 년 됐지? 그런데 왜 아기가 없어?' 그랬더니 친구는 이유를 모르겠다고 하더군요. 오년째 남편과 열심히 노력하는데 생기지 않는다고요. 부부는 정말 애쓰고 있었어요! 미치는 어떻게 하면 좋겠냐고 물었어요. 그때 우리는 오찬중이었는데 거기 있던 사람들 모두가 조언을 했죠. 몇몇은 아주 구체적으로 알려줬어요. 누가 알아요, 어떤 방법이 효과를 보게 될는지?"

조앤은 멍하니 이해할 수 없다는 표정을 지었다.

하지만 갑자기 마음속에 강한 충동이 솟구치는 느낌이 들었다. 이 친근하고 독특한 외국인에게 마음을 터놓고 싶어졌다. 이제껏 겪은 일들을 누군가와 나누고 싶은 마음이 간절했다. 말하자면 그 경험이 실제라는 것을 스스로 확인할 필요가 있었다.

"사실 전 좀 당혹스러운 경험을 했어요." 조앤이 천천히 말했다.

"그래요? 무슨 일이었는데요? 남자 문제예요?"

"아뇨. 아니에요, 그건 확실히 아니에요."

"다행이네요. 대개 남자 문제인 경우가 많아서요. 그럼 결국에는 약간 지루해지거든요."

"전 완전히 혼자 있었어요. 텔 아부 하미드 기차역 숙소에요. 지긋지긋한 곳이었죠. 파리떼, 깡통 더미, 철조망. 실내는 몹시 우울하고 어두웠고요."

"여름에는 더위 때문에도 그렇긴 하지만, 부인의 말이 무슨 뜻인지 알아요."

"말동무 하나 없었고 가져왔던 책도 곧 다 읽었어요. 그러다가 아주 이상한 상황에 빠졌죠."

"충분히 그럴 수 있죠. 흥미롭네요. 계속해보세요."

"전 여러 가지 사실을 발견하기 시작했어요. 나 자신에 대해서. 전에는 몰랐던 사실들을요. 알았지만 인정하고 싶지 않았던 것들이라고 할 수도 있어요. 정확히 설명할 수가 없네요……"

"아니요. 할 수 있어요. 아주 쉬워요. 저는 이해해요."

사샤의 태도가 워낙 자연스럽고 잘난체하는 기미도 없어서 조앤은 부끄러워하지 않고 이야기를 이어갈 수 있었다. 이 여자라면 감정을 털어놓거나 가까운 인간관계에 대해 말해도 아무렇지 않게 생각할 것 같았고, 조앤은 이 상황이 자연스럽게 느껴지기 시작했다.

조앤은 자신이 느꼈던 불편함과 두려움, 마지막에 경험했던 공포에 대해 거리낌없이 자세히 설명했다.

"황당하다고 생각하시겠지만…… 전 완전히 길을 잃은 것 같았고…… 혼자였고…… 신이 저를 버렸다고 생각했어요……"

"그래요. 사람은 그런 감정을 느낄 때가 있죠…… 저도 그런 적이 있어요. 아주 어둡고 오싹하고……"

"어둡지는 않았어요…… 환했어요…… 앞이 안 보일 정도로 환했어요…… 숨을 데 하나 없을 만큼…… 몸을 가릴 것도……

그늘도 없었어요."

"지금 우린 같은 얘기를 하고 있어요. 부인에게는 빛이 끔찍했어요. 너무 오랫동안 뭔가에 가려진 채 짙은 그늘 아래 숨어 지냈으니까요. 제겐 그것이 어둠이었어요. 제 길을 보지 못하고 밤에는 길을 잃었죠. 그래도 고통은 똑같아요…… 신의 손길에서 배제됐다는 것과 허무를 깨닫는 고통이죠."

"그러다가…… 그 일이 일어났어요…… 기적처럼. 모든 것을 봤어요. 바로 나 자신, 제가 어떤 사람이었는지 말이에요. 그 순간 어리석은 가식과 위선이 모두 사라졌어요. 마치…… 다시 태어난 것처럼……" 조앤이 천천히 말했다. 그리고 초조한 눈으로 상대방을 바라보았다. 사샤는 고개를 숙였다.

"그리고 이제 뭘 해야 할지 알았어요. 집에 가서 다시 시작해야 해요. 새로운 인생을…… 처음부터……"

침묵이 흘렀다. 사샤는 생각에 잠긴 채 조앤을 응시했다. 사샤의 표정을 보고 조앤은 당황했다. 조앤은 얼굴을 살짝 붉히며 말했다.

"이런, 제 이야기가 너무 황당하고 극단적이죠……"

사샤가 그녀의 말을 막았다.

"아니, 아니에요. 부인은 제 마음을 몰라요. 부인의 경험은 현실이었어요. 그런 일은 여러 사람에게 벌어졌어요…… 성 바울에게도…… 다른 성자들에게도…… 또 보통 사람들과 죄지은

이들에게도 일어난 일이죠. 그건 각성이에요. 환상이고요. 영혼이 자신의 괴로움을 알게 된 거예요. 그리고 그건 현실적인 거예요. 저녁식사나 양치질을 하는 것만큼이나 그렇죠. 하지만 제가 의아한 것은…… 그래도 의아한 것은……"

"사랑하는 사람들에게 너무 매정했고, 그들을 괴롭혔다는 생각이 들어요……"

"후회하고 있군요."

"얼른 돌아가고 싶은 마음뿐이에요. 빨리 집에 가고 싶어요. 그 사람에게…… 할말이 정말 많아요."

"그 사람이라면 남편 말인가요?"

"네. 그 사람은 언제나 제게 친절했어요…… 언제나 인내해줬고요. 하지만 행복하지는 않았을 거예요. 제가 그 사람을 행복하게 해주지 못했어요."

"앞으로는 행복하게 해줄 수 있다고 생각하세요?"

"적어도 변명할 수는 있겠죠. 그 사람은 제가 얼마나 미안해하는지 알게 될 거예요. 그 사람은 저를…… 아, 뭐라고 해야 할지." 성찬식의 구절들이 조앤의 머리를 스치고 지나갔다. "새로운 삶을 살아가도록 이끌어줄 거예요."

"그건 성인들이나 할 수 있는 일이에요." 사샤는 침울하게 말했다.

"하지만 전…… 성인이 아니에요." 조앤은 그녀를 빤히 처다보며 말했다.

"네, 그렇죠. 그게 제가 하려던 말이에요." 사샤는 잠시 말을 멈추었다가 어조를 바꿔 말을 이었다. "죄송해요. 제가 한 말은 어쩌면 사실이 아닐 거예요."

조앤은 조금 당황한 표정을 지었다.

사샤는 새 담배에 불을 붙이더니 연기를 훅 내뿜으며 창밖을 내다보았다.

"왜 이런 이야기를 부인에게 늘어놓고 있는지 모르겠어요······" 조앤이 머뭇거리며 말했다.

"누군가에게 말하고 싶었기 때문이죠. 털어놓고 싶었던 거예요. 마음속에 있는 말을······ 그건 아주 자연스러운 거예요."

"전 평소에 말이 많지 않아요."

사샤는 재미있다는 표정을 지었다.

"영국인들은 그런 점을 하나같이 자랑스러워하죠. 정말 특이한 민족이에요······ 정말 특이해요. 부끄러움을 잘 타고, 자신의 장점을 말할 때는 쑥스러워하고 당황하면서 단점을 말할 때는 너무 당당하게 인정하죠."

"조금 과장된 것 같은데요." 조앤이 딱딱한 어조로 말했다.

그녀는 갑자기 자신이 아주 영국인답다는 기분이 들었다. 맞은편에 앉은 창백한 이국의 여인과 멀어진 듯했다. 일이 분 전까지만 해도 가장 내밀한 속마음을 털어놓았던 사람인데.

"심플론 오리엔트를 타고 계속 가시나요?" 조앤은 예의를 차려 물었다.

"아뇨, 전 이스탄불에서 일박하고 빈으로 갈 거예요." 그리고 사샤는 담담하게 덧붙였다. "거기서 죽을 수도 있고 살 수도 있어요."

"그 말은……" 조앤은 당황해서 머뭇거리다가 말을 이었다. "……그런 예감이 드신다는 건가요?"

"아뇨 아뇨, 그런 건 아니에요! 거기서 수술을 받을 거거든요. 좀 심각한 수술이에요. 성공 확률이 높지 않아요. 하지만 빈에는 뛰어난 외과의사들이 있고 절 수술할 의사는 아주 명석한 유대인이에요. 전 유럽의 유대인을 전멸시키는 일은 말도 안 되는 바보짓이라고 생각해요. 유대인 외과의사들은 무척 훌륭하거든요. 네, 예술적으로도 뛰어나고요." 사샤는 웃음을 터뜨리면서 대답했다.

"세상에, 정말 안됐네요." 조앤이 말했다.

"제가 죽을지도 몰라서요? 그게 뭐 대수인가요? 사람은 언젠가는 죽잖아요. 어쩌면 이번에는 죽지 않을지도 몰라요. 만일 산다면 아는 수도원에 들어갈까 생각하고 있어요. 아주 엄격한 교단인데, 말을 하지 않는 곳이에요. 계속해서 명상과 기도만 하는 곳이죠."

조앤은 사샤 같은 사람이 계속해서 묵언하고 명상한다는 것을 상상할 수가 없었다.

"곧 많은 기도가 필요할 거예요. 전쟁이 일어나면요." 사샤가 진지하게 말했다.

"전쟁이라니요?" 조앤은 그녀를 빤히 쳐다보았다.

사샤가 고개를 끄덕였다.

"전쟁이 가까워지고 있어요. 내년이나 내후년."

"잘못 아시는 것 같은데요." 조앤이 말했다.

"아뇨, 그렇지 않아요. 정보통인 친구들이 모두 그렇게 말해요. 모든 게 결정됐다고요."

"하지만 전쟁이 어디서…… 누구를 상대로요?"

"사방에서 일어날 거예요. 모든 나라가 휘말릴 거고요. 친구들은 독일이 쉽게 이길 거라고 하지만 전 그렇게 생각하지 않아요. 독일이 아주 빠르게 행동한다면 모르겠지만. 전 영국인과 미국인을 많이 알고 있고 그렇기 때문에 그들이 쉽사리 지지 않을 거라는 것도 알아요."

"전쟁이 일어나기를 바라는 사람은 아무도 없어요." 조앤은 믿을 수 없다는 투로 대꾸했다.

"그런 이유가 아니라면 왜 히틀러유겐트* 같은 것이 존재하겠어요?"

---

* 나치스 독일의 청소년단.

"독일에 친구가 꽤 있는데, 그들은 나치스 운동에 대해서도 할말이 많다고 하던데요." 조앤은 적극적으로 말했다.

"저런 저런. 그들이 삼 년 후에도 그런 말을 할 수 있는지 두고봐요." 사샤가 큰 소리로 말했다.

그때 기차가 천천히 멈췄고 사샤는 몸을 숙였다.

"봐요, 실리시아 관문에 도착했네요. 아름답지 않아요? 우리 내려봐요."

두 사람은 기차에서 내려서 산맥의 큰 틈새로 푸르스름하게 안개가 내려앉은 평원을 바라보았다……

해질녘이었고, 대기는 절묘하게 서늘하고 고요했다.

정말 아름답네……

조앤은 이 풍경을 로드니와 함께 보지 못하는 것이 아쉬웠다.

12

빅토리아역……

조앤은 갑자기 가슴이 쿵쾅거리기 시작했다.

집에 돌아오니 좋았다.

이 순간 자신이 한 번도 이곳을 떠나본 적이 없는 듯한 기분이 들었다. 그녀의 모국, 영국. 점잖은 영국 짐꾼들…… 화창하지는 않지만 더할 것 없이 영국다운 안개 낀 날씨!

낭만적이지도 아름답지도 않지만 친근한 빅토리아역은 달라진 것이 없었다. 똑같은 풍경에 냄새까지 똑같았다!

아, 돌아와서 기뻐.

얼마나 길고 지루한 여행이었는가. 터키, 불가리아, 유고슬라

비아, 이탈리아, 프랑스를 거쳐 도착했으니. 세관 공무원들, 입국 심사관들. 모두 다른 제복, 모두 다른 언어. 그녀는 외국인들에게 신물이 날 지경이었다. 완전히 신물이 났다. 알레프에서 이스탄불까지 같이 여행한 특이한 러시아 부인조차 마지막에는 지겨워졌다. 처음에는 흥미로웠다. 조앤을 두근거리게 했다. 아주 다르다는 이유만으로 그랬다. 하지만 기차가 마르마라해를 끼고 달리다가 하이다르 파사를 향할 무렵에는 부인과 헤어질 때만 간절히 기다렸다. 우선 자신이 전혀 모르는 타인에게 사적인 이야기를 떠들어댄 것이 민망했다. 또다른 이유를 들자면—말로 옮기긴 어렵지만—그 부인이 조앤을 완전히 촌사람처럼 느끼게 했다는 점이다. 별로 유쾌한 기분은 아니었다. 스스로를 누구와 견줘도 떨어지지 않는 괜찮은 사람이라고 다독여도 소용없었다! 그 부인은 그렇게 생각하지 않았으니까. 조앤은 사샤가 다정하긴 해도 귀족이라는 사실이 불편하게 의식됐다. 조앤은 중산층이고 시골 변호사의 평범한 아내에 지나지 않았다. 물론 그런 기분을 느끼는 것 자체가 몹시 바보스러웠지만⋯⋯

어쨌든 모든 게 끝났다. 그녀는 다시 집에 돌아왔다, 고향 땅에.

조앤을 마중 나온 사람은 없었다. 그녀가 도착 시간을 알리지는 않았기 때문이다.

조앤은 집에서 로드니를 만나고 싶었다. 그리고 지체 없이 바로 고백할 수 있기를 바랐다. 그러는 게 수월할 것 같았다.

빅토리아역 플랫폼에서 놀란 남편에게 용서를 구할 수는 없는 노릇 아닌가!

플랫폼 끝에 세관 사무소가 있는데 갈 길이 급한 사람들에게 밀리면서 그런 말을 할 수는 없을 것이다.

그녀는 그로브너호텔에서 조용히 밤을 보내고 내일 크레이민스터로 내려갈 생각이었다.

조앤은 에이버릴을 먼저 만나야 할지 고민했다. 호텔에서 에이버릴에게 전화하면 될 것이다.

그녀는 그러기로 했다. 큰딸을 만나도 좋을 것 같았다.

짐은 손가방 하나뿐이었고, 이미 도버에서 검사를 받았기 때문에 짐꾼에게 들려서 호텔로 바로 갈 수 있었다.

조앤은 샤워하고 옷을 입은 다음 에이버릴에게 전화를 걸었다. 다행히 큰딸은 집에 있었다.

"엄마? 돌아오신 줄 몰랐는데요."

"오늘 오후에 도착했다."

"아빠가 런던으로 오셨어요?"

"아니. 언제 도착한다고는 알리지 않았어. 알렸다면 마중 나왔겠지. 바쁠 텐데 안쓰럽잖니…… 힘들 테니까."

"네…… 잘하셨네요. 요즘 아빠는 굉장히 바쁘게 지내세요."

조앤은 에이버릴의 말을 듣고 얼핏 놀랐다.

"아빠를 자주 만났니?"

"아뇨. 삼 주 전쯤 아빠가 당일치기로 런던에 오셔서 같이 점심을 했어요. 오늘 저녁 어때요, 엄마? 저녁식사 하실래요?"

"괜찮다면 네가 이리 와주면 좋겠어. 먼 길 오느라 좀 피곤하구나."

"당연히 그러시겠죠. 알겠어요, 제가 갈게요."

"에드워드도 같이 올 거니?"

"그 사람은 오늘 저녁에 약속이 있어요."

조앤은 수화기를 내려놓았다. 평소보다 심장이 빨리 뛰었다. 에이버릴…… 우리 에이버릴…… 그녀는 생각했다.

큰딸의 목소리는 차갑고 청아했다. 차분하고 담담하고 감정이 섞이지 않은 말투였다.

삼십 분 후 호텔 직원이 전화로 해리슨 월모트 부인의 방문을 알렸고, 조앤은 아래층으로 갔다.

엄마와 딸은 영국식으로 무덤덤하게 인사를 나눴다. 조앤은 에이버릴이 좋아 보인다고 생각했다. 그리 마르지도 않았다. 조앤은 딸과 나란히 식당으로 들어가면서 우쭐한 기분을 느꼈다. 에이버릴은 아주 사랑스러웠고, 고상하고 기품 있는 차림새를 하고 있었다.

그들은 테이블에 앉았고, 조앤은 딸과 눈을 맞추다가 순간적으로 충격을 받았다.

냉정하고 무심하기 그지없는 눈빛……

에이버릴은 빅토리아역처럼 변한 게 없었다.

변한 건 나고, 에이버릴은 그걸 몰라. 조앤은 속으로 중얼거렸다.

에이버릴은 바버라와 바그다드에 대해서 물었다. 조앤은 돌아오는 길에 일어난 여러 가지 사건을 이야기했다. 어찌 된 일인지 모녀의 대화는 상당히 어색했다. 이야기가 술술 풀리지 않았다. 에이버릴은 바버라의 안부를 물은 뒤로는 형식적인 말만 건넸다. 구체적인 질문을 하는 것이 지각없는 처신이라고 판단한 듯했다. 하지만 에이버릴은 진상을 알 리 없었다. 그러니까 까다롭고 무심한 평소의 에이버릴일 뿐이었다.

진실? 그게 진실인지 내가 어떻게 알지? 조앤은 갑자기 이런 생각이 떠올랐다. 혹시 모든 것이 자신 쪽에서 한 상상이지 않을까? 구체적인 증거는 하나도 없었다……

조앤은 이 생각을 밀어냈지만, 이런 생각이 머릿속을 스쳐 지나간 것만으로도 충격을 받았다. 만일 그녀가 상상에 빠졌던 거라면……

에이버릴이 차가운 목소리로 말하고 있었다. "에드워드는 영국과 독일이 전쟁을 벌일 거라고 생각하고 있어요."

조앤은 정신을 차렸다.

"기차에서 만난 부인도 그런 말을 하더구나. 그렇게 확신하고 있었어. 아주 지체 높은 부인인데, 자기가 무슨 말을 하는지 잘 아는 듯했어. 난 믿기지가 않는구나. 히틀러는 감히 전쟁을 일으키지 못할 거야."

"글쎄요, 모르죠……" 에이버릴이 생각에 잠겨 대꾸했다.

"아무도 전쟁을 바라지 않는단다, 얘야."

"네, 하지만 사람은 때로 바라지 않던 일을 당하기도 해요."

"나는 이런 대화가 몹시 위험하다고 생각한다. 사람들의 머릿속에 여러 가지 생각을 집어넣거든." 조앤이 단호하게 말했다.

그 말에 에이버릴은 미소만 지었다.

모녀는 이런저런 대화를 막연하게 이어갔다. 식사가 끝나자 조앤은 하품을 했고, 에이버릴은 피곤할 테니 이만 들어가 쉬라고 말했다.

조앤은 많이 고단하다고 대답했다.

다음날 오전 조앤은 간단히 쇼핑을 하고 오후 두시 삼십분 크레이민스터행 기차에 올랐다. 네시 조금 넘어서 도착할 예정이었다. 그녀는 집에 가서 저녁에 퇴근해 돌아올 로드니를 기다릴 생각이었다……

조앤은 창밖의 풍경을 감상했다. 이맘때는 별로 볼거리가 없지만—나목들, 안개 속에 희미하게 내리는 비—아주 자연스럽고 익숙했다. 복작대는 시장들, 눈부신 파란 지붕과 황금빛 사원들이 있는 바그다드는 저멀리에 있었다. 비현실적으로 느껴졌다. 그곳에 간 적이 없던 것 같았다. 환상 같은 긴 여정, 아나톨리아평원, 토로스산맥의 눈과 풍경, 황량한 고지대―협곡을 지나 보스포루스해협까지 내려가는 긴 내리막길, 뾰족탑들이 솟은 이스탄불, 우스꽝스럽게 생긴 소달구지가 다니는 발칸반도―트리에스테를 벗어날 때 푸른 아드리아해가 반짝거리던 이탈리아―어슴푸레한 빛에 싸인 스위스와 알프스 산맥―파노라마처럼 펼쳐지던 다양한 풍광―그러나 모든 것은 끝났다. 조용한 겨울의 시골을 지나 집으로 달려가는 이 여정으로……

난 집을 떠난 적이 없었는지도 몰라. 집을 떠난 적이 없었어…… 조앤은 생각했다.

생각이 명확하게 정돈되지 않았고 혼란스러웠다. 그녀는 어젯밤 큰딸과의 만남이 당혹스러웠다. 에이버릴은 냉정한 눈빛으로 그녀를 쳐다봤다. 조앤은 에이버릴이 자신의 어떤 변화도 알아채지 못했다고 생각했다. 하긴 에이버릴이 어떻게 알아채겠는가.

변한 건 조앤의 겉모습이 아니었다.

로드니…… 그녀는 마음속으로 부드럽게 불러보았다.

얼굴에 홍조가 돌아왔다. 아픔. 사랑과 용서에 대한 열망……

모든 게 사실이야…… 새로운 삶이 시작됐어……

기차역에서 택시를 잡아탔다. 현관문을 열어준 아그네스는 놀라고 기뻐하는 표정을 지어냈다.

아그네스는 로드니가 기뻐할 거라고 말했다.

조앤은 침실로 올라가서 모자를 벗고 내려왔다. 방이 약간 썰렁해 보였는데, 꽃이 없어서 그런 것 같았다.

내일 월계수를 잘라다 꽂고 길모퉁이 꽃집에서 카네이션을 사와야겠어. 그녀는 속으로 중얼거렸다.

조앤은 초조하고 흥분한 상태로 방안을 서성거렸다.

바버라에 대해 짐작한 사실을 로드니에게 말해야 할까? 하지만 만약……

사실이 아니라면! 전부 그녀의 상상일 수도 있었다. 블란치 해거드—아니 블란치 도너번—라는 멍청한 친구가 한 말 때문에 그 지경이 됐다. 블란치는 매우 초라했다. 늙고 상스러웠다.

조앤은 머리에 손을 얹었다. 머릿속에 만화경이 든 것 같았다. 어릴 때 만화경을 무척 좋아했다. 색색의 조각들이 빙글빙글 돌다가 어떤 패턴으로 변할 때는 숨죽이고 바라보았다.

도대체 뭐가 문제였을까?

끔찍한 숙소와 사막에서의 아주 기묘한 체험…… 그녀는 별별 불쾌한 일들을 상상했다. 자식들이 그녀를 싫어한다는 상상, 로드니가 레슬리 셔스턴을 사랑했다는 상상. (물론 그가 그랬을리 없다. 허무맹랑한 상상이라니! 딱한 레슬리.) 또 그녀는 농사를 짓겠다는 로드니에게 어이없는 공상을 버리라고 설득했던

것을 후회했다. 사실 그녀는 분별력이 뛰어난데다 선견지명까
지 있었는데⋯⋯

아, 그런데 왜 이렇게 머리가 혼란스럽지? 조앤은 그 전부를
생각하고 믿었다. 불쾌하기 짝이 없는 모든 일⋯⋯

그 상상들은 모두 사실일까? 사실이 아닐까? 그녀는 사실이 아
니기를 바랐다.

결정을 내려야 했다. 결정을⋯⋯

어떤 결정을 내려야 하지?

태양⋯⋯ 태양이 너무 뜨거웠어. 태양 때문에 사람들은 환영
을 보잖아⋯⋯ 조앤은 생각했다.

사막에서 달리고⋯⋯ 바닥을 기고⋯⋯ 기도하고⋯⋯

그것이 실제인가?

아니면 이것이 실제인가?

미친 짓이다. 그런 것들을 믿다니 완전히 미쳐 있었던 것이
다. 얼마나 편안하고 쾌적한지, 영국의 집으로 돌아오자 마치
한 번도 이곳을 떠난 적이 없는 것 같았다. 모든 게 지금까지 생
각했던 그대로잖아⋯⋯

물론 모든 것이 다 그 자리에 그대로 있었다.

빙글빙글 도는 만화경⋯⋯ 빙글빙글⋯⋯

이런 패턴이 되었다가 저런 패턴이 되었다가 하고.

로드니, 용서해요, 난 정말 몰랐어요⋯⋯

로드니, 나 왔어요. 집에 돌아왔어요!

어떤 패턴으로 할까? 어떤 것이 낫지? 조앤은 선택해야 했다.

현관문 열리는 소리가 들렸다. 그녀가 잘 아는 소리였다. 아주 익숙한……

로드니가 돌아온 것이다.

어떤 패턴으로? 어떤 패턴? 어서!

문이 열리고 로드니가 들어왔다. 그는 놀라서 멈춰 섰다.

조앤은 얼른 앞으로 나아갔다. 그녀는 곧바로 남편의 얼굴을 보지는 않았다. 로드니에게 잠시 시간을 주자. 이 사람에게 시간을 줘야 해……

그녀는 명랑하게 말했다. "나 왔어요, 로드니…… 집에 돌아왔어요……"

에필로그

　로드니 스쿠다모어는 등받이가 낮은 작은 의자에 앉아 있었다. 아내가 홍차를 따랐고, 이어서 티스푼이 달그락거리는 소리가 났다. 그녀는 다시 집에 돌아와서 얼마나 좋은지, 모든 게 여전해서 얼마나 기분좋은지 명랑하게 재잘댔다. 또 영국에 돌아온 것이, 크레이민스터에 돌아온 것이, 집에 돌아온 것이 얼마나 신나는지 로드니는 짐작도 못할 거라고 말했다.

　11월 초답지 않은 따뜻한 날씨에 속은 통통한 청파리 한 마리가 당당하게 유리창을 오르내리며 윙윙댔다.

　청파리의 소리는 앵앵앵.

　조앤 스쿠다모어의 목소리는 쪼잘쪼잘쪼잘.

시끄럽다. 시끄러워…… 로드니는 생각했다.

어떤 사람에게는 의미 있는 것이 다른 사람에게는 아무런 의미도 없다.

그는 돌아온 조앤을 처음 봤을 때 뭔가 잘못된 일이 있었나보다고 생각했지만 착각이었다고 결론지었다. 조앤은 잘못된 게 없었다. 평소와 똑같았다. 모든 게 평소와 똑같았다.

조앤은 바로 위층으로 올라가서 짐을 풀기 시작했고, 로드니는 사무실에서 들고 온 일거리가 있는 서재를 향해 복도를 걸어갔다.

하지만 먼저 책상의 오른쪽 첫번째 서랍을 열쇠로 열고 바버라의 편지를 꺼냈다. 조앤이 바그다드에서 출발하기 며칠 전에 항공편으로 발송된 편지다.

빽빽하게 써내려간 장문의 편지지만 로드니는 이제 내용을 거의 외울 정도였다. 그런데도 그는 편지를 처음부터 끝까지 다시 읽었고, 마지막 장에서는 잠시 시간을 끌었다.

그러니 이제 모든 것을 다 말씀드렸어요, 사랑하는 아빠. 대부분은 아빠도 이미 짐작하셨을 거라 믿어요. 제 걱정은 하실 필요 없어요. 제가 얼마나 죄 많은 못된 멍청이였는지 톡톡히 깨달았거든요. 엄마가 아무것도 모른다는 점을 기억하세요. 엄마에게 모든 사실을 감추는 게 쉽지만은 않았지만, 매퀸 의사가 훌륭하게 대처해주었고 윌리엄도 잘해줬어요. 그가 없었다면 제가 어떻게 해냈을지 정말 모르겠어요. 윌리엄은 언제나 곁에 있어줬고, 상황이 곤란해지면 엄마를 막아줄 준비를 하고 있었죠. 엄마가 여기 오겠다고 전보를 보냈을 때 전 자포자기의 심정이 되었어요. 아빠가 엄마를 말리려고 애쓰셨다는 건 알아요. 그리고 엄마가 말린다고 듣는 사람이 아니라는 것도요. 어떤 면에서는 괜찮았어요. 물론 엄마 때문에 살림살이 전체를 다시 정리해야 했고, 그게 아주 사람을 미치게 했지만요. 전 기운이 하나도 없어서 별로 저항도 못했어요! 이제야 다시 몹시가 제 차지가 된 기분이 들기 시작하네요! 아이가 귀여워요. 아빠도 몹시를 보면 좋아하실 텐데. 아빠는 저희가 아기였을 때부터 예뻐하셨나요, 아니면 큰 뒤에 그러셨나요? 사랑하는 아빠, 아빠 같은 분을 제 아빠로 두어서 정말 다행이에요. 저는 걱정하지 마세요. 이제는 괜찮아요.

아빠의 사랑하는 바버라

로드니는 편지를 든 채 잠시 망설였다. 편지를 보관하고 싶었다. 그에게는 큰 의미가 있는 편지였다. 그의 딸이 아빠에 대한 믿음과 신뢰를 글로 공공연하게 밝혔으니까.

하지만 변호사로 살면서 보관한 편지의 위험성을 많이 목격했다. 너무 자주 보았다. 그가 갑자기 죽는다면 조앤이 서류를 정리하다가 이 편지를 볼 테고, 아마 불필요한 고통에 시달리게 될 것이다. 공연히 상처를 주고 절망에 빠뜨릴 필요가 없다. 그녀 자신이 만든 밝고 확고한 세상에서 행복하고 안전하게 남게 해주고 싶었다.

로드니는 방 한구석으로 가서 바버라의 편지를 벽난로에 던졌다. 그래, 이제 바버라는 괜찮을 것이다. 그들 모두 괜찮을 것이다. 그가 가장 걱정했던 자식은 바버라였다. 바버라는 균형감각이 없고 감정적으로 깊이 빠지는 아이였다. 위기가 닥쳤고 바버라는 빠져나왔다. 다치지 않은 건 아니지만 그래도 살아남았다. 또 이제 몹시와 윌리엄이 자신의 진정한 세상이라는 사실을 깨달았다. 윌리엄 레이는 좋은 친구다. 로드니는 사위의 마음이 많이 다치지 않았기를 바랐다.

그래, 바버라는 괜찮아질 것이다. 토니는 로디지아의 오렌지 농장에서 잘 지내고 있었다. 먼 곳이지만 괜찮았다. 그리고 듣기에 토니의 아내는 참한 여자 같았다. 토니는 어떤 일에도 상처받지 않는 긍정적인 마음을 가진 아이였다. 아마 앞으로도 그럴 것이다.

에이버릴 역시 괜찮다. 큰딸을 떠올리면 언제나 안쓰러움이 아닌 대견함이 밀려들었다. 단호하고 깐깐한 에이버릴은 절제된 표현을 선호했다. 쌀쌀맞고 비아냥대는 말버릇을 가진 아이였다. 정말 단단하고, 정말 견고하고, 정말 이상하게 이름이 주는 이미지와 달랐다.

로드니는 에이버릴과 싸웠다. 딸과 싸웠고, 자존심 강한 그 아이마저도 인정할 수밖에 없는 유일한 무기로 이겼다. 그런 무기를 쓴 자신이 혐오스러웠다. 냉정한 이유들, 논리적인 이유들, 무자비한 이유들. 에이버릴은 그런 이유들을 받아들였다.

하지만 그녀가 아빠를 용서했을까? 로드니는 아닐 거라고 생각했다. 하지만 그건 중요하지 않았다. 사랑을 망가뜨렸지만 아빠에 대한 딸의 존경심은 여전했고 더 깊어졌다. 결국 에이버릴 같은 마음을 가진 사람에게, 흠결 없이 강직한 사람에게 중요한 것은 존경심이야. 로드니는 생각했다.

에이버릴의 결혼식 날 그는 부녀 사이에 생긴 깊은 감정의 골을 의식하며 가장 사랑하는 자식에게 말했다.

"네가 행복하기를 바란다."

"행복하려고 노력할 거예요." 에이버릴은 조용히 대답했다.

그게 에이버릴이었다. 과장이 없었다. 과거에 머무르지 않았다. 자기연민에 빠지지도 않았다. 인생을 받아들이는 훈련이 되어 있었고, 타인의 도움 없이 삶을 살아낼 능력이 있었다.

이제 아이들은 내 손을 떠났어, 세 아이 모두. 로드니는 생각했다.

그는 책상 위의 서류들을 밀쳐두고 벽난로 오른쪽에 있는 의자에 가서 앉았다. 챙겨온 매싱엄 임대차 계약서를 펼쳐놓고 가

녑게 한숨을 지으며 검토하기 시작했다.

    ……에 위치한 모든 농가 부지와 상속 재산을 임대인은 임대
하고 임차인은 인수하여……

그는 페이지를 넘겨 계속 읽었다.

    ……여름철 휴한이 없는 어떤 경작지에도 옥수수 밀짚 두 덩
이 이상은 부과하지 않으며 (순무와 유채를 뿌려 정돈하고 비료
를 준, 양에게 먹이는 땅은 휴한지와 동일하게 간주한다.)……

그는 손힘을 풀고 맞은편 빈 의자로 눈을 돌렸다.
바로 그 자리에 레슬리가 앉아서 자식들에 대해, 그들이 셔스
턴과 접촉하는 것이 바람직하지 않다는 데 대해 의논했다. 그때
로드니는 그녀에게 자식들 생각을 해야 한다고 말했다.
그녀는 아이들을 생각했다고 말했다. 어쨌든 그는 아이들의 아
빠였다고.
로드니는 감옥에 있는 아빠 말이냐고 받아쳤다. 전과자, 추
문, 따돌림, 아이들이 보통의 사회적인 존재에서 제외되는 것,
아이들이 부당한 벌을 받는 것에 대해 말했다. 로드니는 그녀가
이 모든 점을 고려해야 한다고 말했다. 아이들이 우울한 유년기

를 보내서는 안 된다고. 공정하게 출발할 수 있어야 한다고.

그러자 레슬리는 말했다. "바로 그거예요. 그는 지금도 아이들의 아빠예요. 아이들이 그에게 속해 있다기보다 그가 아이들에게 속해 있죠. 물론 내 아이들의 아빠가 그런 사람이 아니라면 좋겠지만 현실은 그렇지 않아요."

그녀는 이런 말도 했다. "현실의 상황에서 도망치면서 시작하는 것이 공정한 출발이 될 수 있을까요."

물론 로드니는 그녀의 생각을 알았다. 하지만 그의 생각은 달랐다. 그는 자식들에게 최고의 것만 주고 싶었다. 사실 그와 조앤은 그렇게 해주었다. 최고의 학교, 집에서는 가장 볕이 잘 드는 방. 그런 환경을 만들어주기 위해 정작 부부는 절약하며 살았다.

하지만 그들 부부에게는 도덕적인 문제가 없었다. 망신당할 일도 없고, 어두운 그림자도 없었다. 실패, 절망, 괴로움도 없었다. '아이들 모르게 해야 할까? 아니면 아이들에게도 알려야 할까?'라고 물어야 할 일 따위는 없었다.

아이들도 알아야 한다는 것이 레슬리의 견해임을 로드니는 알았다. 그녀는 자식들을 사랑했지만, 세상 물정 모르는 여린 등에 자신의 짐을 나눠 지우는 일에 망설임이 없었다. 이기적이어서가 아니었다. 자신의 짐을 덜기 위해서도 아니었다. 다만 아주 작은, 가장 견딜 수 없는 현실의 일부라도 아이들이 부정하지 않기를 바랐기 때문이다.

로드니는 레슬리가 틀렸다고 생각했다. 하지만 언제나 그랬듯이 그녀의 용기는 인정했다. 그녀는 자신을 위한 용기를 초월하는 용기, 사랑하는 사람들을 위한 용기를 지닌 여인이었다.

그 가을날, 출근하기 전에 조앤이 했던 말을 그는 기억한다.

"그래요, 용기! 하지만 용기가 전부는 아니에요!"

그 말에 그는 "그럴까?"라고 대꾸했다.

그의 의자에 앉아 있던 레슬리. 왼쪽 눈썹은 살짝 올라가고 오른쪽 눈썹은 처져 있었다. 오른쪽 입가는 살짝 일그러지고, 빛바랜 파란 쿠션에 기댄 머리는—왠지—초록색으로 보였다.

로드니는 조금 놀라서 이렇게 말했던 것을 지금도 기억한다.

"당신 머리는 갈색이 아니군요. 초록색이에요."

그가 레슬리에게 한 개인적인 이야기는 그 한마디뿐이었다. 그는 그녀가 어떻게 생겼는지 별로 생각해본 적이 없었다. 지치고 아파 보인다는 것은 알았다. 하지만 강인했다. 그랬다, 육체적으로 강인했다. 그는 그녀가 남자처럼 감자 한 자루도 너끈히 짊어질 수 있을 거라는 생뚱맞은 생각을 한 적도 있었다.

그다지 낭만적인 생각은 아니었고, 사실 레슬리에 대한 기억에는 낭만적인 구석이 없었다. 왼쪽보다 높이 솟은 오른쪽 어깨, 올라간 왼쪽 눈썹과 처진 오른쪽 눈썹. 미소 지을 때 살짝 일그러지는 입술. 빛바랜 파란 쿠션에 기댔을 때 초록색으로 보이던 갈색 머리칼.

로드니는 사랑을 키울 만한 일이 거의 없었다고 생각했다. 사랑이 뭘까? 도대체 사랑이란 뭘까? 저 의자에 앉아 파란 쿠션에 기댄 머리가 초록색으로 보이던 그녀를 볼 때 밀려들었던 평화와 만족감일까? 그녀는 불쑥 "저기, 저는 코페르니쿠스에 대해 생각하고 있어요……"라고 말했다.

코페르니쿠스? 도대체 왜 코페르니쿠스였지? 지구의 모양이 다르다고 생각한 수도사…… 세상의 권력자들과 타협할 만큼, 또 검열을 피하면서도 자신의 신념을 기록해뒀을 정도로 교활하고 노련했던 사람인데.

남편이 교도소에 있고, 생활비를 벌어야 하는 처지에 걱정해야 할 자식들까지 있는 레슬리는 어째서 저기 앉아 머리칼을 쓸어넘기며 그런 말을 했을까. "저는 코페르니쿠스에 대해 생각하고 있어요."

하지만 그것 때문에, 늘 그랬듯이 코페르니쿠스라는 말만으로도 로드니의 가슴은 멈칫하는 듯했다. 그는 벽에 코페르니쿠스의 낡은 판화를 붙였다. 그리고 그 수도사를 향해 "레슬리" 하고 부르곤 했다.

그녀에게 사랑한다고 말했어야 했어. 한 번쯤은 말할 수도 있었는데…… 로드니는 생각했다.

하지만 그럴 필요가 있었을까? 그날 애셜다운에서 그들은 10월의 햇볕을 받으며 앉아 있었다. 그와 레슬리가…… 함께, 그리고 떨어져서. 고통과 가슴 타는 갈망. 두 사람은 1미터 남짓 떨어져 앉았다. 1미터 남짓이었던 건 그보다 가까우면 안전하지 않을 수 있었기 때문이다. 레슬리는 그것을 알고 있었다. 아는 게 분명했다. 혼란스러웠던 로드니는 속으로 중얼거렸다. 우리 사이에는 전기장처럼 갈망이 흐르고 있구나.

두 사람은 서로 바라보지 않았다. 로드니는 경작지와 비탈밭을 내려다보았다. 트랙터 소리가 어렴풋이 들렸고, 갈아엎은 흙은 연자줏빛을 띠었다. 그리고 레슬리는 농장 너머 숲을 바라보았다.

들어갈 수 없는 약속의 땅을 바라보는 사람들 같았다. 그때 그녀에게 사랑한다고 말했어야 했어. 로드니는 생각했다.

하지만 두 사람은 아무 말도 하지 않았다. 레슬리가 이렇게 한 번 중얼거렸을 뿐이다. "그대의 영원한 여름은 퇴색하지 않으리."

그 말뿐이었다. 진부한 시구를 인용했을 뿐이다. 로드니는 그녀가 무슨 의미로 그 구절을 읊는지 몰랐다.

아니 어쩌면 알았다. 그렇다, 아마도 그는 알고 있었다.

쿠션은 색이 바랬다. 레슬리의 얼굴도 그랬다. 그는 그녀의 얼굴을 또렷하게 기억할 수 없었다. 그저 묘하게 일그러진 입술만 떠오를 뿐이었다.

하지만 지난 육 주 동안 그녀는 매일 그 자리에서 그에게 말을 걸었다. 물론 환영에 불과했다. 그는 레슬리를 불러내 그 의자에 앉히고 말을 걸었다. 레슬리에게 듣고 싶은 말을 그녀의 입으로 말하게 했다. 그녀는 고분고분 따랐지만, 그가 시키는 짓을 비웃기라도 하듯 한쪽 입가를 올렸다.

로드니는 진정으로 행복한 육 주였다고 생각한다. 왓킨스와 밀스를 만날 수 있었고, 하그레이브 테일러와도 즐거운 저녁 시간을 보냈다. 많지는 않지만 친구 몇몇이 모였다. 일요일이면 언덕으로 상쾌한 산책을 나갔다. 하인들은 맛있는 음식을 만들어줬고, 그는 책에 음료수 병을 받치고 원하는 만큼만 천천히 마셨다. 때로는 저녁식사를 마치고 일을 마무리한 다음 파이프 담배를 피웠다. 그리고 마지막으로 쓸쓸할 경우를 대비해 가상의 레슬리를 친구삼아 의자에 앉혀두었다.

그랬다, 가상의 레슬리였다. 하지만 진짜 레슬리가 어딘가에, 아주 멀지 않은 곳에 있었다.

그대의 영원한 여름은 퇴색하지 않으리.

로드니는 다시 임대차 계약서를 내려다보았다.

……해당 농지에서 적절한 농사 기간과 일반적인 과정에 따라 경작될 것이다.

그는 감탄하며 생각했다. 나는 꽤 능력 있는 변호사야.

그러고는 감탄 같은 것은 없이 (큰 관심 없이) 속으로 중얼거렸다. 난 성공했어.

그는 농사는 고단하고 억장이 무너지는 일이라고 생각했다.

아, 그런데 난 지쳤어.

이렇게 지친 기분은 오랜만이었다.

문이 열리고 조앤이 들어왔다.

"어머, 로드니. 불도 안 켜고 서류를 읽으면 어떡해요."

그녀는 남편의 등뒤로 부산하게 걸어가서 전등을 켰다. 로드니는 웃으며 고맙다고 말했다.

"스위치만 올리면 되는데 이렇게 눈을 버리고 앉아 있으니 정말 바보 같은 양반이네요."

조앤은 의자에 앉으면서 애정이 듬뿍 실린 말투로 덧붙였다. "나 없으면 어떻게 살려나 몰라."

"온갖 나쁜 습관이 들겠지."

그는 다정하게 놀리는 미소를 지었다.

"당신이 갑자기 헨리 숙부님의 제안을 거절하고 농사를 짓겠다고 했던 때 기억해요?" 조앤이 말했다.

"그럼, 기억하지."

"내가 못하게 한 게 다행이었지 않아요?"

로드니는 아내를 바라보았다. 그녀의 뛰어난 수완, 젊어 보이는 목덜미, 주름 없이 매끈하고 고운 얼굴이 감탄스러웠다. 조앤은 명랑하고 당당하고 다정했다. 조앤은 내 아내 노릇을 잘해왔어. 로드니는 생각했다.

"응, 다행이야." 그가 나직하게 말했다.

"누구나 때로는 비현실적인 생각을 하죠." 조앤이 말했다.

"당신도?"

그는 놀리듯 말했지만, 조앤이 얼굴을 찌푸리는 것을 보고 놀랐다. 잔잔했던 수면에 인 잔물결처럼 그녀의 얼굴에 어떤 표정이 스쳤다.

"누구나 가끔씩은 초조해져요. 병적이 되고요."

로드니는 훨씬 더 놀랐다. 조앤이 초조해하거나 병적이 되는 것을 상상할 수가 없었다. 그는 화제를 돌렸다.

"동양으로 여행을 다녀온 당신이 무척 부러워."

"네, 흥미로웠어요. 하지만 나는 바그다드 같은 곳에서 사는 건 싫어요."

"사막에 가보고 싶어. 아주 멋지겠지. 텅 빈 공간, 또렷하고 강한 빛줄기. 나는 그런 빛줄기에 매료될 거야. 아주 또렷이 보이는……" 로드니가 생각에 잠긴 듯이 말했다.

조앤이 그의 말을 가로막고 열을 내며 말했다.

"진저리가 나요, 진저리가 난다고요. 그저 공허한 황무지예요!"

그녀는 신경을 곤두세우고 날카롭게 방안을 둘러보았다. 탈출하고 싶은 짐승 같아. 로드니는 생각했다.

조앤의 양미간이 펴졌다. "저 의자 쿠션은 너무 오래돼 색이 바랬어요. 새로 갈아야겠어요." 조앤이 말했다.

로드니는 본능적으로 날카롭게 반응하려다가 참았다.

그러면 안 될 이유가 있을까? 쿠션은 색이 바랬다. 레슬리 에이델라인 셔스턴은 교회 묘지 대리석 아래 잠들어 있는데. 올더먼, 스쿠다모어&위트니 법률사무소는 쭉쭉 뻗어나갔다. 농부인 호디즈던은 대출을 더 받으려고 애쓰고 있었다.

조앤은 서재를 돌아다니면서 선반의 먼지를 검사하고, 서가의 책들을 정리하고, 벽난로 선반의 장식품들을 옮겼다. 지난 육 주 동안 낡고 너저분해졌다.

"휴가는 끝났어." 로드니가 가만히 중얼거렸다.

조앤이 그를 향해 몸을 홱 돌렸다.

"네? 지금 뭐라고 했어요?"

로드니는 아무 일 아니라는 듯 그녀를 보며 눈을 깜빡거렸다. "내가 뭐라고 했는데?"

"'휴가는 끝났어'라고 하지 않았어요? 졸다가 꿈이라도 꿨어요? 애들이 개학이라도 했나봐요."

"맞아, 꿈꿨나봐." 로드니가 말했다.

조앤은 의심하는 눈으로 그를 바라보았다. 그러다가 벽에 걸린 그림을 바로잡았다.

"이게 뭐예요? 못 보던 그림인데."

"응. 하틀리 상점에서 골랐지."

"음…… 코페르니쿠스예요? 귀한 그림인가요?" 조앤은 갸웃하며 그림을 보다가 물었다.

"나도 몰라." 그는 생각에 잠긴 듯이 같은 말을 되뇌었다. "나도 전혀 모르지……"

귀한 게 뭘까? 귀하지 않은 게 뭘까? 추억이란 것이 세상에 있기나 할까?

"저는 코페르니쿠스에 대해 생각하고 있어요……"

레슬리. 부침 심한 전과자에 주정뱅이였던 남편, 가난, 병, 죽음.

불쌍한 레슬리 셔스턴. 그녀는 서글픈 인생을 살았다.

하지만 로드니는 레슬리의 인생이 서글프지 않았다고 생각했다. 그녀는 환멸과 가난과 병을 헤치고 나아갔다. 가려는 곳이 어디든, 그곳을 향해 쾌활하게 성큼성큼 늪지를 걷고 비탈밭을 지나고 강을 건너며 사내처럼 나아갔다……

로드니는 지쳤지만 친절한 눈빛으로 아내를 지긋이 바라보았다.

밝고 유능하고 분주한, 자신에게 만족하는, 성공한 사람의 모습이었다. 이 여자는 스물여덟 살로부터 하루도 늙지 않은 것 같군, 그는 생각했다.

갑자기 몹시 애처로운 마음이 밀려들었다.

"불쌍한 우리 아기." 로드니가 강렬한 감정을 담아 말했다.

그녀가 남편을 빤히 보았다. "뭐가 불쌍한데요? 그리고 나는 애가 아니에요."

"나 여기 있어요, 아기 조앤이요. 아무도 옆에 없으면 난 혼자예요." 로드니가 평소의 놀리는 말투로 대꾸했다.

조앤은 그에게 빠르게 다가가서 숨가쁘게 말했다.

"난 혼자가 아니에요. 난 혼자가 아니라고요. 내겐 당신이 있잖아요."

"그래, 당신에게는 내가 있지." 로드니가 말했다.

하지만 그 말을 하면서 그는 알았다. 그 말은 사실이 아니었다. 그는 속으로 중얼거렸다.

당신은 외톨이고 앞으로도 죽 그럴 거야. 하지만 부디 당신이 그 사실을 모르길 바라.

애거사 크리스티가 메리 웨스트매콧이라는 그녀의 소설에나 나올 법한 이름으로 추리소설이 아닌 여성의 삶과 사랑 등을 다룬 소설을 썼다는 사실이 놀라웠다. 그래서 독특했다. 독자들이 애거사 크리스티 하면 떠올리는 이미지 때문에 필명으로 출판할 만하다는 생각도 들었다. 작가는 다른 얼굴로 독자들과 마주하고 싶었을 것이다. 아무튼 획기적이었고 신선했고 기대가 됐다. 나도 어릴 적부터 알았던, 특히 책보다 미스 마플과 푸아로 탐정의 이미지를 뚜렷하게 각인시킨 영화들을 통해 접했던 애거사 크리스티를 떨치고 새로운 작가의 작품을 대하는 마음으로 『봄에 나는 없었다』에 접근했다.

번역을 하면서 다시 한번 애거사와 이 작품에 놀랐다. 텍스트를 그냥 읽을 때와 번역을 하며 읽을 때는 사뭇 다르다. 번역을 할 때는 아주 밀착해서 읽는다. 원문의 뜻을 파악하는 데 주력하지만 등장인물들의 성격과 처지, 관계 등 다양한 부분을 밝히려고 애쓰면서 읽기 때문에 소설뿐만 아니라 작가에게 더 바싹 다가가게 된다. 『봄에 나는 없었다』를 번역하면서, 나는 애거사 크리스티가 인간에 대해 정말 잘 아는 작가라고 느꼈다. 기발한 사건을 만들고 인물들의 관계와 심리를 감추거나 드러내는 솜씨가 뛰어나다는 것은 익히 알고 있었다. 하지만 조앤 스쿠다모어라는 중년 여자의 자기고백과 자기혐오를 통해 작가가 보여주는 인간에 대한 날카로운 통찰은 정말 대단했다. 나는 어릴 적 이후 다시 한번 애거사에게 완전히 매료되었다.

영국 런던에서 멀지 않은 한적한 타운. 조앤은 지역 변호사의 아내이자 삼남매의 어머니로 정원을 가꾸고 지역 단체에서 활동하며 활기차고 우아한 삶을 꾸려간다고 자부한다. 자상한 남편과 잘 자란 자녀들이 그녀의 자랑이자 전부이다. 바그다드에 사는 막내딸의 중병 소식에 병문안을 갔던 조앤은, 영국으로 돌아오는 길에 폭우로 인한 기차 지연으로 사막 한가운데에 있는 숙소에서 며칠간 발이 묶인다. 그녀는 이 시간을 자신을 돌아보고 평화롭게 휴식하는 기회로 받아들이기로 하지만 이곳에서 우연히 만난 동창에게 들은 이야기가 조앤의 평화로웠던 마음을 들쑤시기 시작한다.

인적 없는 사막, 혼자만의 시간 속에서 조앤은 자신의 본모습을 마주하는 낯설고 아픈 경험을 한다. 내가 알았던 것이 진짜 아는 게 아니었다는 깨달음. 남들 눈에는 자신이 멋지게 비칠 거라고 우쭐댔지만 사실은 누구에게도 사랑받지 못하고 사는 엄연한 현실이 모습을 드러내고, 조앤은 이를 끝까지 부인하려 하지만 결국 무너지듯 인정하게 된다. 그리하여 남편과 자녀들에게 사랑받지 못한다는 현실을 깨달으며 황망함과 커다란 아픔을 경험한다.

그러나 그녀의 문제는 다른 데 있었다. 자기만족에 빠졌던 그녀는 사막이란 낯선 곳에서 진실을 마주하고 변화를 다짐하지만, 익숙하고 편안한 집으로 돌아가서 남편과 마주한 순간, 본래의 모습으로 되돌아갔기 때문이다.

그 장면은 소설의 반전이자 애거사가 인간의 핵심을 꿰뚫는 대목이다. 사람은 쉽게 바뀌지 않는다. 진실을 알면서도 위로하기 위해 스스로를 기만하는 것이 인간의 본성이니까. 나는 그 대목에서 아찔했다. 등골이 오싹했다는 표현이 더 적절할 것 같다. 조앤이 유난히 어리석은 여인이라서 현실을 직시하지 못한 걸까. 아니, 그렇지 않다. 누구나 어느 정도는 조앤처럼 살아간다. 그래야 살 수 있다고 변명해보지만, 글쎄. 나는 소설이 끝난 순간, 완전히 몰입했던 연극 무대의 불이 한순간에 꺼진 듯한 느낌을 맛보았고, '나'를 보았다.

공경희

자기기만과 회한의 여로

　『봄에 나는 없었다』는 애거사 크리스티가 '메리 웨스트매컷'이라는 필명으로 발표한 여섯 작품 중 세번째 소설이다. 메리 웨스트매컷의 소설들은 피냄새 나는 범죄사건의 진상 대신 인간의 비틀리고 엉킨 마음속 진실을 추적한다. 범죄가 왜, 누구에 의해 발생했는가를 밝히는 과정 못지않게 마음과 기억의 본체에 접근하는 과정은 험난하다. "열 길 물속은 알아도 한 길 사람 속은 모른다"고 했던가. 이 소설은 타인의 마음뿐 아니라 자신의 마음을 직시하는 게 얼마나 힘든 일인지를, 이 과정을 거치면 얼마나 통렬한 진실에 맞닥뜨리게 되는지를 드러낸다.

　애거사 크리스티는 추리소설의 여왕으로 입지를 세워가던 중에 왜 메리 웨스트매콧이라는 별도의 정체성을 필요로 했을까.
그녀가 추리소설과 다른 결의 이야기들을 1930년부터 1956년
까지 꾸준히 써낸 연유를 얼핏 가늠할 수 있게 해준다는 점에서
도 『봄에 나는 없었다』는 가치 있다.

흔들리는 확신, 흔들리는 목소리

　『봄에 나는 없었다』는 삼인칭 시점으로 서술된다. 주인공 조
앤의 언행을 외부에서 제시하다가, 어느 순간 조앤의 내면세계
에도 독자가 자유롭게 접근할 수 있도록 서술이 이루어진다. 런
던 근방에서 변호사로 일하는 남편과 장성한 세 자녀를 둔 조앤
은 가정의 대소사를 완벽하게 관장하는 유능하고 이상적인 어
머니이자 아내라고 자평하는 인물이다. 조앤이 딸을 만나기 위
해 바그다드를 방문한 뒤 영국으로 돌아오는 길에 기후 사정으
로 사막 한가운데에 있는 기차역 숙소에서 며칠간 발이 묶이기
까지, 이러한 그녀의 자의식은 견고하게 그려진다. 그러나 사
방이 금빛 모래뿐이고 건물도 식물도 사람도 전혀 보이지 않는
고요뿐인 사막에서, 조앤의 목소리는 이전과 같은 균일함을 잃
게 된다. 통조림 과일, 구운 콩, 오믈렛으로 일관된 단조로운 식
사에 지치고, 편지지가 다 떨어지고 책도 전부 읽어버리고, 바

느질감도 없는 상황에서 조앤은 어쩔 도리 없이 자신의 삶을 찬찬히 돌아볼 시간을 갖는다. 사막의 태양 아래서 떠오르는 생각은 죄다 불편한 것들이다. 그리고 여기서부터 조앤이 되돌아보는 과거의 특정한 순간들은 그녀의 삶이 이제까지 스스로 믿어온 것과 다르게 구성되어왔다는 것을 일깨우는 실마리로 작용한다. 앞서 기술한 대로, 조앤의 내면세계와 언행을 유연하게 오가며 이루어지는 서술 덕분에 독자는 조앤을 둘러싼 현실을 조앤의 눈을 통해 보게 된다. 조앤의 욕망, 조앤이 가진 한계가 서술에 투사되어 있기 때문이다. 사막에서의 시간은 조앤으로 하여금 조앤이 상기해낸 순간들에 새로운 감정과 새로운 해석 가능성을 부과하도록 유도한다. 그리고 조앤 스스로가 이러한 생각들을 해낸 장본인임에도, 이 새로운 해석의 여파가 조앤의 자기확신에 찬 목소리에 균열을 내기 시작한다. 지금껏 만끽해온 만족감과는 동떨어진 사념이 덮칠 때마다 사막 "사방천지의 구멍에서 도마뱀들이 나오는" 심상이 조앤을 사로잡는다. 처음에는 이러한 부정적 생각들을 뜨거운 '태양'으로 인한 '공상'으로 치부한다. 그러나 도마뱀 출몰이 거듭되고, 그녀가 진실이라 믿었던 남편 로드니와의, 자녀들과의 관계에 대한 기억의 조각들이 이제까지 품어온 확신과는 완전히 다른 그림을 만들어낸다. 자신의 지난 삶을 아름다운 색채로 윤색해온 그녀의 내면세계는 거세게 요동치기 시작한다. 조앤의 눈을 통해 그녀의 삶을 '훌륭한' 것으로 정리해온 독자들은 안간힘을 써서 그 믿음을 유지하려고 발버둥치는 조앤의 정신적 노력에도 불구하고 그녀의 한계를 점점 더 강하게 인식하게 된다. 조앤은 독자에게 '신뢰할 수 없는 서술자unreliable narrator'가 되어가는 것이다. 많은 공포소설들이 '불안정한 심리'를 가진 서술자에게 이야기 전개의 책임을 맡기는 방법을 통해 실제 사건에 대한 파악을 모호하게 함으로써 불안감과 공포감을 효과적으로 증폭시켜왔다. 폴라 호킨스의『걸 온 더 트레인』에서는 알코올중독자인 주인공의 시선을 통해, 길리언 플린의『나는 언제나 옳다』에서는 가짜 심령술사 노릇을 하는 위악적 인물의 눈을 통해 상황을 보게 하여 서스펜스를 추동하고 결말에 가서야 온전히 구성되는 진실에 압도당하게 하는 효과를 거두었다. 그런데 이와 같은 장르소설에서의 전략과 이 소설의 전략은 동일하지 않다. 이 이야기는 독자에게 놀라운 반전이나 서스펜스를 위해 '신뢰할 수 없는 서술자'를 내세우지 않는다. 메리 웨스트매콧은 아주 놀라울 정도의 유려한 완급 조절을 통해, 조앤을 이야기의 흐름에 따라 점차적으로 '신뢰할 수 없는 서술자'로 만들면서 독자가 조앤의 삶에 대한 '진실'에 조앤과 같은 속도로 접근해갈 수 있도록 이끈다. 그리고 여기서의 '진실'이란 지극히 보편적이고 일상적인 삶, 그리고 보편적인 일생사의 구성에 대한 것이다. 이 지점이 새롭다. "구멍에서 머리를 밀고 나오는 도마뱀들. 밀려나오는 생각들. 무서운 생각들, 불안한 생각들, 하고 싶지 않은 생각들"에 대한 저항력을 잃어가면서 일등 엄마, 완벽한 배우자로서의 삶의 양태를 구축했다는 조앤의 믿음이 점차 허물어진다. 그녀의 역할 수행은 자기기만으로 일관해온 시간을 무마하려는 노력에 불과했던 것이다. 이렇게 조앤은 비로소 '각성'에 다가가면서 '신뢰할 수 없는 화자'로서의 이야기세계 밖 정체성 역시 탈각하게 된다. 그러나 그녀의 각성 상태는 매우 짧다. 조앤을 평생 지탱해온 사고와 감정 체계의 관성은 금세 회복된다. 독자는 돌연 조앤과 멀어진다. 이전의 상태로 돌아간 조앤은 이제 남편 로드니의 시선에서 묘사된다. 잠시나마 일어났던 조앤의 근본적인 전환을 모르는 로드니의 차가운 시선은 독자들에게 조앤의 '회복'에 대한 강렬한 감정을 이끌어낸다. 이러한 유연하고 유려한 서술 체계를 통해 작가는 상기한 이 소설의 주제, '자신의 마음을 직시하기가 얼마나 어려운가'에 가장 부합하는 이야기하기 방식을 구축한다.

소네트의 의미

제목인 '봄에 나는 없었다'는 셰익스피어 소네트 98번의 한 구절이다. 조앤은 학식과 교양이 있는 여성답게 암송하는 시가 꽤 있고 낭독도 멋지게 해낼 수 있다. "내가 그대에게서 떠나 있던 때는 봄이었노라"라는 구절이 담긴 셰익스피어 소네트 98번도 마찬가지였다. 평소와 다르게 이 구절을 포함해 셰익스피어 소네트의 몇 구절을 문득 끄집어낸 남편 로드니 앞에서, 조앤은 자신이 외우는 소네트의 전문을 멋지게 읊는 행위에 집중한다. 남편 로드니가 어떠한 연유로, 어떠한 마음으로 그 시구들을 소환하는지는 조금도 알려 하지 않고. 그러나 이후 로드니가 "내가 그대에게서 떠나 있던 때는 봄이었노라"라는 구절을 소환한 상황을 거듭 떠올리는 과정에서 조앤은 자신의 결혼생활 전체를 다시 돌아보게 하는 충격적 진실의 순간을 마주하게 된다. 그리고 다른 인물들을 동정하거나 폄하해오던 태도는 자신의 편협한 관점에서 기인한 것일 수도 있음을 감지한다. 이제까지 '자제력' 없이 살아온, 수중에 아무것도 없이 늙고 추레해진 옛친구 블란치뿐만 아니라 은행장 남편의 횡령 때문에 부르주아에서 가난한 전파자의 아내로 전락하고도 긍정적인 태도로 살아가던 레슬리 셔스턴에 이르기까지. 그런데 그 레슬리와 남편 로드니가 나란히 앉아 있던 순간이 떠오른다. 그 순간의 의미는 무엇이었을까. 농사를 짓고 싶어했던 로드니에게 조앤은 변호사로서의 삶을 종용했었다. 로드니가 자기 꿈을 말하자 조앤은 "남자는 어린애와 똑같다더니 딱 맞는 말이야"라고 되뇌고는 "인생은 휴가가 아녜요. 우리에게는 생각해야 할 미래가 있어요, 여보. 토니가 있다고요 (…) 애들은 좋은 학교에 다녀야 해요. 그런 학교는 학비가 비싸죠. 신발이며 옷도 사야 하고 치과에도 다니고 병원 치료도 받아야 해요. 그리고 좋은 친구들과 사귀게 해줘야 하고요"라고 부드럽게 타이른다. 지금 이곳에서는 지극히 보편적인 '성원권'에 대한 열망이 드러나는 언행이다. 20세기 초 영국 중상계급의 성원권을 획득하고 자식에게 물려주기 위해 다른 삶의 양태에는 손사래를 쳤던 조앤에게 다른 이들의 시선을 의식한 삶이 아니라 본인의 마음을 정직하게 들여다보고 헤쳐가는 삶은 안중에도 없었다. 중산층 유한계급 부인으로서 자신의 역할을 완벽하게 수행하고 있다고 믿고 있던 조앤의 입장에서 '몰락한' 이들은 사실 자신의 감정을 좇아 뚜벅뚜벅 삶의 행적을 스스로 그려나간, 이른바 살아 있는 '야성'의 소유자들이었다. 비록 시대적 상황의 수인囚人이라는 점에서는 조앤과 마찬가지였을지라도 말이다. 조앤은 자신이 행복하다는 신념 외에도 바람직한 삶의 양태에 대한 확신을 가지고 있었다. 그러나 조앤이 경멸해 마지않았던 옛친구 블란치의 목소리를 거듭 상기시키고 레슬리를 "자기가 만나본 누구보다 용기 있는 사람"으로 평가하는 로드니의 목소리를 제시하며 작가는 자신의 선택을 또렷하게 자각하는 인물들의 편을 들어준다. 그리고 끝내 본래 유지하던 삶의 양태를, 즉 자기기만의 노선을 선택해버린 조앤에게 잔인한 운명을 부여한다.

소설가의 알리바이

애거사 크리스티는 메리 웨스트매콧의 이름으로 1930년에 첫 작품 『인생의 양식Giant's Bread』을 발표했다. 영국을 떠들썩하게 만든 애거사 크리스티의 실종사건이 발생한 1926년 12월 이후 사 년 만이다. 그런 만큼 메리 웨스트매콧의 작품들은 이 사건의 그늘 아래서 조망되곤 했다.

딸을 재우고 집을 나섰던 애거사 크리스티의 차가 길가에 버려진 채 발견됐고 그녀의 행방이 묘연했다. 실종된 지 열흘이 지나서야 요크셔의 한 호텔에서 남편의 불륜 상대였던 여성의 성姓으로 체크인해 머무르던 그녀가 발견됐다. 그녀는 자신이 단기 기억상실증에 걸렸다고 밝혔고 이후 이 사건에 대해 철저히 함구했다. 당시 애거사 크리스티의 의식 상태에 대한 진실, 그리고 열흘 동안의 행적을 추동한 원인에 대해 지금까지도 사람들은 저마다 다양한 추측을 내놓고 있다. 애거사 크리스티가 남편의 불륜에 이러한 퍼포먼스로 저항한 것이 아닐까, 애거사 크리스티가 실종된 기간 동안의 기억이 없다는 건 사실일까 등등. 혹자가 추정한 대로 애거사 크리스티가 진짜 해리성 기억장애를 겪었든 겪지 않았든 침묵의 영역에 유배된 그 기간은 아처 크리스티의 외도를 계기로 작가에게 모종의 깨달음을 선사한 것이 분명하다. 자책하는 마음, 확신을 품어왔던 세월에 대한 한탄이 응축된 작품이 바로 이 작품이 아닐까. 이 때문에 조앤이라는 주인공에게 가혹한 운명을 끝내 지운 게 아닐까.

조앤이 아무리 '자기만족'의 덫에 걸린 채 오랜 시간을 지냈을지라도 이토록 혹독한 고립에 처하게 할 필요가 있었을까. 누군가에게 악의를 품고 피해를 끼치지도 않았다. 조앤의 자기효능감은 실로 요즈음 정신건강을 향상시키기 위해 함양해야 할 요소로 거론되지 않는가? 단정하게 옷차림을 유지하고, 미소 짓는 입가를 흐트러뜨리지 않은 채 "정말 다행이야, 난 언제나 일을 잘 해결하니까"라고 읊조리는 정도의 '자기도취'가 악덕일까. 조앤은 심지어 남편이 다른 여자에게 한눈팔고 있다는 걸 눈치채고도 내색조차 하지 않았다! 조앤의 고립을 기원하는 남편 로드니가 도리어 '부드러운' 쓰레기라 할 수도 있지 않은가!

작가가 조형한 조앤의 가슴 아픈 여로를 보며 탄식하다 우리는 끝내 애거사 크리스티가 남편의 배신을 알게 된 후 남편과 함께했던 시간들을 되돌아보았을 시간 동안의 마음에 이르게 된다. 혹은 애거사 크리스티가 행방이 묘연해졌을 때 홀로 지내던 시간 동안의 마음에, 그리고 평생에 걸쳐 그 시기에 대한 질문을 받으면서도 끝끝내 침묵하며 버텼을 때의 마음에 이르게 된다. 하나의 인연이 끝날 때 그 관계에 대해 가졌던 확신을 뼈

아프게 바라보게 된다. 태평하게 그 관계에 의존해온 시간과 자아에 수치심마저 깃든다. 이러한 과거에 철퇴를 가하고자 메리 웨스트매콧으로 분한 애거사 크리스티는 주인공 조앤에게 더더욱 엄격해졌던 게 아닐까. 이렇게 『봄에 나는 없었다』는 스스로를 몰아세우며 조앤이라는 인물을 창조해낸 작가 메리 웨스트매콧, 혹은 애거사 크리스티에 대한 상상력을 증폭시키면서 마침내 '오해'일 수도 있는 '이해'의 길을 마련한다.

실종되었다고 알려지며 대대적인 수색이 벌어지고 그 이름이 신문에 오르내리는 동안 그녀는 홀로 어떻게 버티고 있었을까. 세상을 속인 것인지 아니면 자기 자신을 속인 것인지 알 수 없는 미스터리를 남긴 애거사 크리스티가 어째서 메리 웨스트매콧이라는 정체성을 덧입어야 했는지, 혹은 위장해야 했는지 이해할 수 있는 단초는 다름 아닌 메리 웨스트매콧의 이름을 걸고 만든 이야기들 속에 있다. 애거사 크리스티 본인 외에 누구도 진실을 알 수 없는 시간을 미루어 짐작할 수 있는 길을 내주는 메리 웨스트매콧의 소설들은, 깨달은 바를 누군가에게 가르치기보다는 소설가로서 '이야기를 만든다'는 소임을 다함으로써 나온 결과물이라는 점을 강렬하게 인지시킨다.

김수지(평론가)

옮긴이 **공경희**

1965년 서울에서 태어나 서울대학교 영어영문학과를 졸업했다. 성균관대학교 번역대학원 겸임교수를 역임했고, 서울여자대학교 영어영문학과 대학원에서 강의했다. 시드니 셸던의 『시간의 모래밭』을 시작으로 『호밀밭의 파수꾼』 『모리와 함께한 화요일』 『비밀의 화원』 『매디슨 카운티의 다리』 『파이 이야기』 『천국에서 만난 다섯 사람』 『우리는 사랑일까』 『행복한 사람, 타샤 튜더』 『우연한 여행자』 『타샤의 ABC』 『포그 매직』 『꿈꾸는 아이』 『매뉴얼』 『빗속을 질주하는 법』 『데미지』 『좀비―어느 살인자의 이야기』 등을 우리말로 옮겼다.

봄에 나는 없었다

1판 1쇄   2014년 1월 30일
1판 13쇄 2022년 1월 10일
2판 1쇄   2022년 6월 10일
2판 2쇄   2023년 3월 30일

지은이 애거사 크리스티 | 옮긴이 공경희
기획·책임편집 김혜정 | 편집 김미혜 이희연 강경화
디자인 윤종윤 이정민 | 저작권 박지영 오서영 형소진 서연주
마케팅 정민호 김도윤 한민아 이민경 안남영 김수현 왕지경 황승현 김혜원
브랜딩 함유지 함근아 김희숙 고보미 박민재 박진희 정승민
제작 강신은 김동욱 임현식 | 제작처 상지사

펴낸곳 (주)문학동네 | 펴낸이 김소영
출판등록 1993년 10월 22일 제2003-000045호
주소 10881 경기도 파주시 회동길 210
전자우편 foret@munhak.com | 대표전화 031) 955-8888 | 팩스 031) 955-8855
문의전화 031) 955-2696(마케팅) 031) 955-1904(편집)
문학동네카페 http://cafe.naver.com/mhdn | 트위터 @munhakdongne
북클럽문학동네 http://bookclubmunhak.com

ISBN 978-89-546-8664-8 03840

잘못된 책은 구입하신 서점에서 교환해드립니다.
기타 교환 문의 031)955-2661, 3580

www.munhak.com